FRIEDERIKE SCHMÖE

Kirchweihmord

MORDSSTIMMUNG Aufregung in Bamberg. Kurz vor der Sandkirchweih, dem berühmten Volksfest der Stadt, treibt eine Tote im Fluss. Beunruhigend ist, dass die junge Frau an einer Ricinvergiftung gestorben ist.

Privatdetektivin Katinka Palfy, gerade mit der Suche nach einer verschwundenen Ehefrau beauftragt, vermutet einen Zusammenhang zwischen den beiden Fällen und ermittelt fieberhaft in alle Richtungen. Da ereignet sich ein weiterer Todesfall. Am Kirchweihfreitag stirbt ein Mann im Gedränge der Altstadt. Wieder war Ricin im Spiel. Und an der Tür ihrer Detektei klebt ein Erpresserbrief: Wenn sie ihre Ermittlungen nicht einstellt, wird Bambergs größte Sause ein giftiges Desaster erleben. Katinka steht unter Druck: Vor dem beliebten Fischerstechen am Kirchweihsonntag muss sie die Karten der Verdächtigen neu gemischt haben …

Friederike Schmöe wurde 1967 in Coburg geboren. Heute lebt sie in Bamberg. Neben ihrer schriftstellerischen Tätigkeit ist die habilitierte Germanistin als Dozentin an den Universitäten in Bamberg und Saarbrücken beschäftigt. Mit Katinka Palfy, der kultigen Heldin ihrer ersten acht Romane, hat sie sich in der Krimiszene längst einen Namen gemacht. 2009 startete sie mit dem Roman »Schweigfeinstill« eine neue Krimiserie um die charismatische Ghostwriterin Kea Laverde.

Bisherige Veröffentlichungen im Gmeiner-Verlag:
Wasdunkelbleibt (2011)
Wernievergibt (2011)
Süßer der Punsch nie tötet (2010)
Wieweitdugehst (2010)
Bisduvergisst (2010)
Fliehganzleis (2009)
Schweigfeinstill (2009)
Spinnefeind (2008)
Pfeilgift (2008)
Januskopf (2007)
Schockstarre (2007)
Käfersterben (2006)
Fratzenmond (2006)
Maskenspiel (2005)

FRIEDERIKE SCHMÖE

Kirchweihmord

Katinka Palfys zweiter Fall

GMEINER *Original*

Besuchen Sie uns im Internet:
www.gmeiner-verlag.de

Im Ehnried 5, 88605 Meßkirch
Telefon 07575/2095-0
info@gmeiner-verlag.de

8. Auflage 2011

Lektorat: Claudia Senghaas, Kirchardt
Umschlaggestaltung: U.O.R.G. Lutz Eberle, Stuttgart
unter Verwendung eines Fotos von PIXELIO
Druck: Bercker Graphischer Betrieb GmbH & Co. KG, Kevelaer
Printed in Germany
ISBN 978-3-89977-643-0

Alle Charaktere in diesem Kriminalroman sind frei erfunden. Etwaige Ähnlichkeiten mit existierenden Personen und Handlungen sind rein zufällig und nicht beabsichtigt.

Il faut tout croire ou tout nier.
Wir müssen alles glauben oder alles verneinen.
Albert Camus, Die Pest

Es war nicht besonders schwer.
Na ja, sie ist ja eh ein Leichtgewicht, die schnappst du dir und wirfst sie dir über die Schulter. Alles genau nach Plan, perfekt gelaufen.

1. Kirchweihgerüche

Katinka trabte langsam den Leinritt entlang. Sie war ziemlich weit gejoggt, zu weit und zu lang für ihre momentan miese Konstitution. Wahrscheinlich hatte die lang anhaltende Wut sie von der Herzog-Max-Straße über die Friedrichstraße, die Lange Straße und die Kapuzinerstraße bis zur Markusbrücke gejagt, wo sie einer spontanen Entscheidung folgend schließlich die Haarnadelkurve zum Regnitzufer genommen hatte. Inzwischen hatte sie sich auf einen ziemlich langsamen, absackenden Schritt verlegt. Morgens um halb sechs war die einzige Zeit, um draußen Sport zu treiben. Es war halbwegs kühl. In wenigen Stunden würde eine unbarmherzige Sonne herabbrennen. Man schrieb Mittwoch, den 20. August im heißesten Sommer der fränkischen Geschichtsschreibung, wie manche behaupteten. Katinka genoss diese Zeit. Sie mochte die Hitze, das klebrige Gefühl auf der Haut, den mit Getränken voll gestopften Kühlschrank. Die Mauern der alten Stadt rückten im Sommer näher heran und umhüllten ihre Bewohner mit mediterraner Geborgenheit. In diesem August erwies sich Bamberg als besonders lethargisch. Schüler und Studenten, die der Stadt sonst ihren unkonventionellen Stempel aufdrückten, waren in die Sommerpause entschwunden. Statt dessen schoben sich Ströme von ausgetrockneten Touristen matt durch die Altstadtgassen, die Einwohner selbst, sofern sie nicht an Ost- und Nordsee ausgeflogen waren, verbrachten ihre

Tage im Hainbad, irgendwo sonst am Fluss oder schlossen sich in ihre Altbauten ein, aus denen sie dann vor dem Abend nicht hervorkrochen. Aber nun kündigte sich eine spezielle Zeit an: Die Sandkirchweih, DAS Volksfest der Stadt, einst eine traditionelle Kirchweih für die Bewohner, inzwischen ein Großereignis mindestens für Oberfranken, ganz zu schweigen von den Touristen, die ihre Städtetour extra auf das dritte Wochenende im August verlegten.

Nichts würde ab morgen sein wie immer, das wusste Katinka. Menschenmassen würden sich durch das gesamte Sandgebiet wälzen, an der Stelle, wo sie nun friedlich saß, würden Popcornstände, Bierbuden, Pizzastände, Weinstände für gute Laune sorgen. Kritiker konnten behaupten, es sei alles ein großes Besäufnis – Katinka liebte die Stimmung, die jährlich zur Sandkirchweih durch die ganze Stadt schwappte. Musikgruppen feuerten ihre Dezibel auf die mittelalterlichen Mauern ab. Straßenzüge wurden komplett gesperrt und ganze Scharen von Menschen pilgerten aus allen Himmelsrichtungen in die Stadt. Katinka grinste, als sie das Festzelt betrachtete, das schon seit einiger Zeit aufgebaut am Ufer stand – eigentlich war es als Terrasse über das Wasser gebaut. Die Franken konnten in und um dieses Zelt ihr letztes bisschen in der Hitze geschmolzenes Temperament zusammenkratzen, die roten Köpfe an Strömen von Bier kühlen und den Bär loslassen, wie Tom es gerne formulierte, schließlich war er Berliner. Ach ja, Tom. Katinka kickte ein Steinchen auf die Uferböschung. Alle Häuser von Klein Venedig gegenüber waren schon wunderschön geschmückt mit Wimpeln und Lichterketten. Der Anblick würde ab morgen Abend zwischen romantisch und kitschig liegen, doch selbst Katinka konnte sich dann nicht satt sehen an den verzerrten Spiegelungen der bunten Glühlämpchen auf dem Wasser. Allerdings würde sie die fünf Tage Sandkirchweih – Sandkerwa, wie der Bamberger sagte – ohne ihren Freund Tom durchstehen müssen. Und danach auch noch den Rest des August und, so stand zu vermuten, den vollen September. Ihr aufstrebender Freund, dieser Karrierist von einem Liebsten, hatte einen Auftrag in Prag erhalten, er sollte für eine deutsche Firma ein Verwaltungsprogramm maßschneidern. Genau das Richtige für mich, Kat the Catey, hatte Tom freudestrahlend berichtet.

Nur zeitlich passte der Auftrag Katinkas Meinung nach nicht besonders. Sie war erst vor zwei Wochen zu Tom gezogen. Kompliziert genug war es gewesen, ihren Freund davon zu überzeugen, dass sie beide zusammenziehen sollten. Katinka hockte sich auf eine Bank und streckte ihre müden Beine aus. Selbstkritisch hätte sie zugeben müssen, dass sie zum Umzug auch nicht besonders entschlossen gewesen war. Feministische Gründe stellten da nur die eine Seite der Medaille. Schon einmal hatte sie die eigene Selbständigkeit ein Stück aufgegeben, geblieben war eine traurige Erinnerung an ihren vorherigen Freund.

Wenn man es genau nahm, hatte erst der spektakuläre Abschluß eines Falles im Frühjahr den Anstoß zum Umzug gegeben. Tom, der zwar einen gewissen Beschützerinstinkt besaß, aber auch viel vom Leben um sich nicht mitbekam, weil er permanent die Augen an den Bildschirm klebte und komplizierte Programmierprobleme löste, hatte sich tatsächlich mächtig erschrocken, als er Katinka im Klinikum abholen musste. Dabei war ihr nichts wirklich Schlimmes passiert. Bei der Jagd nach einer Mörderin wurde ihr eine Rippe angebrochen. Die psychopathische Täterin hatte zwar versucht, sie im Fluss zu ertränken – gerade mal ein paar hundert Meter weiter flussabwärts von der Stelle, wo Katinka jetzt saß und die Stadt erwachen spürte. Doch der Einsatz der Bamberger Polizei und nicht zuletzt ihre eigene Hartnäckigkeit hatten das Schlimmste verhindert.

Alles schien zu vibrieren. Katinka nahm die Brille ab und setzte sich dem verschwommenen Anblick der Regnitzwellen, des grasbewachsenen Ufers und der dichtgedrängten Fischerhäuschen gegenüber aus. Sie hasste diese Brille. Nur stand ihr momentan finanziell das Wasser bis Oberkante Unterlippe, an das Fernziel Kontaktlinsen war überhaupt nicht zu denken. Den ganzen August hatte ihre Detektei verwaist in der Hasengasse gelegen. Anstatt im Fluss schwimmen zu gehen, hatte Katinka in der Hitze der winzigen Gasse ausgeharrt, in der Hoffnung auf Klienten. Wenigstens im Juni und Juli hatte sie einige kleinere Aufträge erhalten, aber das Geld war nun so gut wie aufgebraucht. Sie knabberte ihr Erspartes an, um die Miete für die Detektei bezahlen zu können – für zwei wenig repräsentative Räume und ein Etagenklo.

Allein wegen der Kohle war es gut, dass ich umgezogen bin, dachte Katinka nun mürrisch. Wenigstens zahle ich nur noch die Hälfte der Miete. Der Ärger über Toms Abreise nach Prag steckte ihr in den Knochen und flammte regelmäßig einmal pro Stunde auf. Sie brauchte gar keinen Anlaß dafür. Ihre Freundin Britta meinte, sie sei nur enttäuscht, dass sie gerade mal nach zwei Wochen Zusammenleben verlassen würde, wenn auch nur auf Zeit. Tom und sie hatten allerdings zu Beginn ihrer Beziehung ein Abkommen geschlossen, das Katinka oft genug eingeklagt hatte: Der Job ging vor. Katinka wie Tom nahmen sich das Recht, alle Entscheidungen in Bezug auf ihren Beruf allein zu treffen, unabhängig von den Ansichten und Launen des Anderen. ›Klasse‹, seufzte Katinka im Stillen. Sie drängte schnell den nächsten Gedanken weg – wie genervt sie reagierte, wenn Tom ihr die angebliche Gefährlichkeit des Privatdetektivinnendaseins vor Augen hielt. Momentan fehlte ihr einfach das Feeling für Selbstkritik. Dabei war so ein Detektivjob wenig spektakulär. Im Juli musste sie einen Taschendieb aufspüren – in Zusammenarbeit mit einem Kaufhausdetektiv, der der Gerissenheit des Diebs nicht gewachsen war. Und im Monat davor hatte sie eine alte Dame wiedergefunden. Ihre Familie hatte sie schon als vermisst melden wollen, aber Katinka hatte sie nach einem Tag aufgetrieben. Die Dame war lediglich nach einem Spaziergang nicht in ihr Altenheim zurückgekehrt, sondern in ein anderes. Dort war sie gar nicht weiter aufgefallen, bis sie sich abends in das Bett einer Fremden legen wollte.

Die Stadt vibrierte. Katinka setzte die Brille wieder auf. Sie hatte sich wirklich sehr auf die Sandkerwa gefreut. Sie war durstig und verschwitzt. Sie würde heimgehen, nach Hause, was seit zwei Wochen Herzog-Max-Straße Ecke Amalienstraße bedeutete. Immerhin war Toms Wohnung, pardon, ihrer beider Wohnung um einiges kühler als die Wohnung in der Gabelsberger Straße, wo Katinka zuvor gelebt hatte.

Und ich bin Beinert los, murmelte sie in sich hinein, während sie aufstand und nach ein paar halbherzigen Freiübungen weiter in Richtung Festzelt lief, wo sie rechts in die Kasernstraße abbiegen wollte. Mit dem spießigen und überaus neugierigen ehemaligen Nachbarn war sie mehr als einmal aneinander geraten.

Etwas polterte eigenartig im Wasser, das fiel ihr auf, als sie sich schon fast vom Ufer abgewendet hatte. Oder war es ein Schleifen, das an ihren Ohren kratzte und sie bewog, sich umzudrehen? Sie rückte an ihrer Brille. Die Gläser waren innen vom Schweiß verschmiert, sie nahm sie rasch ab und wischte sie an ihrem T-Shirt sauber. Die Verbesserung war nicht berauschend. Wieder das Kratzen. Die Geräusche der Stadt tauchten weg, und Katinka ging zügig auf das noch verwaiste Bierzelt und die Uferböschung zu. Mit drei beherzten Schritten stand sie im Gras und starrte in das braune, zügig dahinfließende Regnitzwasser.

Sie sah ein Bein.

Katinka war sich ganz sicher, dass es ein Bein war, das weiße, fast transparente schmale Etwas, das immer wieder gegen die Holzverschalung der Zeltkonstruktion schabte. Dann sah sie einen Fuß, bloß, ohne Schuh oder Strumpf, mit angeknabberten Zehen. Katinka schluckte. Sie griff in die hintere Tasche ihrer Shorts. Ihr Handy war immer dabei. Sie hatte die Nummer schon gewählt, während das Bein sich löste und ein Stück weiter trieb. Es rumste, als ein ganzer Mensch vom Wasser gegen die Holzpfosten gedrückt wurde.

»Uttenreuther?« Seine Stimme klang müde und trocken.

»Hardo«, krächzte Katinka und dankte dem Himmel für ihre nunmehr guten Kontakte zur Bamberger Kripo. »Ich stehe am Leinritt, gleich beim Festzelt. Da treibt eine Leiche im Wasser. Ein Mädchen.« Sie stockte und betrachtete das in den Wellen wehende, lange dunkle Haar der Toten. »Also, eher eine junge Frau.«

Keine zehn Minuten später stand Uttenreuthers mächtige Gestalt, wie immer in Jeans und kariertem Hemd, neben Katinka und fragte: »Also, was genau haben Sie hier getrieben, Palfy?«

Katinka fühlte sich von der Trutzigkeit seines

fränkischen Körperbaus irgendwie getröstet. Trotz des Bierbauches, den Hauptkommissar Harduin Uttenreuther, der sich selbst gern Hardo nannte, vor sich herschob, wirkte er trainiert und bewegte sich unerwartet schnell.

»Ich habe meine morgendliche Joggingtour gemacht, da vorne auf der Bank ein bisschen pausiert und wollte jetzt eigentlich heim.«

»Da haben Sie sie gesehen.«

»Genau. Zuerst nur ein Bein. Einen Fuß. Dann trieb die Leiche«, Katinka schluckte, »ein Stück weiter und ich konnte erkennen, dass es eine Frau ist.«

»Eine, die mal schön war«, sagte Harduin Uttenreuther. Sein kahler Kopf glänzte im Morgenlicht.

Katinka fand seine Offenheit schockierend.

»Jetzt kommen Sie schon, Sie sind Privatdetektivin. Das wird nicht Ihre erste Leiche sein, oder, Palfy?«

Katinka schüttelte den Kopf, während sie die Männer beobachtete, die die junge Frau endgültig aus dem Wasser gefischt hatten und am Ufer ablegten. Tatsächlich war dieses Mädchen nicht ihre erste Leiche. Im Frühjahr hatte ihr erster Fall sie eines Morgens ebenfalls ziemlich unvorbereitet über einen Toten stolpern lassen, im Sekretariat eines Uniprofessors. Sie stöhnte, machte aber alle Angaben, die man von ihr haben wollte.

»Zunächst mal müssen wir klären, ob wir es hier mit einem Unfall zu tun haben«, sagte Uttenreuther, aber seine Stimme kam aus weiter Ferne. Katinka starrte die Absperrungen an, die Schaulustigen, die sich auch zu so früher Stunde schon herbeibewegt hatten, sie hörte, wie in den Häusern hinter ihr die Fenster auf- und zugingen. Ein Arzt schob sich durch den vorbereiteten Zugang an den Tenderbarriers vorbei. Katinka erkannte sein griechisches

Profil wieder. Dr. Stanislaus Wenzinger. Sie beide waren sich damals ebenfalls über den Weg gelaufen.

»Wann wissen Sie mehr?«, fragte Katinka müde.

»Ob sie ermordet wurde? Das denken Sie doch, oder?«

Katinka blickte Uttenreuther böse an.

»Ich kann Ihnen eines sagen, Palfy. Sollte diese junge Schönheit ein Mordopfer sein, dann muss ich Sie enttäuschen: Das wird nicht Ihr Fall werden.«

Katinka wurde schlecht. Tatsächlich hatte sich irgendeine Schaltung in ihrem Kopf aktiviert. Einen kurzen Moment hatte sie gedacht, sie könnte einen neuen Fall kriegen. Verdammt, es war ihr Job. Ein beschissener Job. Warum war sie nicht doch Archäologin geblieben und hatte promoviert, wie ihr Exprofessor es ihr vor Jahren angeboten hatte. Sicher verursachte es bessere Gefühle, alte Mauerreste und Speerspitzen auszugraben als Tote. Zumindest als aktuelle Tote. Gegen ein Skelett aus dem 14. Jahrhundert hatte ja keiner was. Es produzierte keine Schuldgefühle, nicht so wie das hier. Katinka hasste plötzlich den Anblick der Polizeifolie, die klaren, unbeteiligten Stimmen der Polizisten, die auch nur ihren Job erledigten.

Jemand sagte: »Wenn die Sandkerwa scho losganga wär, würd ich behaupdn, die had zu viel gsoffn«.

Wieso sollte sie sich schuldig fühlen, weil jemand gestorben war? Auch die Bullen leben vom Tod, raunte die fiese innere Stimme Katinka zu, wie du, wie du, wie du. Katinka verabscheute diese Stimme, die sie umschwirrte wie eine lästige Wespe, die alles kontrollierte, kommentierte und Komplexe hinterließ.

»Ich glaube, wir beide gehen zusammen frühstücken«, schlug Uttenreuther vor.

»Ich glaube nicht«, sagte Katinka. »Ich stinke. Ich habe Sport gemacht.«

Uttenreuther reagierte nicht. Er redete kurz mit seinen Leuten und stapfte davon. Katinka wandte sich ebenfalls um und ging in die Kasernstraße hinein. Sie hatte ernsthaft vor, zu Fuß nach Hause zu gehen und den Hauptkommissar einfach stehen zu lassen. Als sie Richtung *Schlenkerla* abbog, hupte es hinter ihr.

»Bocken Sie nicht, steigen Sie ein.«

Uttenreuther thronte hinter dem Steuer eines Streifenwagens. Katinka musste plötzlich lachen. Es erleichterte sie ungemein. Fast fröhlich fühlte sie sich, als sie auf den Beifahrersitz sank und grinsend einigen Passanten zuwinkte, die sie argwöhnisch beäugten.

»Wo gibt's denn um diese Zeit schon ein offenes Café?«, fragte Katinka.

»Sie sind nicht oft so früh unterwegs, oder?«

»Eigentlich nicht. Genauer gesagt, heute das erste Mal seit ...«

»So lange, dass Sie sich schon nicht mehr erinnern können. Wie läuft das Geschäft?«

Sie standen an der Schranne im morgendlichen Verkehr und brauchten drei Anläufe, um über die grüne Ampel zu kommen.

»So làlà.«

»Also wenig berauschend.«

»Mhm.«

»Wie bitte?«

Katinka spürte Uttenreuthers graue Augen auf sich geheftet, während er im Schritttempo durch die Schillerstraße fuhr.

»Ich hatte einige kleinere Aufträge. Aber das ist nicht fair, Hardo, wenn Sie mir unterstellen, ich hätte mich über die Wasserleiche eben gefreut. Das stimmt einfach nicht.«

Uttenreuther verzog keine Miene. Er bremste an der Ampel am Schönleinsplatz. Katinka hätte von hier gerade mal fünf Minuten nach Hause gehabt. Sie könnte den Kommissar zu sich zum Frühstück einladen. Doch bevor sie sich entschied, den Mund aufzumachen, bog er bereits in die Promenadestraße ein und dann links in die Franz-Ludwig-Straße.

»Dürfen wir hier durch?«, fragte Katinka ironisch und wies mit dem Kinn auf das blaue Schild. »Verkehrsberuhigte Zone!«

Uttenreuther stellte den Wagen rechts ab. *Der Beck*. Ein Selbstbedienungscafé im Bäckerladen. Katinka war nie hier gewesen. Sie holten sich Milchkaffee und Bamberger Hörnla an der Theke. Uttenreuther wählte zudem zwei Schinkenbrötchen mit Ei. Sie setzten sich ganz nach hinten. Das Café war fast voll. Einige Gäste stierten ihnen nach.

»Die sind jetzt alle sauer, weil wir vor der Tür parken und garantiert keinen Strafzettel kriegen«, grinste Katinka.

»Hören Sie, Palfy«, sagte Uttenreuther. Typisch für ihn, einfach aus dem Nichts neue Themen anzuschneiden. »Wenn, ich betone, wenn ich die Möglichkeit hätte, Sie bei uns unterzubringen, ich würde es tun. Aber Sie wissen: Man spart an allen Enden, und die Polizei bleibt nicht davon verschont.«

Ich will keinen Job von Ihnen, wollte Katinka aufbrausen, aber dann schwieg sie und bröselte an ihrem Hörnla herum. Hier war also noch einer, der behauptete, eine selbständige Detektivin würde nie zu etwas kommen. Nach einigen Jahren würde sie erschöpft aufgeben und bei Norma an der Kasse sitzen. Katinka schüttelte sich bei dem Gedanken. Sie wusste, was ihr fehlte: Sie musste endlich in der Stadt richtig bekannt werden. Damals, als sie die Mörderin des Studenten aufgespürt hatte, ging die Geschichte – dank Brittas Initiative als Journalistin beim *Fränkischen Tag*, der hiesigen Tageszeitung – einige Wochen durch die Stadt. Aber natürlich geschahen neue Dinge und Katinka Palfys Detektei war schnell wieder vergessen.

»Es ist ziemlich ambivalent, sich zu wünschen, dass was Abscheuliches passiert, nur damit man zu tun hat«, sagte Katinka.

»Reden Sie keinen Mist. Abscheuliches passiert immer, da braucht man nicht drauf zu warten.«

Er hat recht, dachte Katinka. Erleichtert rührte sie in ihrem Kaffee. Uttenreuther verschlang sein Schinkenbrötchen mit zwei Bissen und griff zum nächsten.

»Machen Sie sich keine solchen morbiden Gedanken. Oder liegt's daran, dass Sie aus Wien stammen?«

Katinka grinste. »Ich bin dort geboren. Aufgewachsen bin ich in Deutschland.«

Uttenreuther hatte das zweite Brötchen runtergeschluckt.

»Und? Sandkerwa?«

»Ich hatte vor, hinzugehen«, sagte Katinka zögernd.

Uttenreuther blickte sie wieder mal auf so eine direkte Weise an. Aber?, fragten seine Augen.

»Na ja, mein Freund ist vorgestern nach Prag gefahren. Er hat dort einen Riesenauftrag gekriegt. Programmiert was für eine deutsche Firma, genau nach Maß, also macht er es vor Ort. Im Gegensatz zu meiner Auftragslage sieht seine gülden aus.«

Sie ärgerte sich, kaum hatte sie zu Ende gesprochen. Zurzeit kam einfach alles negativ rüber.

»Ich gehe üblicherweise am Sandkerwafreitag in den *Griesgarten*, so gegen neun. Wenn Sie Zeit haben, kommen Sie vorbei. Gute Stimmung, gute Musik.«

Katinka nickte. »Mal sehen.«

»Ich halte Sie auf dem Laufenden.« Uttenreuther schüttete den Milchkaffee in seinen Magen und erhob sich. »Bis Freitag!«

Will ich geben, will ich nehmen

Ich kenne mich mit dem Geben aus. Jeder verlangt von mir, dass ich gebe, insbesondere ich selbst. Ich lerne gerade, dass auch ein Nehmen dazugehört. Ich will mich befreien von all dem üblichen Geben, der Hingabe. Was ich nun geben werde, ist etwas Spirituelles: Ich gebe Erfahrung. Ich gebe Wissen. Und, wem ich gebe, dem gebe ich Läuterung.

Was nehme ich dafür? Nichts im üblichen Sinne. Dieses Mal läuft das alles ohne Gegenleistung. Es gibt auch keine passende, keinen Wert, keine Währung, in der ich etwas Materielles nehmen könnte. Ich ernte stattdessen Erfahrung und gute Gefühle. Ich nehme mir das Recht, Verletzungen zurückzugeben. Ich nehme mir das Recht, sensibel zu sein. Ich säe und ich ernte. Wer Wind sät, wird Sturm ernten.

2. Der Fall Claudia Herzing

Zu Hause rief Katinka als allererstes ihre Freundin Britta an, um sie über die Leiche im Fluss zu informieren. Sie hatte ein schlechtes Gewissen, nicht schneller daran gedacht zu haben. Dann duschte sie ausgiebig und suchte sich ein frisches T-Shirt und einen leichten Rock heraus. Aus lauter Protest gegen Tom, dachte sie knurrig, mache ich mich heute mal schick, wenn ich zur Arbeit gehe. Sie verzichtete darauf, ihr ohnehin ziemlich kurz geschnittenes Haar zu fönen, flitzte die Treppe hinunter und schnappte sich ihr Rad. Um halb zehn rollte sie in die Hasengasse ein. *Katinka Palfy, Private Ermittlungen* stand an der Tür. Der simple Computerausdruck war inzwischen einem richtigen Schild gewichen, blaue Schrift auf weißem Grund und sündhaft teuer. Es war schon heiß, und in dem engen 15 qm-Raum hinter den großen Scheiben klebte stickige Luft. Im Nebenraum hatte sie das Fenster über Nacht gekippt, so dass die Temperaturen ein wenig erträglicher schienen. Sie riss das Fenster ganz auf und ließ auch die Eingangstür offen stehen. Der leichte Durchzug vermittelte ein Gefühl von Frische, als sei es ein Leichtes, zu arbeiten. Zu tun hatte Katinka allerdings nichts, und die Untätigkeit nervte mehr als die Hitze oder das Strohwitwendasein. Sicher, sie nutzte die Zeit und fraß sich durch Weiterbildungsliteratur und Fachbücher. Ihr Regal, anfänglich noch ganz leer, beherbergte nun schon eine Reihe von Büchern und Zeitschriften. Sie hatte sogar angefangen, sich eine Datenbank anzulegen, in der sie sämtliche Bücher nach Themen und Nützlichkeit katalogisierte. Dennoch lauerte in ihrem Hinterkopf der Gedanke, dass dies alles nichts anderes als Beschäftigungstherapie war. Sie betrachtete melancholisch die verwaisten Besuchersessel vor ihrem Schreibtisch und den nackten Terminplaner an der Wand. Dann raffte sie sich auf und checkte Faxgerät und Anrufbeantworter im Nebenzimmer. Nichts. Gewohnheitsmäßig prüfte sie das Waffenschränkchen. Ihre Beretta 9000S war bestens gesichert.

Katinka setzte sich an ihren Schreibtisch, jonglierte mit ein paar Buntstiften und rief dann Toms Handy an. Er hatte seine Mailbox aktiviert und vermeldete, man möge cinc Nachricht hinterlassen, er würde sogleich zurückrufen.

Wütend knallte Katinka das Telefon auf den Tisch und fegte dabei die Buntstifte auf den Boden. Schnell kroch sie unter den Tisch, um sie zusammenzuklauben, und fluchte über ihren Rock und die gewittergraue Staubschicht auf dem Linoleum. Als sie sich aufrichtete, stand ein Mann in der offenen Tür und blickte angespannt herein.

»Hallo!«, sagte Katinka halbwegs erschrocken, lächelte rasch, warf die Stifte auf den Schreibtisch und strich sich über den Rock. »Kann ich helfen?«

»Ich suche Frau Palfy.« Er stand immer noch auf der Gasse.

»Das bin ich selbst«, sagte Katinka herzlich und fügte hinzu: »Kommen Sie doch rein!«

Zögernd betrat der Mann den kleinen Raum. Er betrachtete das Dalí-Poster an der Wand, das Plakat zur Ausstellung der Harry-Potter-Illustratorin Sabine Willharm, den Ikea-Kleiderständer. Seine Hände zitterten leicht, und Katinka fragte sich, ob er unter Drogen stand – oder unter Entzug. Ein feiner Schweißfilm bedeckte sein Gesicht. Er trug ein weißes, kurzärmliges Hemd und Jeans, dazu Turnschuhe. Nach Joints sah er ganz und gar nicht aus. Endlich reagierte er auf Katinkas mehrmalige Aufforderung und sank in einen der beiden Besuchersessel. Katinka nahm hinter ihrem Schreibtisch Platz.

Ihr Herz galoppierte. Der Typ könnte ihr vierter Fall werden, seit immerhin beinahe neun Monaten, das machte einen Schnitt von nicht mal einem Auftrag in zwei Monaten. Kein Wunder, wenn ihr Vater lästerte, schließlich besaß er als anerkannter Glamourarchitekt ausreichende finanzielle Reserven, von denen er seiner Tochter gerne abgeben würde – Katinka wehrte sich jedoch vehement dagegen. Sie wischte die surrende Wespe mit den hinterlistigen Bemerkungen über ökonomische Unfähigkeit weg, und konzentrierte sich ganz auf den potentiellen Klienten. Er mochte Mitte dreißig sein, hatte lockiges, braunes Haar, wirkte schüchtern, extrem nervös, im Ganzen sehr sympathisch.

»Womit kann ich Ihnen helfen?«, fragte Katinka wohl zum dritten Mal, ehe er reagierte.

»Ich … mein Name ist Johannes Herzing. Meine Frau ist verschwunden.«

Katinka fühlte den Schreck so heftig in die Glieder fahren, dass sie zusammenzuckte. Die fahrige Bewegung mit ihrem Arm, die beinahe das Telefon heruntergerissen hätte, konnte sie nicht vermeiden. Zum Glück schien Johannes Herzing nichts gemerkt zu haben. Er starrte auf Katinkas Schreibtischplatte.

»Herr Herzing«, sagte Katinka langsam, ignorierte das feine Tremolo in ihrer Stimme, »würden Sie mir ein paar weitere Informationen geben?«

»Klar, Entschuldigung.«

Er griff nach seinem Handy, das in einem Lederetui an seiner Jeans baumelte, warf einen Blick auf das Display und steckte das Telefon wieder ein.

»Nur, weil die Kinder allein sind«, sagte er rasch und konzentrierte sich dann darauf, die wesentlichen Fakten, die er sich vermutlich zurechtgelegt hatte, abzuspulen.

»Meine Frau heißt Claudia. Wir wohnen in Scheßlitz, Am Kreuzschleifer, haben drei Kinder. Am Sonntagabend ging sie spazieren, nur so. Sie kam nicht wieder.«

Katinka lehnte sich zurück. Ihr Herz hämmerte. Mühsam gehorchten ihre Finger dem Befehl, nicht permanent an den Stiften herumzufummeln.

»Hat Ihre Frau etwas hinterlassen? Eine Nachricht, meine ich, irgendetwas, was auf ihr Verbleiben hinweisen würde?«

Wie zweideutig und geschwollen ich daherrede, dachte Katinka. Immer krochen in den kompliziertesten Momenten ganze Ameisenkolonnen von Gedanken herbei und lenkten sie ab. Wie ordentlich sein Hemd gebügelt ist. Wer hat das gemacht? Er selbst? Wie alt sind die Kinder? Die Frisur ist auch mehr oder weniger frisch geschnitten.

»Sie hat einen Zettel hinterlassen. Sie bräuchte ein wenig Freizeit. Also habe ich mir nichts dabei gedacht.«

»Sie haben sich nichts dabei gedacht?«

»Sehen Sie, mit drei kleinen Kindern hat man niemals Zeit für sich. Meine Frau leidet sehr darunter. Sie ist schon ab und zu mal ausgeschlitzt, fuhr für ein paar Tage in eine Großstadt zum Shoppen oder zu einer Freundin. Aber sie rief dann regelmäßig an und wir hatten das auch immer vorher verabredet.«

Katinka seufzte.

»Hat Ihre Frau … Selbstmordabsichten?«

Es fiel ihr schwer, direkt zu fragen, aber Herzing ging unerschrocken drauf ein.

»Nie im Leben. Sie ist aktiv, ein wirklich sozialer Typ, engagiert sich überall, bei ›Amnesty International‹, in einer Theatergruppe, im Chor … Also, die Theatergruppe ist seit einem halben Jahr nicht mehr existent, die Frauen haben es einfach nicht geschafft. Claudia gibt außerdem Nachhilfe in Englisch, sie ist Englischlehrerin, wissen Sie, und sie kennt so viele Leute …«

»Sie haben gar nichts von ihr gehört?«

»Sie hat keinmal angerufen. Sie hat kein Handy. Ich habe mich bei der Polizei erkundigt. Es ist schwierig, einen Erwachsenen als vermisst zu melden. Ich habe keine konkreten Anhaltspunkte. Also … ich möchte Ihnen den Auftrag erteilen, meine Frau zu suchen. Zu finden.«

Katinka erläuterte ihre Bedingungen und den Preis, den sie verlangte. Herzing willigte in alles ein. Er zückte seine Geldbörse und zählte einige Geldscheine auf den Tisch.

»Es ist wegen der Kinder.«

»Klar«, sagte Katinka. »Haben Sie ein Foto von Ihrer Frau mit?«

»Hier.« Er kramte ein Foto aus der Gesäßtasche seiner Jeans. Claudia Herzing mit drei Jungs, alle blond, aufgereiht wie die Orgelpfeifen.

»Claudia, Oswin, Oldrick und Oliver.«

Katinka atmete hörbar aus. Immerhin hatte sie Claudia Herzing heute morgen nicht im Fluss gefunden. Sie war blond, pummelig, und deutlich älter als die Frau im Wasser.

»Ich brauche mehr Anhaltspunkte. Kollegen Ihrer Frau, Freundinnen, Freunde der Familie …«

»Claudia hat gerade Elternzeit.«

»Dennoch.«

Katinka suchte Block und Bleistift aus der obersten Schublade und notierte die Namen und Adressen, die Johannes Herzing auswendig aufsagen konnte. Sogar die Telefonnummern hatte er im Kopf.

»Gutes Gedächtnis«, sagte Katinka lächelnd.

»Ach, wie dumm von mir. Hier ist ihr Adressbuch.«

Claudia Herzing hatte es anscheinend erst vor kurzem angelegt. Im Gegensatz zu Katinkas Register war hier nichts durchgestrichen, keine Telefonnummer zwischen die Zeilen gequetscht. Sämtliche Einträge waren mit dem gleichen Stift vorgenommen.

»Ich muss los ...«

»Wo arbeiten Sie eigentlich?«

»Ich bin Mathelehrer, am E.T.A.-Hoffmann-Gymnasium.«

»Ach ...«

»Ich meine, jetzt in den großen Ferien ist das alles kein Thema. Ich kann mich um die Kinder kümmern, aber was, wenn der große Run wieder losgeht? Wenn Claudia nicht zurückkommt?«

Katinka gewann den Eindruck, er habe sich mit diesem Gedanken schon fast vertraut gemacht.

»Ich tue, was ich kann«, sagte sie und hoffte, professionell zu wirken und Herzing damit zu beruhigen. Er nickte, wollte das Foto wieder einstecken, aber Katinka legte die Hand drauf und sagte: »Das könnte ich noch brauchen.«

»Ach ja«, sagte er, stand auf, nickte der Schreibtischplatte zu und trat hinaus in die Hasengasse.

Katinka brauchte nicht lange, um das Adressbuch abzutelefonieren, das Herzing ihr gegeben hatte. Zwar hatte Claudia Herzing viele Kontakte notiert, aber die meisten waren nicht zu Hause, schließlich war Urlaubs- und Badezeit.

Es waren einige Adressen in anderen Städten notiert. Katinka rief dort an und fragte sich durch.

»Katinka Palfy hier, aus Bamberg. Könnte ich wohl mit Claudia Herzing sprechen?«

»Claudia? Die habe ich seit einem Jahr nicht mehr gesehen. Sie müsste zu Hause sein.«

»Dort habe ich niemanden angetroffen. Es geht um die Lehrerkonferenz zu Ferienende, und Claudia gab mir mal Ihre Nummer für den Fall, dass sie daheim nicht erreichbar sein sollte …«

»Wie gesagt, ich habe sie seit einem Jahr nicht gesehen. Ab und zu telefonieren wir, aber das ist nun mindestens auch drei Monate nicht der Fall gewesen.«

Niemand konnte etwas Entscheidendes berichten. Zwei fragten, ob denn Claudias Mann nicht Bescheid wüsste. Bei der letzten Nummer im Adressbuch meldete sich ein Anrufbeantworter. Katinka sprach eine kurze Nachricht auf das Band und bat um Rückruf. Sie stand auf und griff nach einer Zeitung, mit der sie sich Luft zufächerte. Claudia war nirgends aufgetaucht. Katinka hielt es für unwahrscheinlich, dass sie sich verleugnen ließ. Nach Aussage ihres Mannes war sie ja nicht im Streit weggelaufen. Außerdem machte keine von Claudias Freundinnen einen unruhigen Eindruck – sie wirkten einfach nur überrascht. Wie ich vermutlich auch wirken würde, wenn mich jemand anriefe und fragen würde, ob er Britta sprechen könne, dachte Katinka.

In Bamberg erreichte sie nur zwei Ex-Kollegen von Claudia Herzing und eine Freundin, die mit ihr im Chor sang. Schnell aktivierte sie ihren Anrufbeantworter, schloss seufzend Fenster und Tür und radelte los.

Sie strampelte die Karolinenstraße hinauf, klingelte die Touristengruppen vor dem Dom aus dem Weg und erntete bewundernde Rufe, während sie keuchend über das Kopfsteinpflaster den Berg hinaufrumpelte. Die Hitze drückte, und am Jakobsberg stieg sie entgegen ihrer Gewohnheit ab. Nicht genug mit der Joggingrunde heute morgen, dachte sie. Jetzt auch noch Sport in der größten Mittagshitze. Die Wildensorger Straße reckte sich steil empor, und mit Schatten war um diese Zeit nicht zu rechnen. Katinka bezweifelte, dass Bamberg auf sieben Hügeln erbaut war – das fränkische Rom, wie die Stadt auch genannt wurde. Im Gegenteil, statt Hügel wäre Berg die angemessene Bezeichnung, und bestimmt waren es mehr als sieben, mindestens zehn. Sie warf einen kurzen Blick nach links zur Altenburg, der sie nie sonderlich viel hatte abgewinnen können. Sie wirkte auf Katinka ein wenig wie eine Spielzeugburg, zu rund, zu kuschelig. An der höchsten Stelle der Straße stieg sie wieder aufs Rad und ließ sich ins Tal treiben.

Bernhard Hellmreich lebte in einem angeberischen Eigenheim am Michaelsberger Wald. Er begrüßte Katinka in Shorts und mit nacktem, krebsrotem Oberkörper und führte sie um das Haus herum in den Garten. Ein Rasenmäher nach Machart eines Traktors stand dekorativ auf dem Rasen herum.

»Wie wäre es mit einem Mineralwasser?«, fragte er leutselig. Er mochte Mitte fünfzig sein, vielleicht älter. »Meine Frau ist bei unserer Tochter in Kanada zu Besuch, so habe ich sturmfreie Bude«, sagte er und lachte knirschend.

»Das ist sicher auch mal angenehm«, erwiderte Katinka flach. Gierig griff sie nach dem Wasserglas.

»Ja, die Hitze ist einfach unglaublich. Aber Sie sind doch mit dem Wagen gekommen?«

Katinka versuchte Uttenreuthers Trick und ging nicht

auf Hellmreichs gönnerhafte Frage ein. Statt dessen sagte sie:

»Erzählen Sie mir doch etwas über Claudia Herzing. Sie kennen sie ja wohl recht gut, nicht?«

Sie setzte sich auf den Gartenstuhl, den Hellmreich ihr zurechtrückte und bemerkte sehr deutlich seinen Blick auf ihre Beine. Vielleicht sollte man kurze Röcke als generelle Arbeitskleidung für Detektivinnen propagieren, dachte sie. Hellmreich setzte sich in den anderen Stuhl und goss Katinka Mineralwasser nach.

»Ich kenne sie seit zehn Jahren, ja, ziemlich genau so lange«, begann er ausführlich und ließ seinen Blick über die gepflegten Beete gleiten. »Sie begann ihr Referendariat bei uns, also am Kaiser-Heinrich-Gymnasium, und ich habe auch deshalb viel mit ihr zu tun gehabt, weil wir beide die gleiche Fächerkombination unterrichten. Englisch und Deutsch.«

Katinka wartete die nächsten Minuten geduldig ab, betrachtete den Garten. Sie fand ihn geschmackvoll, wenngleich an einigen Stellen protzig genug, um in den Augen seines Eigentümers standesgemäß zu wirken. Endlich kam Hellmreich auf Claudia Herzing zu sprechen.

»Seit der Geburt des Kleinsten, Oliver, ist sie im Erziehungsurlaub. Selbst eine Frau wie Claudia, tatkräftig, energisch, willensstark, schafft diese Mehrfachbelastung nicht mehr. Schade eigentlich. Wir Kollegen hoffen sehr, dass sie zurückkommt, wenn Oli ein wenig älter ist.«

»Inwiefern tatkräftig?«, wollte Katinka wissen.

»Tja, sehen Sie, ich kenne niemanden, keine Frau, die so tüchtig und engagiert ist wie Claudia. Sie setzt sich für alle ein. Seit sie nicht mehr berufstätig ist, gibt sie einigen hoffnungslosen Kindern Nachhilfe in Englisch. Sie können sich nicht vorstellen, was für Kinder von ihren Eltern ans Gymnasium geschickt werden. Die sind nicht zu gebrauchen. Aber was rede ich … ja. Claudia lässt das nicht gelten. Für sie gibt es keine hoffnungslosen Fälle.«

»Sie ist ein sozialer Typ?«

»Absolut. Ein Wunder an Energie und Tatendrang. Auch die Feste, die sie organisiert – unvorstellbar. Keine Arbeit ist ihr zu viel.«

»Feste? Bei sich zu Hause?«

Hellmreich nickte. »Sie will eben immer noch den Kontakt halten zu uns Kollegen. Ist auch sinnvoll, nicht, Sie wissen ja, wie schwer man sich tun kann, nach einer Pause wieder in die Berufstätigkeit zurückzukehren.«

Katinka meinte, einen Hauch von Verächtlichkeit wahrzunehmen. Sie fragte sich ernsthaft, wie Hellmreich meinen konnte, dass gerade sie das wusste, aber sie sagte nichts dazu.

»Claudia Herzing ist verschwunden.«

Hellmreich kippte die Kinnlade herunter. Er brauchte beinahe eine Minute, um die Sprache wieder zu finden.

»Verschwunden?«

»Ja. Sie machte sich am Sonntagabend auf den Weg, wollte einen Spaziergang machen. Sie kam nicht zurück.«

Hellmreich hustete, griff nach der Wasserkaraffe und schenkte sich nach.

»Dann ist ihr etwas zugestoßen«, sagte er entschieden. »Claudia ist garantiert nicht die Frau, die Mann und Kinder im Stich lässt.«

»Wann haben Sie sich zuletzt gesehen?«

»Kurz nach Beginn der Sommerferien, auf dem Markt in Bamberg. Claudia war mit ihrer Familie einkaufen, ich mit meiner Frau. Wir wechselten drei Worte, das war's.«

»Könnten Sie sich vorstellen, dass Frau Herzing einfach abtaucht? Und nach einiger Zeit wieder zurückkommt?«

»Unmöglich!«

»Vielleicht wollte sie einfach mal ihre Ruhe haben.«

»Niemals! Claudia braucht keine Ruhe. Sie will immer aktiv sein, dafür lege ich beide Hände ins Feuer.«

Katinka bemühte sich um Konzentration. Sie witterte hinter Hellmreichs Worten ein Spötteln, etwas Abfälliges, aber er saß höflich lächelnd auf seinem Stuhl.

Mit einem eigentümlich bitteren Gefühl in der Magengegend kämpfte Katinka sich den ganzen Weg zurück in die Stadt. Sie wurde das Gefühl nicht los, dass Lehrer Hellmreich eine Spur von Herablassung in seine Worte gelegt hatte, als habe er Claudia zwar oberflächlich gelobt, in seinen Worten jedoch so etwas wie Kritik angelegt. Katinka bog nach links in die Storchsgasse ab und sauste mit Schwung gegen die Einbahnstraßenrichtung hinab. Als Schülerin hätte sie Hellmreich definitiv nicht gemocht, und obwohl sie Claudia Herzing nicht kannte, war sie sich ziemlich sicher, sie lieber als Lehrerin gehabt zu haben als Hellmreich. Für sie gibt es keine hoffnungslosen Fälle. Wie er das gesagt hatte! Als sei jeder, der einen Menschen nicht nur nach dessen Schulnoten bewertete, ein übler Fantast. Katinka strampelte die Michaelsberger Straße wieder hoch und ließ anschließend das Rad den Maienbrunnen hinunterrollen. Die Straße war so eng, dass die Autos teils zurückstoßen mussten, um den entgegenkommenden Verkehr durchzulassen. Katinka schlängelte sich zwischen den Blechkisten rücksichtslos durch und aktivierte überhitzte, zornige Hupkonzerte.

Der Biologie- und Chemielehrer Dietram Zenk war allein stehend. Er wohnte im Erdgeschoss eines gepflegten

Hauses gleich bei der Abzweigung zum Abtsberg. Artig bat er Katinka herein.

»Möchten Sie etwas trinken?«

Katinka fühlte sich völlig vertrocknet.

»Das wäre nett. Es ist unglaublich heiß.«

»Sie sagen es. Die Sandkirchweih wird was werden bei der Hitze. Alkoholleichen, Chaoten, dehydrierte Jugendliche. Ach, na ja. Mich geht's nichts an.«

Er fummelte zittrig eine Flasche Bitter Lemon aus dem Kühlschrank und ließ sie prompt fallen. Zum Glück war sie aus Plastik. Katinka hob die Flasche auf und stellte sie auf den Küchentisch.

»Danke. Entschuldigung, Sie sollen doch nicht … Ich …« Zenk schwieg und goss zwei Gläser voll. Er bugsierte sie auf ein Tablett und trug es vor Katinka her in ein braunes Wohnzimmer. Alle Arten von Braun und Beige saugten Katinka die letzte Energie aus dem Körper. Braune Deckentäfelung, braune Schrankwand, braune Bilderrahmen, ein beige-brauner Teppichboden, eine beigefarbene Sesselgarnitur. Die moosgrünen, geblümten Vorhänge bemühten sich redlich um ein wenig Abwechslung auf der Farbpalette, allerdings ohne nennenswerten Erfolg.

Katinka sank auf einen der Sessel. Die Kleider klebten ihr am Leib. Tom würde über dieses Zimmer endlos lästern. Er, der Farbe so liebte! Sie verkniff sich ein Grinsen. Sorgsam platzierte Zenk zwei gläserne Untersetzer mit Blumenmuster auf dem Kirschholztisch und setzte dann vorsichtig die Limonadengläser ab.

»Sie sind Chemielehrer, nicht wahr?«, fragte Katinka angelegentlich. Zenk wirkte ziemlich verkniffen, sie würde ihn erst in eine etwas entspanntere Stimmung versetzen müssen. Er schien nur ungern auf die Frage einzugehen.

»Biologie und Chemie, ja!«, verkündete Zenk. »Wissen Sie, die meisten erinnern sich ungern an diese Fächer. Entweder lieben sie sie, oder sie haben einfach komplett versagt.«

»Ich fand Chemie immer ganz abenteuerlich«, sagte Katinka und beruhigte die Kontrollwespe, die drohend um ihre Ohren summte. »All diese Versuche, wo man nie wusste, ob es laut knallt, sich irgendwas verfärbt oder zu stinken anfängt ... Sie schienen mir wie Ausflüge für die Sinne.«

Zenk nickte erfreut. »Sehen Sie, sehen Sie!«, rief er. Dann stockte er plötzlich, griff schließlich halbherzig nach dem Limonadenglas und trank einen Schluck.

Katinka durchforstete ihr Gehirn, um ein weiteres Gesprächsthema zu finden, aber es war ihr unmöglich, sich etwas aus den Rippen zu schneiden. Also sagte sie ganz einfach: »Claudia Herzing ist verschwunden.«

Zenk stutzte. Er stellte das Glas ab, und nun verschüttete er eine gehörige Portion Bitter Lemon.

»Verschwunden?« Er räusperte sich, um die Heiserkeit zu kaschieren. Die Nervosität schien sich auf seine Stimmbänder gesetzt zu haben.

»Wissen Sie etwas darüber?«, fragte Katinka in behutsamem Tonfall. Vor Schreck riss Zenk die Augen weit auf.

»Wissen? Ich? Wieso? Ich ...« Er brach ab und nahm wieder das Glas zur Hand. Voller Konzentration setzte er es an die Lippen. Katinka blickte ihn geradeheraus an und wartete ab.

»Claudia ... sie ist eine so herzensgute, so engagierte Kollegin, wirklich. Was meinen Sie denn mit ... verschwunden?«

»Sie machte sich zu einem Spaziergang auf und kam nicht zurück.«

»Ihr armer Mann! Er muss verzweifelt sein. Und wie erklärt er es den Kindern ...« Zenk trank sein Glas leer.

»Ihr Verschwinden muss nicht gleich ein Verbrechen zu bedeuten haben«, beruhigte Katinka. »Sie kennen Frau Herzing doch gut – wohin könnte sie sich zurückgezogen haben?«

»Zurückgezogen?« Zenk riss die Augen auf und betrachtete Katinka, als sei sie soeben unter dem Sofa hervorgebrochen. »Zurückgezogen? Als Mutter von drei Kindern zieht eine Frau sich doch nicht zurück. Claudia ist außerordentlich verantwortungsbewusst. Sie liebt ihren Mann und die Kinder, sie setzt sich für ihre Nachbarn ein, sie ... sie arbeitet für ›Amnesty International‹, sie singt im Chor, kurzum, sie hat ihre Verpflichtungen, und die führt sie aus. Nein, Claudia verschwindet nicht. Niemals.«

Zenk nickte bekräftigend, während seine Finger begannen, an der Tischkante herumzuwischen.

»Herr Zenk«, fragte Katinka, »ist Ihnen an Claudia in der letzten Zeit irgendetwas Seltsames aufgefallen, vielleicht ...«

»Seltsames?«, unterbrach Zenk harsch. »Was meinen Sie mit seltsam?« Etwas Flehentliches lag in seinen Augen, als bitte er Katinka, endlich das Haus zu verlassen und ihn auf seinem beigebraunen Planeten allein zu lassen. Schnell sprach er weiter: »Ich habe sie selten gesehen. Sie ist im Erziehungsurlaub oder wie das heißt. Sie arbeitet nicht, und sie wird auch eine ganze Weile noch nicht arbeiten. Manchmal lädt sie einige von uns Kollegen zu sich nach Hause ein. Oder wir treffen uns in einem Lokal. Ich habe sie ... Ende Juli das letzte Mal gesehen. Wir hatten ein kleines Lehrertreffen zur Feier des letzten Schultages, ganz privat, auf dem Greifenklau-Keller. Tja. Claudia kam dazu. Sie wirkte ganz normal. Ganz normal.«

»Danke, Herr Zenk, dass Sie sich die Zeit genommen haben. Wenn Ihnen etwas einfällt, von dem Sie meinen, es würde nützen, dann rufen Sie mich an!« Katinka stand auf, ihre Visitenkarte, von Tom professionell aufgemacht, flatterte auf Zenks Wohnzimmertisch.

»Sicher. Aber … Sicher.«

Zenk begleitete sie zur Tür, doch anstatt gönnerhaft zu beobachten, wie sie sich aufs Rad schwang und über den glühenden Asphalt davonrollte, wie Hellmreich es getan hatte, rammte Zenk sofort die Tür ins Schloss. Katinka radelte nachdenklich zurück in die Stadt. Sie brauchte dringend einen Kaffee und irgendwas zu essen.

3. Vor dem Sturm

»Also, du hast einen neuen Fall.«

Begeistert warf sich Britta auf den Stuhl neben Katinka und landete auf deren Rucksack.

»He, pass auf!«

»Sorry, sorry.«

Beide mussten lachen. Britta stellte ihre Fahrradkuriertasche von den Ausmaßen einer Kletterwand auf den Boden. Trotz der Hitze war sie perfekt geschminkt.

»Schieß los. Du glaubst gar nicht, wie langweilig mein Berufsleben geworden ist. Sommerloch, saure Gurken, nichts zu schreiben. Halleluja, wenn jetzt endlich die Sandkirchweih losgeht. Dann dürfen wir aufzählen, wie viele Tonnen Müll, Hektoliter Pisse an Hauswänden, Platzwunden und so weiter produziert wurden.« Britta Beerenstrauch, die Lokaljournalistin beim *Fränkischen Tag*, gähnte demonstrativ.

Katinka kramte das Foto von Claudia Herzing hervor.

»Kennst du die Frau?«

»Nee. Sollte ich?«

»Ich habe nur gedacht, du kennst doch überall jemanden.«

»Einen Milchkaffee bitte!«, rief Britta der Bedienung zu. »Mensch, ich verdurste. Was für eine Hitze. Bei der Polizei waren sie übrigens halbwegs zugeknöpft wegen dieser Leiche von heute früh. Man spricht von einem Unfall, alles würde darauf hinweisen. Die Frau könnte betrunken gewesen und in den Fluss gefallen sein. Wenn die Leiche zwei Tage später dort angetrieben worden wäre, würde ich das sogar glauben. Aber vor dem großen Saufen?«

Katinka zuckte die Schultern. Die Bedienung brachte Brittas Milchkaffee.

»Sie werden die Autopsie abwarten. Rein äußerlich habe ich keine Einwirkungen von Gewalt gesehen«, sagte Katinka. »Aber ich hatte wenig Gelegenheit, sie mir genauer anzuschauen, und ehrlicherweise kann ich das auch nicht.« Sie schüttelte sich innerlich bei der Erinnerung an das Bein, das im Wasser trieb und das Kratzen des toten Körpers an der Holzkonstruktion des Festzeltes.

Britta schnappte sich ihr Notizbuch. Sie blätterte darin herum. Die Seiten waren mit ihrer großformatigen, weit nach rechts geneigten Handschrift bedeckt.

»Morde kommen in dieser Stadt außerordentlich selten vor. Ermittelst du jetzt? Gemeinsam mit deinem Kommissarsfreund?«

»Pustekuchen!«, sagte Katinka. »Er will mich nicht dabei haben. Allerdings habe ich nur wenige Stunden nach dem Leichenfund einen Fall bekommen. Diese Frau hier namens Claudia Herzing«, sie wies auf das Foto, »ist verschwunden.«

Britta hörte sich Katinkas Schilderung schweigsend an und malte Schafe auf ihr Notizpapier.

»Beide Frauen sind nicht identisch, hundertprozentig«, schloss Katinka. »Die Tote ist viel schmaler, hat lange, dunkle Haare.«

»Die Vermisste«, sagte Britta nachdenklich. »Was ist das für eine?«

»Britta! Das sind vertrauliche Informationen eines Klienten! Nichts für die Zeitung!«

»Das weiß ich selbst, Katinka!« Ungeduldig wedelte Britta mit ihrem Stift herum. »Nenn es eine Berufskrankheit: Bei jeder Geschichte, die ich höre, frage ich mich, wie ich sie schreiben würde. So nah am Menschen wie möglich. Emotional, wenn jemand vermisst wird. Du weißt schon. XY, treusorgende Mutter von drei blonden Jungs und talentierte Flugzeugingenieurin, kam von einem Waldspaziergang nicht wieder. Verzweifelter Ehemann als Foto, Unterschrift: Ich vermisse sie unendlich.«

»Du liegst ziemlich nah dran«, sagte Katinka lächelnd. »Alle beschreiben sie als pflichtbewusst. Sie hinterließ einen Zettel, dass sie ein wenig Freizeit bräuchte. Und kam nicht wieder.«

»Das klingt für mich nicht einfach nach Spaziergang«, wandte Britta ein. »Es hört sich an wie eine Frau, die die Schnauze voll hat und abhaut, um endlich mal zu leben.«

Katinka gab Britta im Stillen recht. Womöglich hatte Claudia Herzing vorgehabt, länger wegzubleiben.

»Aber es ist eigenartig: Ihr Mann behauptet, dass sie sich schon ab und zu mal eine Auszeit genommen hat, aber dann haben die beiden vorher alles abgesprochen.«

»Die Dinge können sich ändern. Ihr Mann geht fremd. Die Kindern spielen Trotzkopf. Sie hat ein Verhältnis zu einem anderen. Du solltest dir mal die Umgebung ansehen«, schlug Britta vor. »Wo wohnt diese Frau, wie ist die Atmosphäre. Das alles kann dich auf eine Idee bringen. Wie ist der Mann?«

»Nervös, natürlich.«

»Nur nervös? Stell dir mal vor, Tom verschwindet. Ungeplant. Bist du dann *nervös*?«

»Eher nicht. Fix und fertig. Könnte nicht schlafen. Wäre halbtot vor Angst.«

»Eben. Und der Typ? Er ist nur *nervös*? Vielleicht hat er sie umgebracht. Der Täter stammt in den allermeisten Fällen aus der unmittelbaren Umgebung des Opfers!«

Katinka kannte die Statistiken, schließlich hatte sie genug Zeit, sich weiterzubilden. »Wieso sollte er mich dann engagiert haben«, fragte sie lahm.

Britta fuhr sich durchs Haar. »Also, ich bitte dich! Tarnung und Täuschung, Camouflage, was weiß ich! Für eine Detektivin bist du ganz schön leichtgläubig.«

Katinka stöhnte.

»Genau diese Bemerkung habe ich jetzt gebraucht.«

»War nicht böse gemeint.« Britta grinste. »Könntest du nicht deinem Kommissarsfreund mal meine Telefonnummer geben? Und mir seine?«

Katinka diktierte Britta die Nummer.

»Mir kommt viel seltsamer vor, dass alle betonen, wie pflichtbewusst, verantwortungsvoll und sozial engagiert Claudia Herzing ist«, sagte sie dann. »Wieso verschwindet jemand dieser Machart?«

»Vielleicht wollte sie sich der Verantwortung mal entziehen.«

Katinka schob ihre leere Kaffeetasse weg. »Ich weiß nicht. Mir kommt das absonderlich vor. Und ihr Kollege, dieser Dietram Zenk, war wirklich übernervös. Entschuldige meine Armut an Vokabeln, aber auf ihn trifft das Wort genau zu.«

»Und?«

»Was und!«

»Welchen Grund hat er, nervös zu sein?«

»Er weiß etwas, was er nicht sagt. Mir kam es so vor, als sei ihm schlagartig irgendwas klar geworden, ein Zusammenhang zwischen Claudias Verschwinden und einer anderen Sache aufgegangen.«

Brittas Handy klingelte. Sie führte ein kurzes Gespräch, drückte die Aus-Taste und seufzte.

»Katinkaschen, ich muss los. Der *Bürgerverein Sand* ruft. Ab morgen wird's ernst. Erstmals wird die Sperrzeit verkürzt. Weißt du, was das bedeutet? Die Anwohner freuen sich jedenfalls drauf!«

Katinka grinste. So hatte sie sich die letzten Augusttage vorgestellt – tägliche Sandkerwa-Nachrichten in der Zeitung, ein nächtliches Bierchen im Sand und ansonsten ein wenig Entspannung vom Partymob im Hainbad. Nun war nicht nur ihr Kirchweihbegleiter Tom verschwunden, sondern auch das Empfinden von Ruhe und Ausgeglichenheit, das zu dieser Jahreszeit einfach dazugehörte. Und ein Fall lag vor ihr, parallel zu einer Leiche, die wiederum nichts mit ihrem Fall zu tun hatte. Ich sollte froh über den Fall sein, dachte Katinka, aber sie konnte das gallige Gefühl nicht loswerden, dass sie ihr Helles auf Kosten tragischer Vorkommnisse trank.

Nachdenklich verließ sie hinter Britta das *Hofcafé*, ging rasch durch die in der Hitze ausgestorbene Austraße zur Hasengasse und betrat ihr Büro. Anrufbeantworter und Faxgerät hatten nichts Neues zu melden. In der Gemeinschaftstoilette im Treppenhaus wischte sich Katinka mit Küchenkrepp und kaltem Wasser den Schweiß aus dem Gesicht, tupfte sich unter den Achseln ab und putzte ihre Brille. Kurzsichtig blinzelte sie in den trüben Spiegel. Auf ihrem Nasenrücken waren deutlich zwei rote Brillenabdrücke zu sehen. Katinka seufzte, ging wieder in ihre Detektei, kippte das Fenster des Nebenraumes, packte eine Flasche Mineralwasser in ihren Rucksack und charterte erneut ihr Fahrrad.

4. Mila Düthorn

Die Strecke nach Scheßlitz zog sich in die Länge. Zwischen Memmelsdorf und Drosendorf meinte Katinka, überhaupt nicht mehr anzukommen. Ihre Haut brannte. Sie war gar nicht auf die Idee gekommen, sich mit Sonnenmilch einzucremen. Hinter Drosendorf bewunderte sie den Blick auf Giechburg und Gügel. Unendlich lange schien es ihr her, dass sie dort oben zwischen der Burg und der kleinen Felsenkirche mit Tom spazieren gegangen war. Beide hatten sie zu wenig Zeit, tagsüber mal rauszufahren, und wenn sie am Wochenende etwas unternahmen, dann blieben sie meist im Stadtgebiet, gingen ins Kino oder auf einen der typischen Bierkeller. In Straßgiech wäre Katinka beinahe von einem Mähdrescher gerammt worden. Mit einem beherzten Schlenker wich sie aus und sprang bei voller Fahrt vom Rad. Ein paar Leute standen vor der Wirtschaft und starrten sie an. Keiner sagte etwas. Katinka fragte sich, was geschehen würde, wenn wirklich ein Unfall passierte. Schnell stieg sie auf und strampelte weiter.

Bis Scheßlitz brauchte sie fast eine Stunde, fand aber die Adresse von Claudia Herzings Freundin ziemlich schnell. Mila Düthorn stand schon am Gartentor und winkte ihr zu.

»Hallo!«, rief sie. »Sie sind aber sportlich!«

Lachend bat sie Katinka in ihren Garten und begann sogleich eine Abhandlung über das Wetter. Sie wirkte frisch und gut gelaunt. Mit der Präzision der echten Fränkin gelang es ihr, sämtliche Ps und Ts durch Bs und Ds zu ersetzen. Im Gegenzug ließ sie das R wie mit einem Schnelzgummi abgeschossen durch ihre Wörter schwirren.

»Dass Sie das bei der Hitze so aushalten«, meinte sie dann und bot Katinka Platz auf der Terrasse an. Auf dem Korbtischchen standen eine Kanne Eistee und ein Teller mit Keksen bereit.

»Bitte, bedienen Sie sich«, sagte Mila Düthorn. »Ich habe am Montag schon alles gehört, dass Claudia verschwunden ist, meine ich. Johannes hat mich angerufen, er wollte nämlich wissen, ob Claudia zufällig bei mir wäre.«

Katinka trank ihren Eistee und wartete schweigend ab.

»Ich mache mir wirklich Sorgen. Es passt nicht zu Claudia, einfach abzuhauen. Ab und zu kriegte sie mal zu viel, wie alle Mütter und Hausfrauen, dann besprach sie sich aber mit Johannes und fuhr mal für ein Wochenende weg. Sie hat sich nie einfach so aus dem Staub gemacht ... bisher jedenfalls.« Milas Blick wanderte in die Ferne. Von der Terrasse aus sah man über die in der Hitze glühenden Felder, der Wald glänzte silbrig, als habe die sengende Sonne ihn ausgebleicht. Katinka fragte sich kurz, ob es nicht doch Sinn machen würde, auf dem Land zu leben, aber dann machte sie etwas in Milas Geplapper stutzig.

»Bis jetzt ist Claudia eigentlich nie aus dem Raster gefallen«, sagte sie gerade.

»Was meinen Sie damit?«

»Na, sie ist eine ganz normale Frau, die ihre Familie liebt, in ihrem Beruf Erfüllung findet, Hobbys hat und sich sozial engagiert.«

»Sie betonen das so: bis jetzt«, gab Katinka zurück und wartete ab.

»Na ja, die Dinge können sich ändern, nicht?«, fragte Mila erstaunt. Eine leichte Röte flog über ihre Wangen. Sie wischte sich die Stirn. »Eine wahnsinnige Hitze! Leben Sie in der Stadt? Wie können Sie das aushalten!«

Katinka grinste.

»Ich lüfte die Wohnung nur nachts, tagsüber wird alles verrammelt, kein Lichtstrahl dringt herein. Aber erzählen Sie noch ein bisschen von Claudia Herzing. Sie sind gute Freundinnen, oder?«

»Ja, kann man so sagen«, nickte Mila und nahm sich einen Keks. »Claudia ist für mich so eine Art Inspiration. Ich bin ein wenig phlegmatisch manchmal, gebe ich zu. Claudia reißt mich immer wieder mit hoch. Sie hat mich ermuntert, im Kirchenchor mitzusingen. Ich habe es nicht so mit der Kirche, aber dort sind die Leute nett und aufgeschlossen. Verstehen Sie, ich habe nicht studiert so wie Claudia, sondern eine simple Ausbildung als Diätköchin. Das hier«, sie wies in einer ausholenden Bewegung auf Haus und Garten, »habe ich, weil mein Mann eine gute Stelle hat. Er sitzt bei Siemens in Erlangen in einer ziemlich hohen Position. Dafür ist er auch wenig zu Hause, ich muss mich um alles kümmern. Aber seit unsere Verena da ist, seit ziemlich genau zehn Monaten, füllt mich das Hausfrauendasein auch ein wenig mehr aus. Das Wahre ist es trotzdem nicht.«

»Arbeiten Sie nicht mehr in Ihrem Beruf?«, wollte Katinka wissen.

»Ich habe zwei Jahre in Staffelstein in der Kurklinik gearbeitet, aber mit der Gesundheitsreform interessiert sich niemand mehr für eine Diätköchin. Und ehrlich gesagt, der Job hat mir keinen großen Spaß gemacht. Er war eine Notlösung. Na ja.«

Katinka nickte.

»Ach, da hinten ist Winfried!« Mila winkte zum Zaun hinüber. Sie wies auf einen jungen Mann in Shorts und T-Shirt mit einer Heckenschere in der Faust.

»Komm doch einen Augenblick rüber!«, rief Mila. Sie wandte sich an Katinka: »Winfried Denninger ist unsere gute Gartenseele. Man findet keinen besseren als ihn.«

»Ein Profigärtner?«, fragte Katinka erstaunt.

»Nein, Student. Er macht das als Ferienjob.«

Winfried kam herüber. Sein T-Shirt klebte schweißnass an seinem Körper.

»Hallo zusammen«, sagte er. »Eine Affenhitze.«

Entschuldigend hob er seine erdigen Hände: »Es ist keine Unhöflichkeit, wenn ich Ihnen nicht die Hand gebe«, sagte er grinsend.

Katinka zuckte die Schultern. »Kein Thema. Ist es Ihnen nicht zu heiß zum Arbeiten?« Die Frage war scherzhaft gemeint, aber Winfried Denninger nahm sie ernst.

»Überhaupt nicht. Ich mag es, draußen zu sein, egal bei welchem Wetter.«

»Nimm Dir einen Eistee«, unterbrach Mila.

»Wir sollten uns mal um den Kompost kümmern«, sagte Winfried, griff nach dem Glas und leerte es in einem Zug. »Willst du erst noch mit Reiner darüber sprechen?«

Mila zuckte die Schultern. »Nein, nein, wenn du meinst, dann machen wir das mit dem Kompost.«

Sie besann sich und sagte: »Sorry, die Hitze hat mein Gehirn verschmort. Das ist Katinka Palfy. Sie ist hier, weil Claudia verschwunden ist.«

Winfried machte zuerst ein betroffenes Gesicht, dann sagte er: »Claudia? Claudia Herzing?«

»Kennen Sie sie?«, hakte Katinka nach.

Winfried nickte und langte nach einem Keks.

»Hier in Scheßlitz kennt man sich«, sagte Mila mit einem Seufzer. »Und außerdem arbeitet Winfried auch bei den Herzings.«

Katinka zerrte ihren Block aus dem Rucksack.

»Wie würden Sie Claudia Herzing beschreiben?«, fragte sie und sah Winfried Denninger aufmerksam an.

»Uff, beschreiben!« Winfried wischte sich den Schweiß aus dem Gesicht. »Eine nette Frau. Arbeitet viel, kümmert sich um soziale Sachen und so. Ich mag sie recht gern.«

»Winfried ist ja während des Semesters nicht in unserer beschaulichen ländlichen Welt«, erklärte Mila.

»Was studieren Sie denn?«, fragte Katinka neugierig.

»Lebensmitteltechnologie in Weihenstephan. Es war mein Traumstudium, ich habe sehr um den Studienplatz gekämpft. Aber mittlerweile frage ich mich, ob es wirklich das Richtige für mich ist. Nächstes Jahr mache ich die Abschlussprüfung, dann hat der Zweifel ein Ende.«

Katinka nickte. »Es ist nicht immer leicht, sich gegen so viele Optionen zu entscheiden.«

»Genau!«, rief Winfried, als habe er gerade diese Bestätigung immer gesucht. »Genau, das ist es. Nicht, dass man sich für eine Sache entscheiden kann, sondern dass man sich gegen so viele Wege entscheiden muss, das macht mir Schwierigkeiten.«

Mila nahm sich noch einen Keks, knabberte daran herum und sagte dann: »Also, zu Claudia: pflichtbewusst, sozial eingestellt, energiegeladen, das sind ihre Haupteigenschaften. Fällt dir noch was ein, Winfried?«

Der Feriengärtner schüttelte den Kopf. »Trifft absolut zu. Entschuldigt ihr mich? Ich will mich an den Kompost machen. Die nächsten Tage«, er grinste, »wird es mit der Arbeit ein wenig langsamer zugehen.«

»Sandkirchweih?«, wollte Katinka wissen. Winfried Denninger zwinkerte ihr zu. »Exakt. Sie auch, oder?«

»Ich denke schon.« Er ist ein paar Jahre jünger als ich, dachte Katinka. Und jüngere Männer laden ältere Frauen nicht auf die Sandkirchweih ein.

»Im Prinzip gehen alle hin, die ich kenne. Boykott kommt einfach nicht in Frage!« Er stand auf, bedankte sich für den Eistee und zog ab.

»Netter Typ«, sagte Katinka. »Und er arbeitet auch für die Herzings?«

»Und für etliche andere Gartenbesitzer im Ort«, fügte Mila hinzu. »Er hat eine unheimlich gute Intuition für Pflanzen, auch für exotische, die man wirklich gut pflegen muss. Hat es geschafft, bei den Nachbarn zur Linken einen dicken Bougainvilleabusch zu züchten.«

»Claudias Beziehung zu ihrem Mann, wie sieht die eigentlich aus?«, kam Katinka zum Thema zurück.

»Du lieber Himmel, Sie fragen mich Sachen, Frau Palfy. Man weiß das ja auch bei den besten Freundinnen nicht so genau. Aber Johannes und Claudia verstehen sich schon recht gut. Johannes ist in manchen Dingen etwas langsam. Claudia kann viel schneller Entscheidungen treffen und tut es auch. Dann fühlt sich Johannes über den Tisch gezogen, Claudia ist von seinem Zögern genervt. Aber im Großen und Ganzen ... »

»Hat oder hatte Claudia ein Verhältnis mit einem anderen Mann?«

Mila wurde knallrot. »Nein«, sagte sie bestimmt.

»Warum erschüttert Sie meine Frage?«, erkundigte sich Katinka.

»Ich ... sie erschüttert mich nicht. Nur ... es ist unwahrscheinlich, dass eine Frau mit drei Kindern einen Lover findet.«

Katinka hatte das deutliche Gefühl, dass Mila auswich und außerdem versuchte, das Gespräch anderswohin zu lenken. Sie kritzelte auf ihrem Block herum. Ihre Hand klebte am Papier fest.

»Claudia scheint sehr viel zu unternehmen. Schafft sie das denn zeitlich?«

»Die Herzings haben an zwei Abenden die Woche einen Babysitter, die Tochter einer Kusine von Claudia. Augenblicklich ist sie in Ferien, aber Johannes und Claudia haben diese beiden freien Abende eingeführt, um auch mal wieder Zeit füreinander zu haben.«

»Hat Claudia weitere Freundinnen? Kennen Sie jemanden, bei dem sie sich vielleicht aufhält?«

Mila schüttelte den Kopf. »Ich habe Ihnen doch schon gesagt: Claudia würde nicht einfach so abhauen.«

»Dann ist ihr etwas passiert!«, stellte Katinka hart fest. Sie warf Block und Bleistift auf den Korbtisch.

»Aber«, begann Mila, um dann mit einem neuen Keks in der Hand dazusitzen und in die Ferne zu starren.

»Entweder ist sie freiwillig weggegangen und hält sich immer noch freiwillig irgendwo anders auf, oder jemand hindert sie, zurückzukommen, oder sie ist tot.« Katinka wusste nicht, weshalb sie plötzlich mit so viel Unmut hinter den Kulissen hervorkam. Schnell griff sie wieder nach dem Stift. Mila war zusammengezuckt. Jetzt sah sie eher blass aus. Dann öffnete sie den Mund, zögerte, biss in den Keks und stieß zwischen den Zähnen hervor:

»Claudia hat eigentlich überall Freunde.« Sie nannte Katinka ein paar Namen von Frauen aus dem Chor, gab auch die Telefonnummern an, soweit sie sie wusste. »Ich möchte nicht, dass ihr etwas passiert ist, verstehen Sie? Ich möchte es nicht.«

»Keiner möchte das«, betonte Katinka. »Was hat Claudia am Sonntag gemacht? Am Samstag? Wann haben Sie sich zuletzt gesehen?«

»Am Samstag«, antwortete Mila. »Ich wollte mal nach Bamberg und einkaufen, mein Mann musste arbeiten, also brachte ich die Kleine zu ihr, gegen zehn. Um eins war ich wieder in Scheßlitz und holte Verena ab. Ich ging gleich heim, denn sie war müde und unleidlich.«

»Hat Claudia Ihnen erzählt, was sie für das Wochenende noch vorhatte?«

»Ich glaube, sie wollten mit den Jungs Richtung Lichtenfels an einen Baggersee fahren. Aber Oliver, der Kleinste, war nicht so gut drauf, deswegen stand alles noch in den Sternen.«

Katinka steckte ihren Block ein. »Melden Sie sich bei mir, wenn Ihnen etwas einfällt oder Sie noch etwas hören, was von Belang sein könnte, o.k.?«

Sie verließ den Düthornschen Garten. Mila sah ihr über die Hecke hinweg zu, wie sie aufs Rad stieg und davonfuhr.

Herzings wohnten nur ein paar hundert Meter die Straße hinauf. Katinka sprang vom Sattel und wurde von einer sabbernden schwarzen Promenadenmischung begrüßt.

»Aus, Kalle, aus!«, rief ein Junge, der hinter der Hausecke hervorkam.

»Hallo!«, rief Katinka. »Bist du Oswin?«

»Ja, wer sind Sie?« Der Junge wirkte aufgeweckt und neugierig.

»Katinka Palfy. Ist dein Papa da?«

»Klar. Er baut mit Oldrick ein Flugzeug.«

Oswin führte Katinka um das Haus herum zu einer Kellertreppe. Katinka stieg hinunter. Im Keller war es angenehm kühl. Der Junge öffnete die Tür zu einem Hobbyraum. Ein ausgedientes Sofa stand in der Ecke. Auf einer Tischtennisplatte waren die Einzelteile eines Flugzeugbausatzes ausgebreitet. Leim, Pinsel, Handwerkszeug aller Art stand herum. Es roch stickig und nach Schweiß. Ein zweiter Junge mit dem gleichen blonden Haar und derselben kurzen Stoppelfrisur wie Oswin stand neben Johannes Herzing am Tisch.

»Grüß Gott!«, sagte Katinka rasch. »Ich war ohnehin in Scheßlitz. Haben Sie zwei Minuten für mich?«

Johannes Herzing wischte sich Leimreste an die Jeans.

»Lass das schön hier liegen!«, mahnte er Oldrick. Er schob Katinka zur Tür hinaus. Die beiden Jungen kamen sofort hinterher.

»Kann ich mich bei Ihnen im Haus mal umsehen?«, fragte Katinka leise. Johannes Herzing zuckte die Schultern. »Sicher. Aber was meinen Sie zu finden?«

»Hinweise, die mir etwas über den Verbleib Ihrer Frau sagen können«, murmelte Katinka, denn die Kinder hatten die Ohren auf Empfang gestellt und lauerten an der Kellertreppe. Herzing nickte.

»Im ersten Stock ist Claudias Reich. Ihr Arbeitszimmer, wo sie sich für die Schule vorbereitet hat, im Augenblick braucht sie das ja nicht, aber sie sitzt dort gern und malt manchmal Aquarelle, schreibt Briefe für ›Amnesty International‹, geht ins Internet. Schauen Sie sich ruhig um. He, Oldrick, lass das.«

Geplärr setzte ein. Katinka flüchtete durch eine angelehnte Terrassentür ins Haus. Sie musste unbedingt die letzten Stunden von Claudia Herzing vor ihrem Verschwinden zusammenkriegen. Ihr Arbeitszimmer war aufgeräumt, aber nicht übertrieben geleckt. Auf einem kleinen Korbtischchen lagen Zeitschriften, einige aufgeschlagen, als habe Claudia Herzing nur mal eben ihr Zimmer verlassen. Ein Computer thronte auf dem Schreibtisch vor dem Fenster. Hohe Einbauregale beherbergten dicke Wälzer über Pädagogik. Katinka betrachtete beinahe neidisch die Sammlung englischer Romane. Außerdem schien Claudia Herzing ein Fan der Gedichte Emily Dickinsons zu sein. Etliche Bände der Lyrikerin reihten sich aneinander.

Halbherzig schaltete Katinka den PC ein. Ungeduldig trommelten ihre Finger auf die Tischplatte. Fahrig zog sie die Schubladen auf und durchwühlte den Inhalt: Lineal, Schreibstifte, ein Lehrerkalender. Systematisch, ich muss das systematisch durchgehen, ermahnte sich Katinka. Das satte »Plingling« des Computers ließ sie zusammenfahren. Ein sauberes Desktop lag vor ihr, mit einigen Ordnern, die Claudia scheinbar nach Klassenstufen sortiert hatte. Die Dateien waren nicht besonders aktuell, aber Claudia hatte ja auch Elternzeit, wie sich Katinka ins Gedächtnis rief. Sie öffnete den Explorer und ging der Reihe nach alle Ordner durch, aber es fiel ihr nichts Besonderes auf. Es gab einen Ordner mit dem Titel ›Korrespondenz‹, der allerdings nur Schreiben an die Krankenkasse und einen Rundbrief mit einer Einladung an Lehrerkollegen enthielt. Katinka öffnete das E-mail-Programm und wurde zur Eingabe des Passwortes aufgefordert. Sie zögerte, stand dann auf und streckte sich. Sie war schon wieder durstig. Der PC machte ihr Angst, als sei er ein hinterhältiges Tier aus der Fanatsy-Welt. Dann fiel ihr auf, dass sie seit Stunden nicht an Tom gedacht hatte. Sie könnte ihn anrufen und fragen, ob er einen Weg wüsste, den Passwortschutz zu umgehen. Der Gedanke rief ihre Aggression auf den Plan. Sie beschloss, nach unten zu gehen und Johannes Herzing zu fragen.

Er stand wieder im Hobbykeller, die beiden blonden Jungs neben sich.

»Herr Herzing«, sagte Katinka. Sie wollte ihn nicht von seiner Feinarbeit ablenken. Hingebungsvoll fummelte er an den Tragflächen des Flugzeugs herum. »Entschuldigung. Wie lautet das Passwort für das E-mail-Programm?«

Herzing sah auf. Er blickte verwirrt drein, als müsse er sich erst aus der Modellbauwelt herauskämpfen. Der Arme, schoss es Katinka durch den Kopf. Er sucht wie ich seine Möglichkeiten, sich abzulenken. Dabei hat er ganz andere Sorgen als ich.

»Sonne.«

»Wie die ›Sonne‹?«, fragte Katinka perplex.

Herzing nickte bestätigend und Katinka flitzte rasch wieder die Treppen hinauf, die neugierigen Blicke von Oldrick und Oswin im Nacken.

Sie tippte ›Sonne‹ in das vorgesehene Feld und wartete.

»Haben Sie das Kennwort vergessen? Geben Sie das Kennwort erneut ein. Beachten Sie die Groß/Kleinschreibung«, meldete der Computer. »Scheiße!«, rief Katinka und presste schnell die Finger auf ihren Mund. Unerträglich heiß schien es ihr in dem Zimmer. »Claudia Herzing, wo sind Sie«, fügte sie halblaut hinzu und öffnete das Fenster. Es ging auf den Garten, der, das musste Katinka zugeben, die Handschrift Winfried Denningers trug.

Johannes Herzing wusste nichts von einem anderen Passwort. Er bot Katinka an, seinen PC zu verwenden, aber Katinka winkte ab. Die beiden Eheleute hatten jeweils ein eigenes Mailprogramm. Das gleiche wie bei Tom und mir, dachte Katinka, und ich finde das ziemlich vernünftig.

»Hat Ihre Frau irgendwelche besonderen Vorlieben? Komponisten, Länder, Autotypen, Schriftsteller?«

Herzing zuckte die Schultern, aber in dem Moment klatschte Katinka so heftig in die Hände, dass die Kinder von dem lauten Knall aufgeschreckt zusammenfuhren.

»Ich denke, ich weiß, wo ich suchen muss«, rief sie und ließ den entgeisterten Johannes Herzing zwischen seinen Flugzeugteilen zurück. Sie stürmte die Treppen hinauf und betrachtete den PC. »O.k.«, sagte sie. »Jetzt geht's dir an den Kragen.« Sie suchte einige der Emily Dickinson-Bände aus dem Regal. Zuerst versuchte sie es mit den Titeln einiger Gedichte. Negativ. Es kamen ohnehin nur wenige in Frage, die meisten waren viel zu lang für ein Passwort. Der PC brummte drohend. Katinka blätterte in dem kleinen Buch und stieß auf ein Nachwort zu den Gedichten. Emily Dickinson, geboren am 10.12.1830 in Amherst/Massachusetts, las Katinka. Sieben Buchstaben. Amherst. Mit fliegenden Fingern tippte Katinka. Befriedigt piepste der Rechner. Katinka wischte sich die schweißnassen Hände an ihrem Rock ab. Es dauerte eine Weile, bis das Programm eine wohl geordnete E-mail-Oberfläche zum Vorschein brachte. Das Posteingangsfach enthielt wenige nichtssagende Mails, dafür steckten aber über 100 Mails im Ordner »Versendet«. Katinka stöhnte unwillkürlich. Sie kannte schon einige Namen. An Mila Düthorn war fast die Hälfte der Mails gerichtet. Katinka leitete sie ordnungshalber an ihre eigene Mailadresse weiter, obwohl sie kaum die Hoffnung hatte, in den einzelnen Verabredungen für einen Kaffee oder zum Chor etwas Interessantes zu finden. Ein paar Mails gingen an Internetversandhäuser, wo Claudia Bestellungen getätigt hatte. Die meisten waren schon älter. Sie entdeckte Mails an eine Lehrer-Mailingliste und außerdem ein paar unbekannte Namen. Rasch druckte Katinka diese Briefe aus. Dann stutzte sie. Ein Name kam ihr ziemlich bekannt vor. Winfried Denninger, dessen E-mail-Adresse *eagle@hotbot.com* lautete. Katinka fand die Namenwahl reichlich albern, den Inhalt des Briefes an Eagle aber gar nicht.

Lieber Winfried,

ich verstehe nicht ganz, weshalb diese Härte in unseren Umgangston gefunden hat. Johannes und ich sind dir wirklich sehr dankbar für deine Ideen und deinen Einsatz.

Gruß,

Claudia

Katinka blickte auf. Der Garten unter ihr glänzte in der Hitze. Alles wirkte auf wundersame Weise gepflegt, ohne überbehütet zu sein. Sie druckte die Mail aus und verstaute alles in ihrem Rucksack. Dann fiel ihr Blick auf die Adresse *lola@tin.it*. Sie öffnete sie. Erschreckt prallte sie vom Bildschirm zurück.

Liebste,

dein Deutsch ist eine Pracht. Mach dir darüber die wenigsten Sorgen. Ich freue mich unendlich auf dich.

Bis morgen.

C.

Katinka verschluckte sich an ihrer eigenen Atemluft. Hustend blickte sie auf die Datumsangabe. Samstag, 16.8.2003, 20:02 gab der Computer pflichtschuldig an. Liebste?

Katinka checkte noch das Adressbuch des Mailprogramms, aber es war leer. Anscheinend hatte Claudia keine Ahnung, wie man damit umging. Katinka fuhr den Rechner herunter, schaltete den Drucker aus und blieb einen Augenblick im Zimmer stehen.

Liebste?

Wie um zu lauschen hob sie den Kopf und hielt die Luft an. Stille umfing sie. Wenn sie die Gedanken und Gefühle erhaschen könnte, die Claudia begleitet hatten … Katinka seufzte und verließ das Arbeitszimmer. Claudia Herzing hatte sich am Tag vor ihrem Verschwinden mit einer Frau verabredet, in die sie offensichtlich verliebt war. Nun ging es darum, Johannes Herzing einzubeziehen. Wahrscheinlich würde ihn der Schlag treffen. Noch wahrscheinlicher war es, dass er von nichts wusste. Katinka biss sich auf die Zunge, als sie langsam zur Treppe ging. Am besten, sie würde ihm nichts sagen. Claudia mochte all ihre Ausflüge zur vermeintlichen Erholung von der Familie so geplant haben, dass sie ihre Geliebte treffen konnte. Katinka blieb stehen und sah sich um. Sie hatte gemeinen Durst. Irgendeine dieser Türen musste das Bad verbergen. Schnell fand sie, was sie suchte, wusch sich die Hände und trank mindestens einen halben Liter Wasser. Dann lehnte sie ihren Kopf an die kühlen Fliesen. All diese Idylle, dieses perfekte Leben, der wundervolle Garten und die ideale Biographie …

Katinka verabschiedete sich von Johannes Herzing. Er bastelte inzwischen allein an seinem Flugzeug herum. Die beiden Jungen rauften im Garten. Katinka fragte sich, wo der Kleinste war. Als sie auf ihr Rad stieg und davonfuhr, spürte sie beobachtende Blicke auf sich gerichtet. Keine neugierigen, sondern überlegene, kalkulierende Augen. Sie sah sich unwillkürlich um, entdeckte aber niemanden.

5. Sandkerwafieber

Katinka war kaum aus der Dusche gekrabbelt, als Tom anrief. Sie bemühte sich, den beleidigten Tonfall aus ihrer Stimme zu tilgen, aber es gelang ihr nicht recht. Wir haben es ausgemacht, der Job geht vor, hörte sie sich selbst wie ein Mantra wiederholen.

»Wir gehen hier das Fußballspiel ansehen«, verkündete Tom aufgeräumt. »Guckst du auch?«

»Was für ein Fußballspiel«, fragte Katinka. Sie hatte tatsächlich keine Ahnung.

»Wo ist deine Loyalität als Sportfan?«, fragte Tom. »Deutschland spielt gegen Italien.«

Katinka versprach, sich das Spiel anzusehen.

»Drück unseren Leuten die Daumen«, bat Tom. Er erzählte von gewaltigen Fortschritten bei der Arbeit. Katinka spürte deutlich, wie gerne er sie davon überzeugen wollte, dass er viel schneller als sie glaubte wieder zurück sein würde. Aber die Sandkirchweih verpasst er trotzdem, dachte sie missgünstig.

»Bamberg brodelt schon«, sagte Katinka. »Und ich habe einen neuen Fall.«

Toms Schweigen am anderen Ende deutete auf seine Bestürzung hin, nachdem er von der Wasserleiche neben dem Festzelt gehört hatte.

»Das ist ein schlechter Witz«, sagte er.

»Natürlich nicht«, erwiderte Katinka genervt. »Ich erzähle keine Witze, in denen Ermordete vorkommen.«

»Halte dich auf alle Fälle an deinen Kommissar«, bat Tom.

Katinka verdrehte die Augen. Warum nur traute ihr keiner, sie selbst eingeschlossen, zu, mit Morden, Mördern und Toten zurechtzukommen? Natürlich hatte sie heute morgen der Anblick der jungen Frau schockiert, aber nun waren etliche arbeitsreiche Stunden vergangen, sie hatte mindestens ein loses Ende in der Hand, und sie würde weiterkommen.

Nachdem sie aufgelegt hatte, Toms ploppende Kussimitationen noch im Ohr, überlegte sie, ob sie sich in der Pizzeria unten etwas zu essen bestellen sollte, entschied sich aber dagegen. Der Abend rief danach, auf dem Keller auszuklingen. Sie griff nach ihrem Handy und wählte Brittas Nummer. Sie ging sofort ran.

»Britta? Hier Katinka. Was hältst du von …«

»*Spezikeller*? Unbedingt. Ich sage dir, ich lechze nach einem Rauchbier. In einer halben Stunde?«

»Du bist ja flott entschlossen«, lachte Katinka.

Sie suchte sich eine leichte Hose und eine Bluse im Crinkle-Look heraus. Morgen würde sie waschen müssen. Seit ihrem Umzug war sie nur damit beschäftigt gewesen, ihren Besitz in den von Tom einzusortieren und sich einen Überblick über den Inhalt ihrer Kartons zu verschaffen. Wenn sie nicht in der Hasengasse saß und über ihren Beruf grübelte.

Sie sprang aufs Rad und sauste los. Neugierig nahm sie den Weg durch die Lange Straße. Morgen würde es losgehen. Die Buden standen schon an Ort und Stelle, Klein Venedig glänzte, gekleidet in bunte Glühbirnen, große Mondlampions grinsten aus den Fenstern vieler Häuser. Ein geschäftiges Kommen und Gehen herrschte. Wie Süchtige umkreisten Bamberger und Touristen den Ort des Geschehens, als könnten sie keinesfalls noch knappe 24 Stunden warten, bis der Startschuss fiel und die mittelalterliche Stadt in Partystimmung unterging, um fünf Tage später wieder aufzutauchen, einigermaßen erstaunt darüber, überlebt zu haben. Katinka trat trainiert in die Pedale, stieg am Stefansberg, den sie wie üblich nicht über die Eisgrube, sondern entgegen der Einbahnstraßenregelung anfuhr, ab und schob ein Stück, um zu Atem zu kommen. Die Hitze pappte wie Kleister auf dem Kopfsteinpflaster. Einer Völkerwanderung gleich strebten die Leute lachend und plaudernd den Berg hinauf. Katinka reihte sich ein und fühlte sich glücklich. Die Sommerstimmung in Bamberg war einfach unvergleichlich. Alles kochte und bebte, freute sich am Dasein und warf für ein paar Wochen jede Spur von dumpfem Provinzialismus ab. Die bevorstehende Sandkirchweih tat ein Übriges, um den Bambergern die Welt von der freundlichsten Seite zu zeigen. Bürger wie Besucher inspirierte sie und erfrischte das mitteleuropäische Blut mit beinahe lateinamerikanischer Fröhlichkeit.

Katinka stellte ihr Rad am Zaun ab und lief den langen Weg zum *Spezikeller* hinauf. Grinsend erinnerte sie sich an Tom, der seinen Berliner Freunden stets präzise erklärte, weshalb man in Bamberg AUF den Keller ging. Die Brauer hatten in alten Zeiten, als es noch keine Kühlhäuser gab, ihr Bier in stollenartigen Kellern im Berg gekühlt. Draußen, auf dem Berg und damit auf dem Keller, trank man heute noch das Bier. Ach, Tom. Für einen Moment dachte sie an ihren Freund ohne Groll, einfach nur ein wenig traurig, weil sie am allerliebsten mit ihm hier an der Hecke entlangflaniert wäre, in der Vorfreude auf ein echtes Rauchbier.

Mit Britta versprach der Abend allerdings auch unterhaltsam zu werden. Sie hatte einen Tisch im romantischen Teil erobert, von wo aus man Michaelsberg und Dom sehen konnte.

»He, Katinka!«

Britta stand wie ein Baum auf ihrem Klappstuhl und winkte. Sie trug einen knöchellangen, silbrig schimmernden Rock und ein grünes Shirt.

»Wie hast du das denn geschafft!«, rief Katinka schon von weitem. »Ein freier Tisch?«

»Du kennst doch den alten Mensa-Trick«, erklärte Britta und lachte trocken.

»Du meinst, die Konservenfabrik?«

»Exakt. Zwei!«, brüllte sie dem Kellner zu, der sich mit einem Tablett voller Bierkrüge zwischen den Tischreihen durch das Getöse schob. Noch ehe Katinka sich setzte, standen zwei Seidla Rauchbier bereit.

»Ich erinnere mich ausgesprochen gut«, erklärte Katinka und nahm den ersten Schluck. »Du hast deine Ferienjoberfahrung aus der Konservenfabrik eingebracht.«

»Kreativ eingebracht«, grinste Britta und stippte eine Zigarette aus der Schachtel. »Man musste nur laut rausposaunen, was sich alles aus der Erbsensuppe rausklauben lässt, bevor die Maschine die Dose zumacht. Grashalme, verweste Spinnen, Fingerkuppen, Mäuse ...«

»Hör auf!«, lachte Katinka. »Du willst doch wohl nicht behaupten, dass du den anderen Kellerbesuchern hier das Bier madig gemacht hast.«

»Das war eine Touristengruppe aus Japan, die hätten mich gar nicht verstanden«, antwortete Britta. »Hast du Fortschritte gemacht?«

»Ein paar. Ich kann noch nichts Genaues sagen. Jedenfalls gibt es Anzeichen«, Katinka zögerte, »dass Claudia Herzing lesbisch ist.«

»Wie bitte?«

»Britta, bitte, ich sollte das nicht sagen, versprich mir …«

»Klar, wir unterhalten uns hier rein privat«, sagte Britta. Sie fuchtelte mit den Armen, um den Kellner auf sich aufmerksam zu machen. »Essen will ich auch noch was.«

»Und was steht morgen im FT?«

»Unglücksfall am Vorabend der Sandkirchweih«, antwortete Britta. »Keine Panik. Ich beziehe mich nicht auf Informationen von Dir, die ich sowieso nicht habe.«

Katinka war sicher, sich auf Britta verlassen zu können. Sie kannten sich ewig, vertrauten sich gegenseitig fast alles an. Dennoch surrte die Gedankenwespe böswillig um Katinkas Kopf: »Smsmsm, Vertrauliches gibt man nicht weiter.«

»Also zwei Bratwürste mit Brot und Kraut für mich. Und du, Katinka? Katiiiinka!«

»Dasselbe!«

»Sehr fantasievoll«, knurrte Britta. »Erzähl: Wie kommst du auf so was?«

»Ich habe einen Liebesbrief von ihr an eine Frau gefunden.«

»Und du bist sicher …«

»Es ist absolut eindeutig. Das ist keine ›beste Freundin‹. Oder würdest du mich mit ›Liebste‹ anreden?«

»Eher nicht«, gab Britta zu. Sie steckte sich die nächste Zigarette an.

»Ich frage mich, ob jemand aus ihrem reichhaltigen Bekanntenkreis etwas weiß oder ahnt. Wie kann sie das geheim halten?«

Britta schüttelte den Kopf. »Keine Ahnung.«

Ein Pärchen kam auf der Suche nach einem freien Platz in ihre Richtung. »Ist hier noch frei?«, fragte die Frau hoffnungsvoll.

Katinka öffnete den Mund, aber Britta sagte: »Sorry, aber da kommen noch drei Leute.«

Das Pärchen zog enttäuscht ab.

»Britta! Du bist fies!«

»Wie sollen wir uns über deinen Fall unterhalten, wenn andere am Tisch sitzen? Im Flüsterton?«

Katinka schnappte sich die rote Zigarettenschachtel und zielte damit spaßhaft auf Brittas Kopf.

»Reden wir über was anderes als über die Arbeit«, bat sie.

»Aber die Sache ist spannend!«

»Mehr weiß ich ja noch nicht«, gab Katinka zu bedenken.

Britta wiegte den Kopf hin und her: »Die perfekte Ehefrau, Mama, Lehrerin, das soziale Gewissen des Bamberger Umlands, Chorsängerin und ... was macht sie sonst noch alles?«

»Sie ist bei ›Amnesty International‹ dabei. Aber die meisten Bekannten, von denen ich die Telefonnummern habe, sind nicht erreichbar gewesen.«

»Klar. Sie sind entweder in Ferien oder auf dem Höhepunkt ihrer Entzugserscheinungen. Und morgen geht's los. Ich freue mich unendlich.«

Katinka lachte. »Jeder tut das. Jeder, der hier geblieben ist. Apropos: Was macht eigentlich Alban?«

Brittas Blick wurde finster.

»Er hat altmodische Ansichten.«

»Was meinst'n damit!«

Katinka dachte, wie innig verliebt Britta und ihr Kollege Alban Hanke seit dem Frühsommer gewesen waren.

»Ich bin nicht monogam, so wie du«, erklärte Britta rundheraus. In diesem Augenblick stellte der Kellner die beiden Bratwurstteller vor ihnen ab. Sein Grinsen war so breit wie eine Mondsichel.

»Arschloch!«, rief ihm Britta nach, aber bei dem allgemeinen Radau auf dem Keller konnte er es nicht hören.

Katinka griff nach Messer und Gabel.

»Hast du Alban das nicht gesagt? Ich meine, als klare Aussage zu Beginn eurer Beziehung, damit er sich drauf einstellen kann?«

»Sei doch nicht blöd!«, knurrte Britta. »Würdest du das machen?«

»Nein. Aber ich bin ja auch monogam.«

Sie brachen in Lachen aus und verspeisten mit großem Appetit ihre Bratwürste.

»Und wer war der Seitensprung?«

»Ein usbekischer Kommunikationswissenschaftler, der zu einem Forschungsaufenthalt an der Uni war. Über den habe ich einen kleinen Bericht geschrieben. Wenn du ab und zu mal in unser Blatt schauen würdest, wüsstest du, wer er ist und wie er aussieht.«

Katinka bekam einen Lachkrampf.

»Du spinnst, Britta.«

»Von wegen. Ich brauche die unterschiedlichsten Kostproben vom Leben. Die Zeiten sind vorbei, wo es das Höchste war, eine Affäre mit einem amerikanischen Fernsehmoderator zu haben.«

Katinka grinste. »Die Segnungen der Wende.«

»Der so genannten. Alban ist eingeschnappt, aber ich lasse ihn schmoren.«

»Auch gut«, befand Katinka. Ihr Handy klingelte.

»Palfy?«

»Katinka? Bist du das? Mein Gott, was für ein Lärm!«

Katinka spürte, wie das Blut aus ihrem Gesicht wich.

Sie hob den Bierkrug an. Er war leer. Rasch schob Britta ihren hinüber.

»Melissa! Wo steckst du denn?«

»In Frankfurt.«

Um Himmels willen, dachte Katinka. Alles, von mir aus noch drei weitere Leichen, aber nicht das.

»Was heißt das, in Frankfurt.«

»Stell dich doch nicht so dumm, Schwesterlein. Ich bin hergeflogen. Lufthansa macht's möglich. So ein Sommer in New York kann ganz schön heiß sein!«

Katinka trank Brittas Bier aus und signalisierte, dass sie dringend ein zweites Seidla brauchte. Sie stand auf und quetschte sich durch die Hecke neben ihnen. In der Mitte der Wiese setzte sie sich auf das verbrannte Gras.

»Bamberg ist auch heiß.«

»Ich habe ein Deutschlandbuch gekauft«, palaverte Melissa weiter. »Dort wird unbedingt ein Besuch auf der berühmten Sandkirchweih empfohlen. Du bist doch keine Spielverderberin, oder?«

Doch, dachte Katinka. Schwach sagte sie: »Kommst du allein?«

»Aber sicher«, flötete Melissa. »Ich gehe morgen noch eine Kunstausstellung ansehen, dann werfe ich mich in den Zug und fahre zu dir. Kann ich dich anrufen, wenn ich am Bahnhof ankomme?«

Als Katinka zu Britta zurückwankte, war sie sich nicht im Klaren, wie sie das Gespräch zu Ende gebracht hatte. Würde tatsächlich morgen ihre jüngere Schwester, mit der sie nichts verband als die gemeinsamen Eltern, in ihrer und Toms Wohnung herumstolzieren? Ihr die Zeit und die letzte Luft zum Nachdenken rauben?

»Was ist los!«, fragte Britta besorgt. Sie hatte zwei frische Bier geordert und sah ernstlich verunsichert aus.

»Meine Schwester!«

»Melissa? Sag nicht, Melissa will dich besuchen.«

»Doch. Will sie. Sie ist schon in Deutschland.«

»Scheibenkleister. Trink erst mal!«

Sie stießen an und senkte die Krüge für einen kurzen Moment wieder auf die Tischplatte.

»Und das ausgerechnet jetzt! Ich stecke in meinem Fall und habe Melissa am Rockzipfel.«

»Was will sie hier?«

»Angeblich die Sandkirchweih unsicher machen«, sagte Katinka. Müdigkeit und Erschöpfung warfen sich auf sie wie schwarze Schatten.

»Umso besser!«

»Wie kommst du darauf?«

Britta gestikulierte temperamentvoll: »Ganz klar, sie füllt sich mit Bier, und du hast Ruhe und Frieden, um deinen Pflichten nachzugehen.«

»Sie wird mir in den Ohren liegen, dass ich mitkommen soll, wohin sie auch geht. Sie nölt und nörgelt ohne Ende. Bei meinen Eltern kriegt sie immer, was sie will.«

Schon war der zweite Krug zur Hälfte leer.

»Wir haben keinerlei gemeinsamen Interessen.«

»Was sind denn Melissas Themen?«, fragte Britta neugierig.

»Männer!«, sagte Katinka. »Vor allem Männer. Dann Geld und dann Kunst. Antiquitäten, die man kaufen kann, wenn man eine gut gepolsterte Kreditkarte besitzt.«

Auf Brittas Gesicht nistete sich ein hinterhältiges Grinsen ein: »Das bringt mich auf die Idee des Jahrhunderts. Ich mache Melissa mit Alban bekannt.«

Katinka verschluckte sich.

»Willst du ihm eine Konkurrentin ins Bett setzen?«

»Ach, was. Wenn Melissa so schlimm ist, wie du sagst,

wird er seine Mimosenhaftigkeit hintanstellen und zu mir zurückkehren.«

Katinka blieb der Mund offen stehen. »Du meinst das einfach nicht ernst.«

Grinsend hob Britta die Schultern.

»Trink aus und wir bestellen ein drittes. Ich muss meine Leber trainieren.«

Gerade wollte Katinka vor Lachen beinahe platzen, als ihr Handy erneut klingelte.

»Das ist Melissa und sagt, dass alles ein Gag war«, mutmaßte Britta.

»Hallo?«, trompetete Katinka.

»Palfy?«

»Hardo!« Katinka machte Britta mit rollenden Augen Zeichen und formte »der Kommissar« mit den Lippen. »Was verschafft mir die Ehre?«

»Sie stecken wohl schon in den Vorfeiern«, sagte Uttenreuther. Es klang amüsiert.

»Kann man so sagen. Gibt's was Neues?«

»Ich dachte, dass Sie die Identität der Toten von heute morgen interessiert.«

»Ja!«, rief Katinka erfreut. »Das ist lieb, dass Sie an mich denken.«

»Palfy, sind Sie betrunken?«

»Nicht doch«, erwiderte Katinka. Sie widerstand dem Impuls, loszukichern. Zwei Bier wirkten in ihrem Kopf wie eine Nebelmaschine. »Nicht doch. Ich hatte einen harten Tag und sitze mit einer Freundin auf dem Keller.«

»Das ist kaum zu überhören«, gab Uttenreuther zurück. »Also: Die Tote heißt Antonella Malesanto und hielt sich zum Deutschlernen in Bamberg auf.«

»Haben Sie«, Katinka schluckte, »Anhaltspunkte, was ihren Tod betrifft?«

»Bisher nichts Besonderes. Keine Zeichen von äußerer Gewalteinwirkung. Aber die Rechtsmedizinerin schickt mir den Bericht zu.«

»Ich wäre Ihnen extrem dankbar, wenn Sie mich weiter auf dem Laufenden halten würden«, brachte Katinka heraus. Zwei neue Krüge landeten auf ihrem Tisch und Britta packte sie demonstrativ und ließ sie in der Luft aneinander krachen.

»Sie denken daran, dass Radfahren mit Alkohol im Blut Sie den Autoführerschein kosten kann?«, sagte der Hauptkommissar angelegentlich.

»Meine Schwester will mich besuchen!«, antwortete Katinka. Mit letzter Kraft verschluckte sie die Lachsalve, die aus ihr herauswollte.

»Dann wünsche ich ein harmonisches Familientreffen.«

Katinka bedankte sich, aber Uttenreuther hatte schon aufgelegt.

Britta fixierte Katinka mit zusammengekniffenen Lidern.

»Das bringt mich auf die Riesenidee!«, rief sie.

Katinka griff schon nach dem dritten Seidla. Sie wusste, dass sie genug hatte, dachte jedoch gleichzeitig an den Nährwert von Bier und rief sich seinen zauberhaften Anteil an Vitamin B12 in Erinnerung.

»Wir verkuppeln Melissa mit dem Kommissar.«

»Machen wir nicht«, sagte Katinka und wischte sich den Schaum vom Mund.

»Soso«, machte Britta.

Sie wollten sich ausschütten vor Lachen.

»Ich brauche Hardo noch. Wenn meine Schwester ihn durch den Fleischwolf gedreht hat, wird er nie mehr was mit mir zu tun haben wollen.«

Gegen Mitternacht wanderten sie fröhlich Arm in Arm den engen Pfad hinunter und bogen am E.T.A.-Hoffmann-Gymnasium nach links ab. Vorsorglich schob Katinka ihr Rad, sie dachte an Uttenreuthers freundliche Warnung. Außerdem war sie sich nicht sicher, ob sie den steilen Berg mit vier Seidla im Blut so mühelos hinuntersausen könnte wie im Normalzustand.

»Scheiße«, sagte Katinka, als sie am *Bolero* vorbeigingen.

»Hm?«, fragte Britta. Sie ließ ihren Zeigefinger über die Hauswände streichen.

Es war immer noch sehr warm, hier unten in der Stadt brachte es das Thermometer bestimmt auf vier Grad mehr als oben auf dem Keller.

»Ich hab das Fußballspiel vergessen.«

6. Hardos Warnung

In der Wohnung hockte stickige Luft. Katinka lag in Slip und T-Shirt auf dem Bett und kam sich vor, als richtete jemand einen gigantischen Fön auf sie.

Wie konnte sie herausfinden, wer Lola war? Mühevoll hielt sie die Augen offen.

Bier in diesen Mengen hatte die unangenehme Wirkung, dass es müde machte, sie jedoch vom Einschlafen abhielt, als habe jemand die Schwelle zum Schlaf mutwillig um einen Meter erhöht. Katinka wälzte sich in der warmen Luft hin und her. Sämtliche Fenster der Wohnung standen sperrangelweit offen, doch nicht der kleinste Lufthauch fand herein.

Gegen zwei stand Katinka auf und kochte sich einen Espresso. Sie stellte die Caffetiera auf den Herd und suchte sich eines der kleinen Tässchen heraus, die sie Tom zu seinem letzten Geburtstag geschenkt hatte. Tom wüsste womöglich, wie man an die Identität eines E-Mail-Kunden kommen würde. Lola als Nutzername und tin.it als Serveradresse. Klang ganz nach Italien. Katinka kicherte. Wie langsam die Mühlen in ihrem Gehirn ansprangen. Der Espresso brodelte. Sie streute Zucker in einen Topf, schöpfte die ersten wenigen Löffel der heißen Flüssigkeit ab und begann, temperamentvoll eine Crema zu rühren. Lola, ein italienischer Server, mediterranes Wetter und italienische Fröhlichkeit. Sie stellte sich mit ihrer Tazzina ans Fenster und betrachtete die stille Straße. Die Pizzeria hatte zu, alles lag ruhig. In fast allen Wohnungen standen die Fenster offen. Niemand würde schlafen können. Tom hatte kurz vor seiner Abreise versucht, einen Ventilator zu kaufen, aber in der ganzen Stadt war keiner mehr zu haben.

Der Espresso belebte Katinkas Energien. Sie tappte barfuß zu Toms Computer und schaltete ihn ein. Ihr Freund hatte ihr freundlicherweise Kennung und Passwort verraten. Katinka klickte sich ins Internet. Dann griff sie kurz entschlossen nach dem Telefonhörer und wählte Toms Nummer in Prag.

»Hallo?«

Er hörte sich völlig verschlafen an, und Katinka spürte heftige Gewissensbisse aufflammen.

»Tom, ich bin's.«

»Katinka!« Er schien sich hochzurappeln. »Ist was passiert? Irgendwas mit dem neuen Fall?«

Er ist so süß, dachte Katinka. Macht sich permanent Sorgen. Irgendwie hinterließ der Gedanke, der sie zuerst warm umspült hatte, einen schalen Nachgeschmack.

»Ich brauche deinen professionellen Ratschlag«, sagte Katinka. Sie bemerkte, dass sie leise sprach, obwohl sie niemanden stören konnte. »Kannst du die Identität einer Person hinter ihrer E-Mail-Adresse herausfinden?«

»Spinnst du? Ich bin Programmierer und kein Hacker.«

Tom wurde hörbar wütend. »Ich weiß ja nicht, wie du den Abend verbracht hast, aber ich muss morgen um halb acht an der Kiste sitzen und arbeiten, und dazu brauche ich verdammt noch mal meinen Schlaf.«

»Niemand kann schlafen«, sagte Katinka ruhig. »Es ist glutheiß. Ganz Europa liegt sozusagen auf dem Grill.«

»Ich habe eine Klimaanlage. Gute Nacht.«

Er legte auf. Das KLICK tat Katinka weh. Sie stand auf und goss sich noch einen Espresso ein. Also musste sie forsch ans Werk gehen. Sie rief ihr eigenes Mailprogramm auf und tippte eine Mail an Lola. Mittendrin hielt sie inne. War es geschickt, Lola mit ihrer persönlichen Adresse zu schreiben? Katinka ließ die Tazzina auf der Untertasse Karussell fahren. Sie könnte nur für diesen Zweck eine neue E-Mail-Adresse anlegen. Als verdeckte Ermittlerin quasi, dachte Katinka und musste lachen. Sie streckte Toms Fotografie die Zunge heraus und grinste. Das war die Chance, ihrem ungeliebten Ex-Nachbarn Beinert einen gemeinen Streich zu spielen. Schnell richtete sie für den ahnungslosen Mittfünfziger ein E-Mail-Konto ein. Als Nutzernamen wählte sie *Espresso*. Sie kicherte, als sie das Passwort bestätigte. Dann klickte sie sich über die gefakte Kennung ins Programm und schrieb eine Mail an Lola:

Hallo Lola,
in Kürze fahre ich nach Italien. Könnten wir zusammen reisen? Ich würde mich freuen.
Gruß,
Heike

Befriedigt fuhr sie den Computer herunter und stand auf. Lange lehnte sie sich auf die Fensterbank und blickte auf den Synagogenplatz. Als sie endlich ins Bett ging, war es drei Uhr.

Katinka stöhnte. Sie war sich nicht im Klaren, woher der schrille Ton kam, der ihr ins Ohr schnitt. Es konnte keine Stunde her sein, dass sie eingeschlafen war. Draußen allerdings schien die Sonne von einem dunstig-blauen Himmel, und die Hitze flirrte zwischen den Häusern. Es war halb elf.

»Palfy?«, rief sie außer Atem ins Telefon.

»Erklären Sie mir, wie es kommt, dass Sie E-Mails an eine Tote absetzen, noch dazu unter falschem Namen?«

Der Hauptkommissar. Aus irgendeinem Grund rutschte Katinka das Herz bis zu den Zehenspitzen. Da war letzte Nacht etwas gewesen. Sie versuchte, sich zu erinnern, aber der dumpfe Biergeschmack in ihrem Mund und die Müdigkeit in den Knochen dämpften ihre Erinnerung.

»Ähm, können Sie konkreter werden?«

»Das ist nicht witzig, Katinka!«, röhrte Uttenreuther. Oje, er nannte sie beim Vornamen. Das bedeutete erhöhte Alarmbereitschaft. Schnell setzte sie sich auf Toms Schreibtischstuhl

»O.k.«, sagte Katinka, bereit zum Friedensschluß. »Ich habe gestern vier Bier getrunken. Völlig neben der Mütze bin ich nicht gelaufen, aber ...« Sie hielt inne.

O Gott. Vor Entsetzen legte sie ihren Kopf auf die Tischplatte. Sie stöhnte. Habe ich das wirklich gemacht?, fragte sie sich und fuhr sich mit der Hand durchs Haar. Ich Idiot. Ich Riesenross.

»Sie haben gestern Nacht eine Mail an Antonella Malesantos Mailadresse abgeschickt. Wir haben ihren Computer aus der Wohnung geholt. Der Autopsiebericht legt nämlich die Vermutung nahe, dass sie ermordet wurde. Und nun frage ich Sie, was Sie sich dabei denken, einer Toten, ermordet oder nicht, eine Mail zu schreiben. Und ein Mail-Konto unter falschem Namen einzurichten.«

Wie hat er das nur rausgefunden?, fragte sich Katinka.

»Ich kann Ihnen alles erklären«, sagte sie matt. Sie sehnte sich nach einer Dusche. Ihr Mund war ganz trocken.

»Ich hoffe, dass Ihre Erklärung gut ist, Palfy«, sagte Uttenreuther. Seine Stimme klang ernst und unversöhnlich. »Kommen Sie heute nachmittag ins Polizeidirektion. Drei Uhr.«

Katinka legte auf und widerstand der Versuchung, sich einfach wieder ins Bett zu legen. Sie verschloss schnell sämtliche Fenster und ließ die Jalousien herunter. Das gedämpfte Licht, das Streifenschatten auf die Wände zauberte, beruhigte sie ein wenig. Da war noch etwas gewesen. Sie setzte die Kaffeemaschine in Betrieb und suchte sich eine Flasche Mineralwasser aus dem Kühlschrank. Die letzte.

Richtig. Melissa würde heute kommen.

Sie trank die Flasche leer, nahm den Kaffee schwarz zu sich, schnappte sich eine halb kompostierte Banane aus dem Obstkorb, in dem sich Myriaden winziger Fliegen eingenistet hatten, und gab sich ihrer Verzweiflung hin.

Es war nicht nur unprofessionell, was sie da getan hatte, sondern auch denkbar dumm. Beinahe schon kriminell. Sie wusste nicht, wie der Straftatbestand juristisch hieß, aber auf den Namen einer anderen Person ein Mailkonto einzurichten, lag hundertprozentig auf dem Weg zur Kriminalität. Katinka biss in die Banane. Sie schmeckte unerwartet süß.

Zwei Möglichkeiten. Sie konnte in die Depression abgleiten, oder versuchen, den Tag zu nutzen. Den Tag, der schon zur Hälfte vorbei war. Beinahe.

»Los«, kommandierte Katinka. »Drei, zwo, eins, null.«

Sie warf die Bananenschale in den Biomülleimer, ging ins Bad, duschte, stopfte ihre Klamotten in die Waschmaschine und schaltete sie ein. Dann suchte sie sich eine frische Hose und ein Shirt heraus, zog sich an, verwuschelte die kurzen Haare mit Gel, polierte ihre Brille und setzte sie auf. Sorgfältig packte sie alle Sachen, die sie brauchen würde, in ihren Rucksack: Notizbuch, Stift, Handy, Ersatzakku, Gletschereisbonbons, Brillenputztücher. Sie füllte die leere Mineralwasserflasche mit Leitungswasser und steckte sie ebenfalls hinein. Dann nahm sie sich 50 Euro aus dem Sparschwein im Schlafzimmer, bestückte ihren Geldbeutel, schlüpfte in die Sandalen und verließ die Wohnung.

Ihr Büro glühte vor Hitze. Sie ließ die Tür offen und riss das Fenster im Nebenraum auf. Dann setzte sie sich am Schreibtisch zurecht, griff nach dem Branchenbuch und suchte eine Weile. Es gab nicht allzu viele Sprachschulen in Bamberg, und bei der zweiten Nummer hatte sie bereits Glück.

»Mein Name ist Heike Bachmeier«, sagte sie freundlich. »Antonella Malesanto nimmt doch bei Ihnen gerade an einem Deutschkurs teil. Könnte ich sie wohl mal kurz sprechen?«

Die Dame am anderen Ende zog heftig die Luft ein. Dann sagte sie:

»Wer sind Sie?«

»Ich bin eine Freundin von Antonella. Sie hat mich von Italien aus noch angerufen, dass sie nach Bamberg kommt. Sie wollte mir einige Bücher mitbringen. Ich weiß bloß nicht, wie ich sie erreichen kann.«

Smsmsm, machte die Kontrollwespe. Katinka fegte sie weg und stieß dabei unsanft gegen ihre Brille.

»Antonella ist tot«, flüsterte die Dame.

»Sie ist … tot?«, schauspielerte Katinka.

Smsmsmsm, drohte es in ihrem Kopf.

»Man weiß noch nichts Genaues, aber sie ist gestern Morgen in der Regnitz gefunden worden.«

Die Dame zierte sich, gab aber die Adresse heraus. Antonella habe mit einer anderen Frau zusammen gewohnt, die Wohnung sei über die Mitwohnzentrale angemietet worden.

Uff, dachte Katinka und legte auf. Ihre fahrige Armbewegung hatte ihre Brille verbogen.

»Ein Alptraum von einem Tag!«, sagte Katinka zu sich selbst. Sie reckte das Kinn, schloss das Fenster im Nebenraum, verließ die Detektei und fuhr mit dem Fahrrad zu Hossfeld & Zahn. Die Optikerin brauchte keine Minute, um die Brille wieder perfekt auf Katinkas Nase zu positionieren.

»Kommt schon mal vor, Frau Palfy«, sagte sie.

Katinka überlegte, ob der Moment für Kontaktlinsen gekommen sei. Sie wollte gerade den Mund aufmachen und nach der Preisspanne fragen, entschied sich dann aber doch anders. Heute waren andere Probleme zu lösen.

Sie bedankte sich für den Gratisservice, schwang sich aufs Rad und witschte gerade noch über die Lange Straße, als die Autos an der Ampel schon anfuhren. Eine Hupe blökte vorwurfsvoll. Bei der Hitze drehten alle noch schneller durch.

Katinka fuhr in die Markusstraße. An der Ecke zum Schiffbauplatz hatte Antonella Malesanto gewohnt.

Die Haustür stand unerwarteterweise offen. Im ersten Stock putzte eine Frau in Kittelschürze und Pantoffeln den Treppenabsatz. Trotz der Hitze trug sie durchsichtige Strümpfe.

»Heiß heute, was?«, sagte Katinka. Sie machte einen großen Schritt, um den feuchten Boden nicht zu betreten.

»Do ham Sie rechd«, antwortete die Frau.

»Wie in Italien«, machte Katinka weiter. »Entschuldigen Sie, ich möchte hier nicht wieder gleich alles dreckig machen.«

»Idalien, jaja«, nickte die Frau. »Hier wohnd aa a Idalienerin. Die is zum Deutschlerna komma.«

»Wohnt sie hier auf diesem Stock?«, fragte Katinka. »Ich komme von der Sprachschule.« Sie klopfte auf ihren Rucksack. »Ich muss ihr einige Unterlagen für die Prüfungsvorbereitung vorbeibringen.«

»Naa, da müssn Sie noch an Stogg weider nauf!«

Katinka bedankte sich und lief schnell nach oben. Auf ihr Klingeln hörte sie tatsächlich Schritte. Jemand schob die Tür einen Spalt auf. Sie war mit einer Kette eingehängt.

»Ja, bitte?«

»Katinka Palfy«, rief Katinka überdeutlich mit Rücksicht auf die Kittelschürze, dic ihre Wischtätigkeit für den Moment eingestellt hatte. »Ich habe einige Unterlagen für Antonella!«

»Antonella? Sie ist tot«, kam es flüsternd zurück.

»Ich bin Privatdetektivin«, sagte Katinka leise. Sie fummelte ihre Legitimation hervor. »Bitte, ich muss dringend einige Fragen an Sie stellen.«

Widerwillig löste die Frau die Kette. Katinka drückte sich in die Wohnung. Brütende Hitze empfing sie. Die Sonne hatte den ganzen Vormittag in die Wohnung geschienen.

»Ist das heiß!«

»Ja, das ist der Nachteil der Wohnung. Ich bin Mette Moldrup, Antonellas Mitbewohnerin.«

»Kommen Sie aus Dänemark?«

»Genau.«

Katinka lächelte. »Vermissen Sie nicht die Kühle und die frische Luft?«

Mette zuckte die Schultern. Sie wies auf ein Sofa und setzte sich selbst auf einen Sessel. »Möchten Sie was trinken? Die Polizei war auch schon hier und hat mich ausgequetscht. Es gibt nichts, was ich über Antonella nicht gesagt hätte.«

»Haben Sie der Polizei auch verraten, dass sie lesbisch war?«

»Was?« Mette stand wieder auf und ging in die Küche, kam mit einer Flasche Apfelsaft zurück und sagte, während sie zwei Gläser vollschenkte: »Antonella war nicht lesbisch.«

Katinka betrachtete die zierliche Frau mit dem halblangen, blonden Haar, das ihr am Kopf klebte. Wer hockte sich freiwillig bei dieser Hitze in die Wohnung? Wozu gab es Schwimmbäder, Baggerseen und einen halbwegs sauberen Fluss in erreichbarer Nähe?

»Sie hatte eine Geliebte«, entgegnete Katinka. Dankbar griff sie nach dem Saftglas.

»Davon weiß ich nichts.« Es klang ehrlich.

»Könnten Sie mir über Antonellas letzte Stunden und Tage berichten?«

»Ich habe der Polizei alles erzählt. Ermitteln Sie auch? Doppelt genäht hält besser, oder wie sagt man?«

»Tja«, sagte Katinka und schnürte ihren Rucksack auf. »Ich habe einen Klienten, der sich um seine Frau sorgt. Er hat mich beauftragt … das ist Berufsgeheimnis. Aber es gibt Grund zu der Annahme, dass die Frau meines Klienten mit Antonella zu tun hatte. Nur darum geht es mir.«

»Antonella ging am Dienstagabend aus. Sie sagte, sie wolle sich in der Stadt mit den Leuten aus ihrem Kurs treffen.«

»Kennen Sie die Kursteilnehmer?«

»Fiona Waltman, Australierin, ein Italiener namens Oreste irgendwie und ein Afrikaner, der Gervais mit Vornamen heißt.«

»Eine kleine Gruppe«, überlegte Katinka, während sie die Namen notierte.

»Ja«, sagte Mette.

»Nehmen Sie auch an dem Kurs teil?«

»Nein!« Mette lächelte. »Ich bin einige Sommer zum Deutschkurs hergekommen, aber seit letztem Jahr verbringe ich einfach meinen Urlaub hier. Ich habe einen Friseursalon in Kopenhagen. In Bamberg habe ich mich auf den ersten Blick verliebt, und so gönne ich mir einfach drei Wochen Ferien, während meine Geschäftspartnerinnen sich um den Laden kümmern.«

Katinka nickte verstehend.

»Kam Antonella von dem Treffen mit ihren Mitschülern am gleichen Abend zurück?«

»Nein«, sagte Mette. »Ich besuchte eine Aufführung im Marionettentheater, gleich gegenüber in der Sandstraße.« Sie wies aus dem Fenster. »Dann traf ich mich mit einer Bekannten im Bootshaus im Hain.«

»Sagen Sie mir Namen und Adresse?«

»Elke Schneider. Sie wohnt in der Richard-Wagner-Straße.«

Katinka kritzelte das in ihr Buch.

»Sie kennen viele Leute hier?«

»Ich habe ein paar Freundschaften geschlossen, schließlich war ich oft genug in Bamberg.«

»Als Sie heimkamen, war Antonella nicht da?«

»Nein. Wegen der Hitze haben wir nachts alle Fenster und Türen offen. Ich habe extra nachgesehen, ob sie im Bett liegt, denn ich wollte noch Musik hören und sie nicht stören.«

»Haben Sie sie nicht vermisst?«

»Absolut nicht.« Mette strich sich das Haar zur Seite. »Antonella übernachtete öfter mal woanders. Auch das habe ich der Polizei gesagt.«

Katinka klopfte mit dem Bleistiftende gegen ihre Zähne. Aus den Augenwinkeln sah sie, dass Mette nervös wurde.

»Also, ich dachte«, begann Mette, »dass sie einen Freund hatte. Wir haben uns ja vor gut zwei Wochen erst kennen gelernt. Da beredet man doch nicht gleich alles, oder?«

»Nein, klar nicht«, bestätigte Katinka. Sie legte den Bleistift weg und lächelte Mette beruhigend an. »Können Sie sich erinnern, was Antonella am Wochenende unternommen hat?«

»Sie schloss sich mir an. Ich wollte unbedingt schwimmen gehen. Wir verbrachten den Samstag nachmittag im Hainbad. Es war fürchterlich voll. Am Abend dann gingen wir Pizza essen im *La Strada*. Wir waren ziemlich müde von der Sonne und vom Schwimmen. Wir kamen hierher in die Wohnung und schauten uns einen Film im Fernsehen an. Notting Hill mit Julia Roberts und Hugh Grant. Anschließend kam eine Sportsendung. Antonella war wohl ein richtiger Fußballfan. Sie blieb auf, ich ging ins Bett.«

Das erinnerte Katinka an das verpasste Spiel von gestern. Sie wusste nicht einmal, wer gewonnen hatte.

»Ging sie nochmal weg?«

»Sie hat nichts davon gesagt. Ich war hundemüde und schlief bis zum nächsten Morgen.«

»Was war am Sonntag?«

Mette schenkte Katinka Saft nach.

»Sonntag war ein komischer Tag.«

»Warum?«

Mette rang nach Worten. »Kennen Sie das, wenn man zu nichts Lust hat? Ich telefonierte eine Weile mit meiner Mutter in Dänemark. Antonella ging unten am Fluss spazieren, kam gegen Mittag zurück und legte sich hin. Dann traf ich mich im *Café Müller* mit Elke. Ich kam gegen drei nach Hause, da lag Antonella noch im Bett. Sie stand um vier auf, machte sich richtig schick und schminkte sich. Die Italienerinnen können das perfekt«, seufzte Mette.

»Das stimmt«, nickte Katinka. »Beneidenswert. Wann kam Antonella zurück?«

»Spät. Ich hörte im Halbschlaf, wie die Tür ging. In der Nacht ging es Antonella nicht gut. Sie bekam Fieber. Am Morgen klagte sie über niedrigen Blutdruck. Außerdem hatte sie sich ein paarmal übergeben. Sie sah wirklich schlecht aus.«

»Ist sie zum Arzt gegangen?«

»Ich habe ihr zugeraten. Ich hätte sie auch begleitet, sie hatte wirklich noch ziemliche Schwierigkeiten mit der deutschen Sprache. Aber sie wollte nicht. Sie blieb einfach im Bett, meldete sich für den Tag vom Kurs ab und hoffte, dass alles von selbst vergehen werde.«

»Und? Tat es das?«

Mette nickte.

»Ja. Am Dienstag fühlte sie sich besser. Das Fieber war fast weg. Ihr war noch ein wenig schlecht. Sie ging auch zum Kurs. Am Nachmittag kam sie heim. Sie sah erschöpft aus. Außerdem hatte sie einen dicken Wespenstich. Ich hatte auch schon einen. Hier in der Wohnung schwirren ziemlich viele herum, und die sind richtig aggressiv. Antonella hat den Stich aufgekratzt. Das sah nicht schön aus.«

Katinka schüttelte sich. Sie hasste Wespen.

Mette erzählte weiter. »Am Abend machte sie sich dann wieder auf den Weg. Schick, wie immer. Ich wollte ins Marionettentheater. Wir wünschten uns einen schönen Abend. Das war's.«

Katinka stand auf und trat ans Fenster.

»Wie lange waren Sie mit Ihrer Bekannten, mit Elke Schneider, im Bootshaus?«

»Bis elf ungefähr. Dann machten wir noch einen ausgedehnten Spaziergang durch den Hain. Es war halbwegs kühl da. Gegen Mitternacht lieferte ich Elke in ihrer Wohnung ab und kam dann direkt hierher.«

»Welchen Eindruck haben Sie denn von Antonella? Ich meine, menschlich?«

Sie beobachtete die Buden unten am Fluss. In wenigen Stunden würde der Startschuss gegeben. Die Ruhe vor dem Sturm, dachte Katinka.

»Ich fand sie sehr sympathisch. Ich habe diese Wohnung über die Mitwohnzentrale gefunden, das mache ich jedes Jahr so. Antonella ist quasi meine Untermieterin. Gewesen. Und«, Mette zögerte, »ich hatte wirklich nicht den Eindruck, dass sie lesbisch wäre. Sie hat sich nie so … verhalten.«

Katinka seufzte und fragte sich, welche Art Verhalten Mette von einer lesbischen Mitbewohnerin erwartet hatte. Dass sie sie unverzüglich anmachte?

Mette dachte nach. »Wissen Sie, ich habe schon mit chaotischen Leuten zusammen gewohnt, die mein Essen gegessen haben, eine hat sich sogar an meinen BHs bedient.«

Katinka verkniff sich ein Lachen.

»Antonella war zurückhaltend, rücksichtsvoll, hat das Bad sauber hinterlassen … So richtig intensiv über Gott und die Welt haben wir uns nicht unterhalten. Dazu war ihr Deutsch zu schlecht, und ich kann kein Italienisch.«

»Dafür ist Ihr Deutsch umso besser«, sagte Katinka und schenkte Mette ein strahlendes Lächeln. »Wie lange werden Sie noch bleiben?«

»Ich wollte nächsten Dienstag, nach der Sandkirchweih, heimfahren. Bis dahin habe ich die Wohnung. Aber mir ist die Lust vergangen. Die Polizei will mich allerdings noch in der Nähe haben …«

»Machen Sie sich keine Sorgen, das sind Formalitäten«, erwiderte Katinka. Was Mette ihr erzählt hatte, klang plausibel. Es gab immer wieder zufällige Wohnbekanntschaften, die nichts bedeuteten. Die sich auflösten, sobald Deutschkurs oder Ferien zu Ende waren. Welches Motiv sollte Mette haben, ihre Mitbewohnerin umzubringen? Bis 24 Uhr hatte sie außerdem ein Alibi. Katinka ärgerte sich. Uttenreuther musste ihr mehr Informationen geben, zum Beispiel über den Todeszeitpunkt und die genaue Todesursache. Wo war Antonella in den Fluss gestoßen worden? Alles das wusste sie nicht.

»Danke für den Saft, Frau Moldrup, und dass Sie mir alles erzählt haben. Wenn Ihnen noch was einfällt, rufen Sie mich an. Das Handy ist Tag und Nacht eingeschaltet.«

Man kann alles gewinnen oder alles verlieren

Wie bin ich, frage ich mich? Woraus bin ich gemacht? Den Sinn des Lebens in sich selbst zu finden, das ist die Kunst. Ihn nicht in den endlosen Aktivitäten und Verpflichtungen mehr zu suchen. Das musste ich lernen. Einige Tage habe ich mich nicht mehr von der allgemeinen Unruhe ablenken lassen. Ich habe mein Inneres befragt, um eine Vorstellung von meinen Beweggründen zu bekommen. Was will ich gewinnen? Es geht natürlich nicht um Materielles. Ich will etwas fühlen, das wirkliche Leben. Ich lasse mich nicht mehr manipulieren von der Meinung anderer. Ich habe meine Messlatten immer hoch angelegt und viel von mir gefordert. Stets stand ich auf der Gewinnerseite. Was ich dafür verloren habe, war Freiheit, aber vor allem

Selbstachtung. Meine Hoffnungen auf ein gleichberechtigtes Leben sind im Sande verlaufen. Ich suche daher nach dem Gewinn an anderer Stelle. Dazu gehe ich ins Extrem. Ich will, wenn ich schon etwas riskiere, den größtmöglichen Gewinn. Sollte ich alles verlieren, stehe ich im Einklang mit meinen Überzeugungen. Dann verzichte ich notfalls auf die Gleichberechtigung. Größtmöglicher Gewinn fordert größtmögliches Risiko. Darin ist der Verlust schon angelegt. Natürlich bin ich nicht so blöd, es einfach drauf ankommen zu lassen. Meine Vorbereitungen sind immer akribisch genau. Ich schaffe ein Modell und erprobe es.

Ich kann alles gewinnen oder alles verlieren.

7. Deutschkurs

Es war kurz vor eins. Katinka radelte in die Königsstraße. Vor den Unterrichtsräumen der Sprachschule standen ein paar Leute herum. Sie fragte nach Fiona, Oreste oder Gervais. Eine mollige Frau mit dickem, leuchtend rotem Haar kam zu ihr herüber.

»Ich bin Fiona Waltman«, sagte sie.

»Katinka Palfy«, sagte Katinka. Sie schüttelten sich die Hände. Fionas Haut war hell wie Glas. Ein ganzer Schwarm Sommersprossen hatte es sich in ihrem Gesicht bequem gemacht. Sie lächelte fröhlich.

»Ich bin Privatdetektivin«, sagte Katinka, während sie beide langsam die Königsstraße entlanggingen. Katinka schob ihr Rad.

»Privat – what? Sorry, mein Deutsch ist nicht gut.«

Katinka wechselte ins Englische.

»Ich untersuche den Tod von Antonella Malesanto«, sagte sie der Einfachkeit halber.

»Oh«, machte Fiona. »Arme Antonella. Die Polizei hat mich auch schon ausgefragt. Wirklich, sie tut mir so leid. Sie war so glücklich in Bamberg, nie im Leben glaube ich, dass sie sich umgebracht hat.«

Katinka spürte, wie ihr Magen knurrte. Vom *Imbiss Muhabbet* wehte ein verführerischer Duft zu ihr herüber.

»Haben Sie was dagegen, wenn wir bei Muhabbet etwas zu Essen holen?«

Fiona war einverstanden. Sie tranken eiskalte Cola, Katinka nagte an ihrem Döner. Es war eigentlich zu heiß dafür, aber ihr Frühstück war knapp ausgefallen.

»Antonella hat es in Bamberg gefallen?«

»Es gefällt uns allen im Kurs«, nickte Fiona. »Wir verstehen uns gut. Am Dienstagabend saßen wir zusammen im *Pelikan*.«

»Was hat Antonella gegessen?«

»Reis mit Thai-Gemüse, wie ich. Komisch, es ging ihr die ganze Zeit nicht so gut, sie hatte Fieber, und sie hat auch nur die Hälfte von ihrem Teller gegessen.« Fiona lachte und klappste sich auf die Hüften. »Ich habe immer einen gesunden Appetit.«

»Haben Sie den *Pelikan* gemeinsam verlassen?«

»Ja. Oreste wollte Antonella heimbringen, aber sie lehnte ab. Sie wohnte ja nur wenige Schritte entfernt. Na ja, wir gingen so gegen 23 Uhr, aber ich habe noch eine ganze Weile mit Antonella am Ufer gesessen und wir haben geredet. Dann brachen wir beide auf. Ich wohne in der Judenstraße, und Antonella hat mich bis zur Unteren Rathausbrücke begleitet.«

»Warum lernen Sie eigentlich Deutsch?«, wollte Katinka wissen.

»Ich werde einen Deutschen heiraten. Einen Bamberger. Simon Metzler.« Der Nachname ihres Freundes kam nur mühsam aus Fionas strahlendem Mund.

»Gratuliere«, sagte Katinka verkniffen. Dann lächelte sie. »Und Antonella? Hat die sich auch verliebt?«

»Hm«, machte Fiona geheimnisvoll. »Sie hat nie etwas gesagt, aber wir nehmen an, dass es sie während ihrer Zeit hier erwischt hat. Irgendwie wirkte sie in der ersten Woche noch so schüchtern, plötzlich war sie viel munterer. Gervais hat sie immer aufgezogen, du bist verliebt, zeig uns, wer der Glückliche ist, hat er gefrotzelt, aber Antonella hat nur gelacht und geschwiegen.«

»Sie hat nichts abgestritten?«

Fiona trank ihre Cola aus. »Wieso sollte sie. Es ist toll, sich zu verlieben.«

»Aber sie mochte doch Männer?«

Die Australierin starrte Katinka mit großen Augen an.

»Ja!«

»Es gibt Anzeichen, dass Antonella lesbisch war«, sagte Katinka ruhig.

Fionas Blick verdüsterte sich.

»Ich glaube das nicht.«

»Waren Sie am Wochenende mit Antonella zusammen?«

»Nein. Gervais hatte die Idee, Samstag und Sonntag mit dem Bayernticket zusammen wegzufahren. Wir fuhren nach München. Antonella hat von vornherein gesagt, dass sie nicht mitkommt.«

Katinka zerknüllte ihre Papierserviette.

»Danke, Fiona!«

Sie reichte ihre Visitenkarte über den Tisch.

»Bitte, wenn es etwas gibt im Zusammenhang mit Antonella, das Sie mir noch nicht gesagt haben, rufen Sie mich an. Egal wann.«

»Klar«, sagte Fiona etwas ratlos.

Katinka schloss ihr Rad auf. Sie hatte noch Zeit. Hardo wollte sie um drei Uhr sehen, es war gerade kurz nach zwei. Sie setzte sich auf den Gepäckträger und wählte die Nummer von Eagles Handy.

»Denninger?«, kam seine ruhige Stimme aus dem Hörer.

»Katinka Palfy hier. Wir haben uns gestern bei Mila im Garten kennen gelernt.«

»Ach, klar.«

»Haben Sie mal ein bisschen Zeit für mich?«

»Im Augenblick arbeite ich in Frensdorf. Aber heute Abend wollte ich sowieso die Sandkirchweih mit eröffnen. Ich bin ab 20 Uhr im *Stilbruch*. Schauen Sie doch vorbei.« Katinka lauschte dem Klang seiner Stimme nach. Schwebte da ein Hauch Nervosität mit?

»Gute Idee«, sagte sie und nickte. »Bis dann.«

Anschließend rief sie Johannes Herzing an und verabredete sich mit ihm für den kommenden Vormittag. Er wollte seine Jungs um 10 zu seinen Eltern nach Stegaurach bringen, danach wäre er wieder zu Hause in Scheßlitz. Nein, er hatte nichts von seiner Frau gehört.

Katinka wunderte sich, dass er sie gar nicht fragte, ob es etwas Neues gäbe. Herzing kam ihr ziemlich lethargisch vor. Wie kam eine tatendurstige Frau wie Claudia mit so einem Schnarchsack aus? Nachdenklich wischte Katinka sich den Schweiß von der Stirn. Es könnte ja sein, dass der gute Johannes erst durch das Verschwinden seiner Frau so teilnahmslos geworden ist, zischte die Wespe.

Katinka schüttelte den Kopf. Wespen. Es stimmte, was Mette vorhin gesagt hatte: Die Wespen waren in diesem Sommer extrem aggressiv. Katinka wunderte sich, dass sie noch nicht gestochen worden war. Sie zog die schwarzgelben Widerlinge normalerweise magisch an.

Die Hitze schien unerträglich. Langsam stand Katinka auf. Die Straße lag wie ausgestorben. Sie sollte sich bei Muhabbet noch eine Cola holen. Während sie nach ihrem Geldbeutel suchte, klingelte das Handy.

»Katinka!«, rief eine frohgemute Stimme.

»Melissa!« Katinka wurde schwarz vor Augen. Sie setzte sich wieder auf den Gepäckträger. »Wo bist du?«

»Ich sitze im ICE nach Würzburg. Ein Traum, man

kann im Zug telefonieren. Hör mal, um 15 Uhr 32 komme ich in Bamberg an. Du wirst doch da sein?«

Katinka widerstand dem Impuls, das Handy im nächstbesten Gully zu versenken. Melissa hatte sie völlig ausgeblendet.

»Ich bin gerade auf dem Weg zu einem Termin. Der dauert bestimmt bis halb vier.«

»Aber dann kommst du doch gleich, oder«, klagte Melissa. »Lass mich in der Fremde nicht allein. Und ich habe so viel Gepäck.«

Katinka fühlte den Zorn brodeln. Sie warf ihr Handy in den Rucksack und radelte los. Melissa. Ihrer Meinung nach sollten Geschwister von dem gesellschaftlichen Zwang befreit werden, sich nach Abschluss der Kindheitsphase noch einmal zu begegnen. Familie, Keimzelle des Terrors, dachte sie. Sie fuhr ganz langsam. Die schlimmsten Verbrechen geschahen im Umkreis der Verwandtschaft. Und die meisten, glaubte sie sich aus einem ihrer Fachbücher informiert zu haben. Auf der Pfisterbrücke blieb sie stehen. Die Bahnschienen glänzten im Sonnenlicht. Katinka liebte den Anblick von Gleisen, die sich in der Ferne verloren. Sie philosophierte dann gerne über Ziele im Leben, und welche ganz anderen Leben ein Mensch, sie selbst eingeschlossen, haben könnte, wenn er nur einmal aufbräche, um sich exakt darum zu kümmern.

Wäre Melissa nicht ihre jüngere Schwester, hätte sie niemals auch nur ein Wort mit ihr gewechselt, ihr allenfalls einen schmierigen Hamburger ins Gesicht geworfen. Woher genau ihr Unmut rührte, wollte ihr nicht in den Sinn kommen. Sie konnte sich zwar erinnern, dass Melissa in ihrer Kindheit bisweilen bevorzugt wurde, weil sie munter und quirlig war und ein propperes Kleinkind mit blonden Locken abgab. Aber Katinka selbst hatte auch nicht gerade an geringer Aufmerksamkeit gelitten.

»Vielleicht sind wir gar nicht verwandt«, murmelte sie, während sie die Brücke langsam hinunterrollte. Plötzlich war sie aufgeregt. Sie hatte Uttenreuther noch niemals in seinem Reich besucht. Bisher hatten sie sich im Zentrum getroffen, an neutralen Orten gewissermaßen. Nun hatte er sie zu sich bestellt. Als sie sich zu seinem Büro durchgefragt hatte, holte sie tief Luft, bevor sie klopfte.

»Ja!«

Katinka trat ein. Die Jalousien in dem kleinen Raum waren heruntergelassen. Das Licht wirkte grau und fahl.

»Ah, Palfy«, sagte Uttenreuther. Er stand auf, kam hinter seinem Schreibtisch vor und drückte ihr die Hand. »Setzen Sie sich.«

Katinka ließ sich unruhig nieder und stellte ihren Rucksack auf den Boden. Was hatte er vor!

»Ich brauche eine Erklärung von Ihnen, was diese E-Mail von heute Nacht betrifft.«

»Wie haben Sie denn überhaupt …« Tom hatte behauptet, man müsste Hacker sein, um herauszufinden, wer sich hinter einer E-Mail-Adresse verbarg.

»Haben Sie bei der Polizei Hacker beschäftigt?«

O Gott, dachte Katinka, kaum hatte sie den Satz beendet. Uttenreuther starrte sie wütend an. Er wirkte keineswegs schroff oder ungeduldig, wie sonst, was bei ihm nichts Dramatisches zu bedeuten hätte. Sein Gesichtsausdruck verriet hellen Zorn.

»Ich habe einen Fall!«, sagte Katinka. Sie wollte das trotzige Tremolo aus ihrer Stimme scheuchen, aber es kam doch zum Vorschein. Sie erzählte, so knapp sie konnte.

»Jedenfalls habe ich Claudia Herzings Computerprogramm überprüft. Und ich habe gesehen, welche Mails sie rausgeschickt hat. Eine ging an Lola. Ich wollte wissen, wer sich hinter dem Namen verbirgt. Verflucht, sollte ich ahnen, dass Lola die Italienerin ist, die ich gestern morgen am Leinritt gefunden habe?«

»Schon ein komischer Zufall, oder, Palfy?«

Uttenreuthers Augen wurden zu Schlitzen.

Zufall, Zufall, hallte es in Katinkas Ohren. Bei ihrem ersten großen Fall hatte es sich genau so abgespielt. Unerwartet hatte man Katinka für kurze Zeit die Rolle der undurchschaubaren Verdächtigen zugeschoben.

»Haben Sie keine Mails von Claudia Herzing in Antonellas Programm gefunden?«

»Haben wir nicht. Sie hatte eine Löschfunktion aktiviert, die sämtliche Mails nach 48 Stunden automatisch tilgt.«

»Oh.«

»Richtig. Ich werde den Verdacht nicht los, dass Sie sich mit dem Fall Malesanto mehr befassen als mit Ihrer verschwundenen Ehefrau aus Scheßlitz«, knurrte der Kommissar.

»Aber es gibt Anhaltspunkte, dass Claudia Herzing und Antonella Malesanto sich am Sonntag getroffen haben«, sagte Katinka und suchte emsig ihr Notizbuch heraus. »Claudia hat eine Mail an Lola abgesetzt. Hier.«

Sie hielt Uttenreuther das Blatt hin. Er verzog keine Miene.

»Warum, Palfy, warum haben Sie nicht einfach eine Mail unter Ihrem eigenen Namen an Antonella geschickt?«

»Kleine Rache an meinem umtriebigen Ex-Nachbarn«, murmelte Katinka. Sie blickte auf und meinte, ein Grinsen in Hardos Mundwinkeln rasten zu sehen.

»O.k., es war albern und un … illegal«, bestätigte Katinka zerknirscht.

Er warf das Blatt mit Claudia Herzings Liebesnachricht auf seinen Schreibtisch.

»Das kostet Sie ein Bier, Palfy!«, sagte er schnoddrig.

Katinka wollte schon aufatmen. Sie wollte nichts anderes, als dass ihr der Kommissar nicht mehr böse war. Schnell sagte sie: »Antonellas Mitbewohnerin Mette sagte, dass Antonella sich am Sonntag schick gemacht hat und mit dem Fahrrad losgezogen ist«, sagte Katinka. Dann hielt sie den Mund. Harduin Uttenreuthers schlechte Laune war zurückgekehrt.

»Aha!«, sagte er. Seine Stimme wurde sehr leise. »Palfy. Das ist nicht Ihr Fall. Haben Sie mich verstanden?«

»Habe ich«, sagte Katinka. »Aber ich habe einen Klienten, der seine Frau sucht. Seine drei kleinen Söhne würden auch gerne mal wieder ihre Mutter sehen ...«

»Malesanto fiel einem Gewaltverbrechen zum Opfer.« Uttenreuther kramte eine Handakte aus seinem Schreibtisch.

»Hier. Sie starb an Ricin. Wissen Sie, was das ist?«

»Ein ...«, Katinka zögerte. »Ein toxisches ... ein Kampfgift.«

»Korrekt. Eines der stärksten Gifte biologischer Herkunft. Es wird aus Ricinussamen gewonnen, genauer gesagt aus den Preßrückständen bei der Herstellung von Ricinusöl. Ein Gramm reicht aus, um 1000 Menschen zu töten.«

Katinka blieb der Mund offen stehen.

»Die Samenschalen sind praktisch ungiftig, aber der Verzehr eines Samens kann schon zu viel sein.«

»Hat Antonella ...«

»Ich nehme kaum an, dass sie sich ein wohlschmeckendes Ricinragout gekocht hat«, kauzte Uttenreuther. »Bei der Autopsie hat man an ihrem linken Oberschenkel eine Art Einstich gefunden. Sah aus wie ein entzündeter Insektenstich. Was sich aber dahinter verbarg, war eine winzige

Kugel aus Platin und Iridium mit zwei mikroskopischen Löchern. Durch die trat das Ricin aus.«

Scheußliche Bilder sausten an Katinkas Augen vorbei.

»Ricin kann allergische Reaktionen auf der Haut hervorrufen«, erklärte Uttenreuther. »Es verursacht Quaddeln. Die Stelle sah für Malesanto selbst wohl aus, als habe sie einen Insektenstich aufgekratzt.«

»Das klingt nach einem Agententhriller«, flüsterte Katinka. Sie spürte, wie der Döner wieder herauswollte.

»Nach Kalter Krieg klingt das, Sie haben recht«, nickte Uttenreuther. »Es gibt einige belegte Fälle, in denen Agenten des Ostens exilierten Dissidenten auf diese Weise den Garaus gemacht haben.«

Katinka fuhr sich über ihre trockenen Lippen.

»Im Zuge der Terrormanie, die seit zwei Jahren einige Zeitgenossen umtreibt, haben wir einen verschärften Alarmierungsplan zu befolgen«, erklärte Uttenreuther. »Ricin ist vergleichsweise einfach herzustellen und extrem gefährlich. Wir haben den Katastrophenschutz verständigt, das Gesundheitsamt, das Landeskriminalamt.«

»In Bamberg«, sagte Katinka heiser, »gibt es nie im Leben eine Al-Qaida-Zelle!«

»Natürlich nicht!«, sagte Uttenreuther und schlug mit der flachen Hand auf die Akte. »Aber wo kommt dann das Ricin her?«

»Und warum wird eine harmlose Sprachschülerin damit vergiftet?«, hakte Katinka nach.

Uttenreuther fuhr sich über die Glatze.

»Es gibt zwei Möglichkeiten. Entweder ist sie nicht harmlos, sondern spielt eine Rolle in wer weiß welchem Stück, oder an ihr wurde etwas ausprobiert. Die Rechtsmedizinerin und die Techniker sind sich nämlich nicht einig, wie das Kügelchen in Malesantos Oberschenkel kam. Haben Sie mal von dem Fall Markov gehört?«

Katinka schüttelte den Kopf.

»Er war Exil-Bulgare und fiel im Jahre 1978 einem Attentat zum Opfer. In London wurde er an der Bushaltestelle bei der Waterloo Bridge von hinten mit einem präparierten Regenschirm in die Wade gestochen. Dabei geriet genau so eine Kugel in sein Bein, wie wir sie bei Malesanto gefunden haben.«

»Ach du Schande«, sagte Katinka. Sie kam sich bescheuert vor, weil sie nicht im Stande war, ihre Reaktionen zu beschleunigen. Wie paralysiert nahm sie die Brille ab und rieb sich die Augen. »Womöglich läuft ein Ex-KGBler da draußen herum und übt seine alte Technik, um sie wieder auf Vordermann zu bringen.«

»Verstehen Sie jetzt, Palfy, warum das eine Nummer zu groß für Sie ist?«

»O.k.«, sagte Katinka tonlos. »O.k.«

»Die Sandkirchweih verlangt uns ohnehin einiges ab. Und mit dem Ricin im Nacken ...« Er schwieg einen Augenblick und sah Katinka direkt an. Alle Freundlichkeit war aus seinen grauen Augen gewichen.

»Die Öffentlichkeit darf nicht den Hauch einer Ahnung haben, was vor sich gegangen ist. Die Aufregung ist bei Morden immer gewaltig, aber wenn ein biologischer Kampfstoff beteiligt ist, garantiere ich für nichts mehr.«

Katinka setzte die Brille wieder auf und starrte Uttenreuther an.

»Ich möchte nicht, dass Ihre Journalistenfreundin davon Wind kriegt, ist das klar?«

»Sowieso. Aber Claudia Herzing ...«

»Wenn Herzing sich mit Malesanto am fraglichen Abend getroffen hat«, sagte Uttenreuther, »dann weiß sie eventuell etwas, und das ist unsere und ausschließlich unsere Sache. Bringen Sie das Ihrem Klienten bei. Wir kümmern uns um ihn.«

»Die Info, dass Claudia und Antonella verabredet waren, haben Sie mir zu verdanken«, murmelte Katinka. »Sie können mich nicht einfach so rauskicken!«

»Diese Auskunft sind Sie mir schuldig gewesen, Palfy. Und machen Sie nicht noch einmal den Fehler, ein Mailkonto auf den Namen eines anderen anzulegen.«

Katinka schwieg.

»Moldrup hat uns erzählt, dass es Malesanto am Sonntagabend schlecht ging«, fuhr Uttenreuther fort. Es tat ihm offenbar leid, Katinka vor vollendete Tatsachen zu stellen. »Das beweist, dass ihr das Ricinkügelchen an jenem Abend verpasst worden ist. Typisch für eine Ricinvergiftung ist auch, dass die Opfer nicht sofort sterben, eben je nach Menge des Giftes. Die Symptome können teils wieder verschwinden und dann plötzlich erneut und tödlich hervorbrechen.«

»Wie … wie stirbt man?«, fragte Katinka. Es kam ihr vor, als echote ihre Stimme aus allen Ecken des Büros zurück.

»Atemlähmung und Herzstillstand.«

Katinka bemühte sich, all diese Nachrichten zu verdauen.

»Auch uns erzählen die Zeugen etwas«, fuhr Uttenreuther fort. »Zum Beispiel Fiona Waltman. Sie und Malesanto gingen am Dienstag gegen Mitternacht gemeinsam durch die Sandstraße und trennten sich da. Wir nehmen an, dass Antonella von der Unteren Rathausbrücke gestürzt oder am *Kranen* in den Fluss gefallen ist. Bisher hat sich niemand gefunden, der etwas beobachtet hat, aber morgen wird in der Zeitung ein Aufruf stehen, dass …«

Katinka sah auf die Uhr. Es war halb vier.

»O Gott.«

Harduin brach verdutzt ab.

»Was haben Sie denn!«

»Meine Schwester kommt in zwei Minuten am Bahnhof an. O Gott.«

Katinka sprang auf, packte ihren Rucksack und sagte: »Bitte, es tut mir leid, besonders die Sache mit dem E-Mail-Konto. Lassen Sie mich wenigstens nach Claudia Herzing suchen. Es kann Ihnen doch nur nützen. Was ich herausfinde, gebe ich Ihnen weiter, großes Indianerehrenwort.«

Uttenreuther richtete sich zu voller Größe auf: »Nein, Frau Palfy.«

Katinka schwieg. Dann sagte sie brüsk: »Gut. Tschüss dann.«

Sie rannte den Flur entlang und stürmte die Treppen hinunter und aus dem Gebäude. Verblüffte Blicke folgten ihr, als sie sich aufs Rad schwang und davonraste.

8. Stilbruch

»Verdammt, verdammt, verdammt«, stieß Katinka bei jedem Tritt in die Pedale zwischen zusammengebissenen Zähnen hervor. Als hielte jemand ihr Fahrrad am Gepäckträger fest, so kam es ihr vor, während sie die Pfisterbrücke hinaufkeuchte. Am meisten ärgerte sie, dass eine Spur Wahrheit in Harduin Uttenreuthers Worten lag, sogar aus Katinkas Sicht: Sie hatte viel zu wenig dafür getan, Claudia Herzing zu finden. Fasziniert von der toten Antonella Malesanto hatte sie ihre Aufmerksamkeit in eine ganz andere Richtung gelenkt. Statt Claudias Mann auszuquetschen wie eine Zitrone, um herauszufinden, ob er etwas von ihren erotischen Ausflügen ahnte, war sie auf den Spuren der Italienerin kleben geblieben. Und schließlich gab es noch Eagle. Aber den würde sie heute Abend treffen. Uttenreuther kann nichts dagegen unternehmen, dachte Katinka, als sie an der Einfahrt zum Atrium-Parkhaus gerade noch über die gelbe Ampel witschte. Ich werde mich heute Abend ins Getümmel stürzen, meinetwegen mit Melissa. Sofort begehrte ihr Gewissen auf. Missbrauchst du deine Schwester als Alibi?, surrte die Wespe. Katinka erreichte den Bahnhof und hielt unruhig Ausschau.

Melissa stand ungeduldig von einem Fuß auf den anderen tretend inmitten ihrer Koffer, wie in einem prähistorischen Steinkreis.

»Himmelschimmel«, stöhnte Katinka halblaut. »Warum ich? Kann mir einer sagen, warum ich sie zur Schwester habe?«

»Hallo!«, sagte sie kurz angebunden, als ihr Rad vor Melissa, besser vor einem ihrer Koffer, zum Stehen kam.

»Katinka!« Melissa schien wirklich erfreut, sie zu sehen. »Mensch, du siehst aber schlecht aus.«

»Du auch«, erwiderte Katinka süßlich. »Die Reise muss anstrengend gewesen sein.«

»Ich sags dir, der Jetlag!« Melissa fuhr sich über das blondierte Haar, das vom vielen Färben und Tönen ausgetrocknet aussah und nun verschwitzt an ihrem Kopf klebte. Trotz der Hitze hatte Melissa nicht mit dem Makeup gespart. Sie trug eine eng sitzende Shorts, die ziemlich viel von ihren molligen, weißen Beinen freiließ, und ein ebenso knappes, halbwegs bauchfreies Shirt. Ein ideales Ziel für unseren Ricingangster, dachte Katinka und zuckte zusammen.

»Ich setze dich in ein Taxi und radle vor euch her.«

»Vor uns?«, fragte Melissa perplex.

»Hallo? Taxi!«

Katinka nannte dem Fahrer die Adresse, und während der noch Melissas Gepäck einlud, flitzte Katinka schon wieder los. Ein Fahrrad kam während des Tages immer schneller durch die Stadt, insbesondere während der Stoßzeiten. Zwar war in den großen Ferien weniger los als sonst, aber heute begann die Sandkirchweih. In spätestens drei Stunden würden ganze Wallfahrten ins Sandgebiet unterwegs sein. Sie umkreiste einen wartenden Pkw in der Schwarzenbergstraße, missachtete die rote Ampel am Ende und bog gleich auf den Radweg. Beim Oberlandesgericht musste sie einen kurzen Moment warten, bis sie über die Straße kam, dann fuhr sie durch die Urbanstraße und rannte schon die Treppen zu ihrer Wohnung hinauf, als sie unten das Taxi halten hörte. Schnell schloss Katinka auf, sperrte die Tür zu Toms Arbeitszimmer zu und steckte den Schlüssel ein. Sie kannte Melissas Neugier.

»Hier wohnst du also mit deinem Freund? Über einer Pizzeria? Riecht das nicht beständig nach Essen?«

Katinka war erstaunt, dass Melissa sich keinen künstlichen amerikanischen Akzent angewöhnt hatte. Es hätte zu ihr gepasst. Statt dessen schwang in ihrer Aussprache immer ein Hauch von Wienerisch mit, ihrer beider Geburtsstadt. Erwartet hatte Katinka allerdings das Meckern und Nörgeln.

»Es ist sogar ausgesprochen praktisch. Man muss nichts kochen«, sagte sie also und wuchtete einen von Melissas Koffern die Treppe hinauf. »Willst du hier einziehen?«

Melissa sagte nichts dazu, sondern sah sich in der Wohnung um.

»Wunderbar!«, rief sie und schien ehrlich entzückt. »Eine europäische Wohnung.«

»Ach so?«

»Und wo ist dein Freund?«

»Arbeiten.«

»Wo arbeitet er?«, fragte Melissa und ließ sich auf einem ihrer Gepäckstücke nieder.

»In Prag.«

»Der Tschechei?«

»Nein, in Tschechien oder der tschechischen Republik. Tschechei ist ein despektierlicher Ausdruck, der …«

»Sorry, klar«, schnitt Melissa ihr das Wort ab. »Ich liebe Wohnküchen. Sams Appartment in New York ist ein einziger postmoderner Alptraum.«

»Was hast du mit Sam gemacht?«, fragte Katinka. Es war schon raus, obwohl sie Melissa gegenüber nicht gern ihre Neugier offenlegte.

»Ich habe ihm den Laufpass gegeben. Wollte einfach wieder heim, nach Europa. Du mußt dich nicht fürchten, Schwesterlein, ich haue spätestens Montag wieder ab. Wollte dich nur mal sehen und zufällig, guck nicht so, wirklich zufällig jetzt findet ja diese Kirchweih statt.«

»Tja«, machte Katinka.

»Warum eigentlich Sandkirchweih? Bringen die extra Sand hin, damit man bequemer läuft?«

Das war eine typische Melissa-Frage. Katinka grinste, irgendwie erleichtert, dass ihr Urteil über ihre Schwester sich bestätigte.

»Als könnte man auf Sand bequem laufen!«, sagte sie. »Nein, die Kirchweih findet im Sand statt, das ist einfach das Stadtgebiet, das so heißt. Vermutlich, weil es am Fluss liegt und sandigen Untergrund hat.«

Melissa hörte schon nicht mehr zu. Sie inspizierte die Wohnung.

»Himmlisch. Wann kommt dein Freund?«

»Hör mal, er sitzt in Prag. Das sind schlappe vier Stunden Autofahrt.«

»Und, was ist das schon!«, gab Melissa zurück. »In Amerika fahren die Leute acht und mehr Stunden, um nach Hause zu kommen.«

Katinka zuckte die Schultern.

»Tom arbeitet auch samstags. Du willst vermutlich duschen. Hier ist das Bad.«

Melissa kam hinterher.

»Dein Bett mach ich dir im Wohnzimmer zurecht. Die Küche kennst du schon. Nimm dir, was du zu trinken und zu essen brauchst.«

»Wow, das ist amerikanisch!«, rief Melissa. »Alles klar. Ich dusche, aber dann habe ich einen Bärenhunger.«

»Ich kann uns auch eine Pizza kommen lassen«, schlug Katinka vor. »Um 20 Uhr habe ich einen Termin.«

Melissa blieb der Mund offen stehen.

»Am Abend?«

»Ich ermittle im Fall einer verschwundenen Frau. Die Zeit drängt«, gab Katinka schnippisch zurück.

»Nimmst du mich mit?«

»Ich dachte schon«, erklärte Katinka.

»Suuuper«, freute sich Melissa. Sie begann in einem ihrer Koffer zu wühlen. »Das ist cool. Und wann gehen wir zur Kirchweih?«

»Der Termin findet auf der Sandkirchweih statt. Du wirst nichts verpassen.«

Befriedigt verschwand Melissa im Bad.

Katinka setzte sich stöhnend an den Küchentisch. Während das Geplätscher der Dusche zu ihr herüberwehte, malte sie Kreise und Rhomben in ihr Notizbuch. Selbst Uttenreuther war davon überzeugt, dass beide Fälle, die tote Antonella Malesanto und die verschwundene Claudia Herzing, zusammenhingen. Vielleicht war Claudia während ihrer Verabredung mit Antonella Zeugin geworden, wie ihr das Ricin injiziert wurde, und der Täter hatte sie ausgelöscht. Katinka fragte sich, ob ein Einzelner hier tödlich am Werk war oder vielmehr eine ganze Gruppe. Sie erschauerte.

Gehörte Claudia Herzing zu dieser Gruppe? Hatte sie Antonella in eine Falle gelockt?

Wollte Antonella keinen erotischen Abend mit ihr verbringen, hatte sich verweigert? War Claudia Herzing die Giftmischerin?

Katinka warf ihren Stift auf das Notizbuch. Da war noch die Geschichte mit Eagle alias Winfried Denninger und einem Streit, der zwischen ihm und den Herzings oder auch nur Claudia Herzing geschwelt hatte. Sie musste unbedingt herausfinden, worum es da gegangen war. Sie säuberte die Caffetiera und setzte Espresso auf. Dann lief sie hinunter in die Pizzeria und bat den Nonno, ihnen zwei Pizzen und Salat raufzuschicken.

»Ach, ist Tom zurück?«, wollte der Nonno wissen und lächelte fröhlich.

»Nein, meine Schwester ist zu Besuch.«

Katinka ging wieder nach oben. Melissa stand in ein Badetuch gewickelt in der Küche und sah dem Espresso beim Brodeln zu. Katinka griff nach der Zuckerdose und begann, eine Crema zu rühren.

»Professionell machst du das. Weißt du, ich habe die Idee, in Wien ein Kaffeehaus aufzumachen«, erzählte Melissa.

»Tatsächlich?«

»Ja, stell dir vor. Ein Literatur-Café mit integrierter Buchhandlung. Man kann lesen, kaufen und Kaffee trinken und so weiter.«

Sie setzte sich an den Tisch und erklärte Katinka in allen Einzelheiten ihr Konzept.

»Klingt vielversprechend«, sagte Katinka, um die Diskussion abzukürzen.

»Findest du?«, freute sich Melissa. »Das ist klasse. Weißt du, für mich bist du eine Autorität auf dem Gebiet, schließlich bist du jetzt auch Unternehmerin.«

Sie griff nach der Tazzina, die Katinka ihr hinstellte, und gab Zucker hinein.

»Warum hast du Sam verlassen?«

»Ach«, winkte Melissa ab, als sei ihr das Thema schon längst abhanden gekommen. »Er dachte nur ans Geld.«

»Wie du, oder?«

Katinka konnte ihre Worte nicht mehr rückgängig machen. Melissa starrte sie ehrlich verletzt an.

»Wieso machst du das!«, sagte sie mit erstickter Stimme. Sie ließ den Espresso stehen und stapfte auf ihren patschenden nackten Füßen ins Bad.

»Scheiße«, fluchte Katinka. Sie barg den Kopf in den Händen. In nicht ganz 24 Stunden habe ich mit Tom gestritten, dem Kommissar und mit Melissa.

Das Brummen ihres Föns tönte aus dem Bad.

Melissa hatte recht. Warum griff sie ihre Schwester auf diese Weise an? Bisher hatte Melissa sich halbwegs angenehm und vernünftig verhalten. Es schien, als ob allein ihre Anwesenheit ein Ärgernis für Katinka darstellte. Nein. Sie verbesserte sich. Nicht Melissas Anwesenheit, ihre bloße Existenz ging ihr auf den Nerv.

Ihr Handy klingelte.

»Palfy?«

»He, Katinka, hast du wieder einen klaren Kopf?«

»Ach, Britta. Ich habe den halben Tag verschlafen, wenn du es genau wissen willst.«

»Selbst schuld«, gab Britta frech zurück. »Du, ich war heute bei der Polizeipressekonferenz. Die behaupten, die Italienerin sei in den Fluss gefallen, vermutlich hätte sie einen Herzanfall oder so gehabt.« Britta pausierte gekonnt. »Stimmt das?«

»Ich war heute bei Uttenreuther«, sagte Katinka. »Es scheint tatsächlich so zu sein. Steht im Autopsiebericht.«

»Eigenartig, oder?«, insistierte Britta.

»Schon. Es wirkt seltsam, wenn eine junge Frau mitten in der Stadt einen Herzanfall bekommt und dann in den Fluss stürzt. Aber die Autopsie hat genau das erbracht. Sie starb nicht im Wasser.«

»Das haben die heute auch gesagt«, erwiderte Britta. »Wollen die nicht sagen, dass sie ermordet wurde?«

»Klar nicht«, sagte Katinka wahrheitsgemäß. »Stell dir die Aufregung vor, und jetzt beginnt die 5-Tage-Sause.«

»Die Polizei braucht uns mal wieder, um Zeugen aufzutreiben, die gesehen haben, wie die Frau ins Wasser stürzte«, beschwerte sich Britta.

»Die nächsten Tage melden sich nur Besoffene, die außer gelben Schaumkronen nichts mehr erkennen können.«

Sie kicherten beide.

»Ist Melissa schon da?«, wollte Britta wissen.

»Allerdings.«

»Und ihr habt euch schon nach allen Regeln der Kunst beleidigt und gepiesakt.«

»Wie du nur darauf kommst.«

»Wie lange bleibt sie?«, wollte Britta wissen.

»Sie behauptet, bis Montag. Eine versaute Sandkirchweih.«

»Was Neues in deinem Fall?«

»Ich bin heute abend im *Stilbruch* mit einem eventuell brauchbaren Informanten verabredet.«

»Im *Stilbruch*?« Britta lachte ungläubig. »Falls du überhaupt noch bis dahin kommst.«

Katinka fuhr sich durchs Haar. Sie hatte ganz vergessen, dass die Kneipe mitten in der Sandstraße lag und der Weg dahin von Menschenmassen verstopft sein würde.

»Ich nehme Melissa als Rammbock mit«, sagte sie.

Hoffentlich streite ich nicht als nächstes mit Britta, dachte Katinka verzweifelt, als sie eingehängt hatte. Das fehlte mir gerade noch.

Melissa spazierte frisch geschminkt aus dem Bad. Sie

trug ein geripptes, gerade geschnittenes Kleid in Himbeerrot. Ihr Po drückte sich deutlich auf dem Stoff ab.

»Deine Waschmaschine sieht aus, als hätte sie nasse Wäsche im Bauch«, sagte Melissa versöhnlich.

»Ach du Schande!« Katinka lief ins Bad. Ihre Sachen kamen reichlich verknittert zum Vorschein. Schnell hängte sie sie auf die Leine. Melissa half ihr.

Nachdem sie ihre Pizza verspeist hatten, mahnte Katinka zum Aufbruch.

»Aber es ist erst sieben«, protestierte Melissa. Sie hatte ihr strähniges Haar zu einem Knoten gefaßt. Katinka musste zugeben, dass sie gut aussah.

»Warte ab und schau dir erstmal an, was da draußen los ist! Vorsicht mit Geld und Wertsachen!«

»He, ich habe in New York gelebt.«

Katinka nickte. Sie drückte Melissa ihren Zweitschlüssel in die Hand: »Nur für den Fall, dass wir uns im Gedränge verlieren.«

Dann suchte sie ihre Bauchtasche heraus, in die sie Geld, Ausweis und Handy steckte. Die Tasche war so flach, dass sie sie unter den Hosen tragen konnte. Ihr Notizbuch und ein paar Stifte stopfte sie in eine kleine Basttasche, die sie quer über die Schulter hängte.

»O.k. Los.«

Es mochte sein, dass die Mammutjäger früherer Zeiten etwas ähnliches gespürt haben, wenn sie zur großen Hatz aufbrachen: Herzklopfen, lichte Erwartung. Das Adrenalin ist schuld, dachte Katinka. Sie marschierten mit hundert anderen durch die Lange Straße. Niemand kam ihnen entgegen.

»Verrückt«, murmelte Melissa. Dann kreischte sie begeistert auf.

»Gebrannte Mandeln. Popcorn. Und diese Gummischlangen. Schau mal. Katinka, erinnerst du dich?«

Sie war hin und weg. Im Gegensatz zu ihrer älteren Schwester schien sie sich gerne an ihre Kindheit zu erinnern. Katinka musste grinsen. Sie mochte den Geruch der Süßigkeiten, aber Appetit hatte sie nicht wirklich darauf. Melissa kam mit einer Tüte Apfelschnüre zurück.

»Ich habe wirklich ganz vergessen, dass es so was gibt«, rief sie. Katinka schob sie weiter über die Obere Rathausbrücke. Es war kaum durchzukommen. Wer über eins achtzig groß war, genoss die Aussicht auf das festlich geschmückte Klein Venedig. Ein paar Kajakfahrer paddelten im Fluss herum, einige erprobten sich an den Schnellen wenige Meter flussaufwärts. Eine attraktive Beschäftigung bei der Hitze, dachte Katinka. Sie hatte keine Zeit mehr gehabt, zu duschen, und fühlte sich schmierig und verklebt. Erstaunt beobachtete sie Melissa, die sich entspannt durch die Massen schob und genüsslich ihre Schnüre verspeiste.

Sämtliche Bierbänke zwischen den Buden waren besetzt. Die Hitze und der Alkohol hatten den ersten Besuchern schon zugesetzt. Mit hochroten Köpfen stemmten sie ihre Krüge. Katinka dirigierte Melissa nach rechts. In der Dominikanerstraße war kein Durchkommen mehr.

»Hier geht's ja wirklich rund«, schrie Melissa durch den Lärm. Katinka nickte. Sie fühlte sich unwohl. Immerhin steckten sie unter freiem Himmel fest, aber sie fragte sich, was bei einer Massenpanik geschehen würde. Unwillkürlich dachte sie an die Regenschirmlegende. Wer auch immer das Ricinkügelchen in Antonellas Bein platziert hatte – die Sandkirchweih war ein ideales Experimentierfeld für Giftmischer, eine Art Freiluftlabor. Katinka fasste sich an den Hals. Mit der anderen Hand hielt sie ihre Basttasche fest.

»Wo geht's lang?«, brüllte Melissa ihr zu.

Katinka wedelte mit der Hand.

»Geradeaus!«

Am Katzenberg verteilte sich die Menge ein wenig. Ein Strom zweigte in die Kasernstraße Richtung Flußufer ab, die Klaustrophobischen erklommen die Treppen zum Dom.

»Wow!«, machte Melissa. »Das habe ich mir nicht so romantisch vorgestellt. Wo gehen wir jetzt weiter?«

»Ich bin im *Stilbruch* verabredet.« Katinka wies die Sandstraße entlang. »Da rein.«

»Da kommen wir nie durch!« Melissas Worte wurden von einer Band übertönt, die die Nüchternen in Stimmung bringen wollte. Katinka schwirrte der Kopf. Es war halb acht. Sie würde für die fünfzig Meter zum Stilbruch mindestens noch eine halbe Stunde brauchen. Sie sehnte sich nach ihrer Wohnung, nach ihrem Büro, sogar nach Hardos Büro. Entschlossen schob sie Melissa weiter. Vor dem *Haus zum Rebstock* drängten sich die Freaks, die ins *Hemingsway's* wollten. Katinka hob den Blick und starrte auf die bunten Wimpel, die vor dem blauen Himmel im letzten Sonnenstrahl glänzten. Wie schnell es Ende August doch dunkel wurde. Sie wurde gegen eine Frau in einem fast durchsichtigen Kleid geschoben.

»Entschuldigung«, sagten sie beide zugleich und grinsten sich an.

»Interessant, wenn man mal die neueste Dessousmode zu sehen kriegt, und zwar direkt am Menschen«, schrie Melissa Katinka zu. Sie war abgedrängt worden und steckte irgendwo links von ihr fest. Katinka streckte den Arm nach ihr aus und packte ihre Hand.

»Bleib mal in meiner Nähe.«

Die ersten Glasscherben häuften sich auf dem Asphalt.

»Keine Bange!«, murrte Melissa.

Kurz nach acht hatten sie sich zum *Stilbruch* vorgekämpft. Die Kneipe war noch halbwegs leer, aber die Musik dröhnte in voller Lautstärke. Katinka konnte den Stil nicht benennen, es kam ihr nur vor, als hörte sie die Musik mit dem Bauch, nicht mit den Ohren. Melissa erkämpfte sich einen Hocker an der Bar.

»Hier hast du deinen Termin?«, schrie sie.

»Genau. Der Typ heißt Winfried Denninger.« Und nennt sich Eagle, fügte sie im Stillen hinzu.

Katinka bestellte einen Kaffee.

»Richtig, du bist ja im Dienst«, brüllte Melissa gegen die Musik an. Sie entschied sich für ein Bier.

»Was für eins«, fragte der Barmann gleichmütig.

»Nimm ein Helles«, riet Katinka. Sie setzte sich so, dass sie die Tür und auch die Fenster zur Straße genau im Blick hatte. Melissa war mehr als eine gute Tarnung. Es sah so aus, als machten zwei Frauen sich einen netten Sandkirchweihauftakt. Weder Uttenreuther, sollte er zufällig vorbeikommen, noch Eagle würden irgendwelche Schlüsse ziehen können. Beinahe fühlte Katinka Dankbarkeit, dass Melissa ausgerechnet heute gekommen war.

Die Kneipe füllte sich. Abgelenkt betrachtete Katinka die Gäste. Melissa züllte an ihrem Bier und flirtete mit einem verkrachten Typ in Lederklamotten.

»Grüß Gott«, hallte eine Stimme ganz nah an ihrem Ohr.

Katinka sah auf. Eagle.

»Hallo, Herr Denninger. Sind Sie durchgekommen?« Melissa strahlte ihn an.

»Melissa Palfy, meine Schwester. Das ist Winfried Denninger.«

»Freut mich«, brüllten beide gegen den Lärm an und lachten.

»Haben Sie Ihre Gärten heute gut gepflegt?«

Eagle bestellte eine Cola. »Allerdings.«

»Spricht sich das schnell rum, wenn man so einen grünen Daumen hat wie Sie?«, wollte Katinka wissen.

Sie beobachtete aus den Augenwinkeln, wie Melissa sich wieder dem Lederfuzzi zuwandte. In dem Radau konnte sie unmöglich verstehen, was Katinka und Eagle sich zuriefen.

»Na ja, das läuft alles über Mundpropaganda. Buschtrommeln, sage ich immer.«

Katinka nickte. »So ist es bei mir auch.«

»Sie haben im Frühsommer einen spektakulären Mord aufgeklärt, stimmts?«

»Woher wissen Sie das? Sie wohnen doch nur in den Ferien hier.«

»Eben.« Er lachte. »Buschtrommeln. Mila hat's mir erzählt.«

»Ach so.« Katinka rührte in ihrem Kaffee herum. Sie wies mit dem Kinn auf Melissa: »Meine Schwester wird in Wien ein Kaffeehaus aufmachen. Die Sandkirchweih nutzt sie sozusagen zu Forschungszwecken.«

Eagle betrachtete Melissa interessiert. Sein Blick glitt über ihre runden Formen.

»Sie sehen sich nicht sehr ähnlich«, sagte er dann.

»Das soll vorkommen«, erwiderte Katinka. »Wie war das eigentlich mit dem Streit zwischen Ihnen und den Herzings?«

Eagle sah Katinka ertappt an.

»Ach«, wiegelte er ab. »Es ging um den Kompost. Ich habe da eine Methode, die sich an Rudolf Steiner anlehnt. Kennen Sie den?«

»Der Begründer der Anthroposophie«, sagte Katinka.

»Kann man so sagen. Ich habe es schon bei verschiedenen Kunden gemacht, doch Claudia wollte das nicht. Dabei ist diese Methode ziemlich gut und ... na ja. Gefachsimpel.« Er drehte sein Colaglas in den Händen.

»Aber Sie haben sich ohnehin wieder versöhnt, oder?«

Denninger nickte eifrig.

»Sehen Sie, ich bin ja nicht nachtragend. Ich überzeuge sie schon noch. Mila ist auch schon auf meiner Schiene.« Er brach ab. »Haben Sie eine Spur von Claudia gefunden?«

Katinka strich mit dem Zeigefinger über ihre Lippen. »Schweigegebot.«

»Klar.« Er trank die Cola aus und winkte dem Barmann.

»Will, ich zahle für die beiden Damen mit.«

Katinka protestierte, aber Denninger steckte schon sein Wechselgeld ein. Er verabschiedete sich und warf Melissa einen letzten anerkennenden Blick zu. Katinka sah ihm nachdenklich hinterher.

9. Johannes Herzing

Wiesen und Felder glitten an ihnen vorbei. Sie glänzten in der Sonne. Alles schien zu strahlen wie Bronze.

»Schöne Landschaft«, gab Melissa zu und nickte aus dem Busfenster, »aber reichlich verschnarchte Dörfer.«

»Das hätte Tom auch gesagt«, bestätigte Katinka. Heute Morgen hatte Toms Anruf aus Prag sie geweckt. Erleichtert von ihrer beider Versöhnung war Katinka aufgestanden, hatte Brötchen geholt und Kaffee gekocht. Melissa wollte unbedingt mit zu Johannes Herzing kommen, also ließ Katinka das Fahrrad stehen.

»A Hitz, a Hitz!«, stöhnte eine Frau, die sich auf den Plastiksitz schräg gegenüber gesetzt hatte.

»Stimmt«, nickte Melissa und lächelte.

»Komm«, sagte Katinka, als der Bus in Scheßlitz hielt. Sie sprangen hinaus. Es fühlte sich an, als würden sie im geschmolzenen Asphalt versinken, fand Katinka. Sie gingen langsam durch die aufgeheizten Straßen.

»Hör mal«, sagte Katinka, als sie an einem Café vorbeikamen. »Warte hier auf mich. Das Gespräch ist vertraulich.«

Melissa schmollte, fügte sich dann aber.

Katinka ging rasch weiter, obwohl in der Hitze jede schnelle Bewegung unmöglich schien. Kleine Teufelchen hatten sich an ihre Arme und Beine gehängt und machten sie schwer wie Blei. Dabei habe ich gestern gar nicht gesoffen, dachte Katinka müde.

Johannes Herzing erwartete sie schon.

»Frau Palfy!«, er gestikulierte aufgeregt. »Frau Palfy! Die Polizei ...«, er hielt inne und winkte Katinka ins Haus.

»Die Polizei war gestern hier. Sie dürfen den Fall gar nicht mehr untersuchen. Sagen Sie mir doch, was los ist!«

Katinka stöhnte. Jetzt wäre sie dankbar gewesen, wenn sie sich gewissenhaft und mehr als unbedingt nötig vorbereitet hätte.

»Herr Herzing«, begann sie. »Die Polizei ist der Auffassung, dass das Verschwinden Ihrer Frau etwas mit der Toten zu tun haben könnte, die am Mittwoch morgen im Fluss gefunden worden ist. Aber erwiesen ist das nicht.«

Herzing nahm den *Fränkischen Tag* in die Hand und wies auf die Schlagzeile. »Was soll Claudia damit zu schaffen haben! Sie ist am Sonntag verschwunden, drei Tage vorher. Helfen Sie mir doch, Frau Palfy.«

Katinka setzte sich auf ein weiß bezogenes Sofa. Sie fragte sich, wie es in einer Familie mit drei kleinen Kindern so sauber geblieben war.

»Meiner Meinung nach gibt es immer noch eine Erklärung, die gar nichts mit diesem ... Unglück zu tun hat. Sie müssen mir mehr über Ihre Frau erzählen!«

Herzing ließ sich ausgelaugt auf einen Sessel plumpsen.

»Alles, was Sie wollen. Aber mir ist, als würde ich sie gar nicht mehr kennen. Was kann ich noch mehr über sie berichten, als dass sie sozial eingestellt ist, die Kinder gerne um sich hat, sie manchmal zum Teufel wünscht, im Chor singt, ihre Theatergruppe vermisst, gut mit den Kollegen auskommt, öfter mal zu Mila zum Kaffeetrinken geht ...«

»Und …«, Katinka kam sich schrecklich ungeschickt vor. »Sexuell?«

»Wie bitte?« Herzing sah sie entrüstet hat. »Was meinen Sie damit?«

»Waren Sie beide im Bett zufrieden miteinander?«

Katinka hoffte, dass sie nicht rot würde. Um sich abzulenken, nahm sie die Brille ab und begann, sie mit einem Ende ihres T-Shirts zu putzen.

Statt ihrer wurde Herzing rot. Wie ein Puter. Er fuhr sich durchs Haar und sagte:

»Wissen Sie, Frau Palfy, in einer Beziehung kommt irgendwann so eine Bruchstelle. Danach verliert sich der Zauber. Man hakt eben ziemlich viele Verpflichtungen ab. Einladungen, den Job, die Verwandtschaft, den Sex.«

»Verstehe. Claudia hatte also einen Anlass, sich erotisches Neuland zu erobern.«

Herzing klappte der Unterkiefer bis zum Bauchnabel. Katinka suchte die Mail an Lola aus ihrem Notizbuch und reichte sie ihm. Er las sie. Mehrmals.

»Das gibt's nicht.«

»Doch«, sagte Katinka ruhig und setzte die Brille wieder auf die Nase. Sie war verschmierter als zuvor.

»Sie schieben mir das unter.«

»Wissen Sie etwas von lesbischen Neigungen Ihrer Frau?«

»Zum Henker, nein!«

Er sprang auf und lief durchs Zimmer.

»Wer ist Lola?«, fragte Katinka.

»Ich kenne keine Lola.«

Katinka schwieg. Uttenreuther würde sie nach Alcatraz bringen, wenn sie Herzing steckte, dass Lola das Ricinopfer in der Regnitz war.

»Sie haben wirklich keine Ahnug?«

»Nein!«

»Ihre Frau ist doch gerne spazieren gegangen, oder?«

»Ja«, sagte Herzing dürr.

»Beschreiben Sie mir, wo!«

»Sie durchkämmt den ganzen Ort. Meistens geht sie bis zur Juraklinik und dann rechts rum, hinter dem Autohaus Ullrich vorbei. Sie ist gerne draußen.«

»Joggt sie auch?«

»Manchmal. Aber eigentlich geht sie nur spazieren.«

Katinka hielt sich ihre Theorie vor Augen, dass Claudia Herzing vielleicht doch nur eine Auszeit genommen hatte und abgehauen war. Aus Frustration. Vielleicht hatte Antonella sie abblitzen lassen am Sonntagabend. Aber es schien unwahrscheinlich. Und wie sollte sie Claudia Herzing finden?

»Sie haben wirklich keine Ahnung, wo Ihre Frau untergeschlüpft sein könnte?«

Herzing sah befremdet drein. Er schüttelte den Kopf: »Ich glaub das alles einfach nicht.«

»Erzählen Sie mir von dem Streit mit Denninger.«

»Mit Winfried? Davon habe ich nicht viel mitgekriegt. Er ist so ein Mimöschen, immer schnell verletzt, wenn man seinen Ratschlägen nicht exakt folgt. Aber um solche Angelegenheiten kümmert sich Claudia, sie kann ihn dann ganz gut beruhigen.«

»Haben Sie der Polizei von Claudias Spazierweg erzählt?«

»Ja. Die haben dasselbe gefragt wie Sie. Sind auch hingegangen und haben alles abgesucht.«

»Na gut.« Katinka erhob sich. »Herr Herzing, wir können der Polizei vertrauen. Es tut mir leid, dass ich den Fall nicht zu einem Abschluss in Ihrem Sinne bringe. Tja …« Sie wandte sich zur Tür. »Ich überweise Ihnen Ihr Geld zurück.«

Sie verließ mit einem elenden Gefühl von Versagen das Grundstück. Als sie zum Café abbog, kam sie am Haus von Mila Düthorn vorbei. Ein Kleinkind plärrte.

»Hallo, Frau Düthorn?«

Katinka stieg einfach über den niedrigen Gartenzaun.

Auf der Terrasse saß Mila und schuckelte den Kinderwagen mit dem schreienden Baby hin und her. Wie hieß die Kleine noch gleich? Verena, erinnerte sich Katinka.

»Ach, hallo!«, rief Mila, als sie Katinka sah. Die Fröhlichkeit von neulich war wie weggeblasen. Sie sah missmutig und irgendwie ertappt drein.

»Nur eine kurze Frage«, schrie Katinka gegen Verenas Brüllen an. »Könnte es sein, dass Claudia lesbisch war?«

»Sind Sie verrückt?«

»Sowas gibt es.«

»Sie hat drei Kinder.«

»Die Gebärfähigkeit sollte das nicht beeinträchtigen.«

Katinka setzte sich auf einen der Stühle. Mila sah wütend aus.

»Sie platzen hier einfach so rein und fragen scheußliche Sachen.«

Katinka wartete ab.

»Nein, ich weiß es nicht.«

»Könnte es ihr Mann gewusst haben?«

»Johannes?« Mila sah überrumpelt aus. »Ich hoffe nicht.«

»Warum hoffen Sie?«

»Na, stellen Sie sich mal vor, was dann passieren würde …«

Hellhörig fragte Katinka nach: »Was würde denn passieren?«

»Ach, was weiß ich, aber … das ist doch ein Schock für einen Mann. Ich glaube das außerdem nicht.« Mila biss die Lippen aufeinander, bis sie ganz weiß wurden.

»Wie sieht es mit dem Streit zwischen Denninger und den Herzings aus?«

Mila wurde blass. Sie nahm das Baby aus dem Wagen und setzte es sich auf den Schoß. Klein-Verena war augenblicklich still und fixierte Katinka unduldsam. Mila gab ihr einen Kuss auf das Köpfchen.

»Mit Winfried ist nicht unbedingt immer leicht auszukommen. Er ist ein gärtnerisches Genie, aber wenn man seine Vorstellungen zu kompliziert und zu teuer findet, dann ist er schnell beleidigt und schaltet auf stur.«

»Ein Künstlertyp?«, bemühte Katinka ein Klischee.

»Ja. Irgendwie schon.«

»Glauben Sie, dass die Herzings und Winfried sich überworfen haben?«

»Das kann ich mir kaum vorstellen«, sagte Mila. »Claudia ist nicht der Typ, der sich überwirft, wie Sie das ausdrücken. Sie findet immer einen Weg, sich wieder zusammenzufinden. Sie ist sehr … integrierend.«

Sie fuchtelte mit dem freien Arm vor Verena herum. Das Baby begann wieder zu plärren.

Hm, dachte Katinka.

»Was können Sie mir sonst noch über Claudia sagen«, fragte sie weiter und wollte ihr Notizbuch auspacken.

Mila Düthorn stand auf und bugsierte Verena auf ihre Hüfte.

»Gehen Sie bitte. Ich habe Ihnen alles gesagt, was ich weiß.«

Melissa wartete ziemlich genervt vor dem Café.

»Also, mein Literatur-Kaffeehaus wird ein anderes Kaliber, das kannst du mir glauben. Und eine Luft ist da drin …«

»Komm, wir machen einen Spaziergang.«

»In der heißen Sonne?«

»Der Bus fährt sowieso noch nicht.«

»Na gut.«

Sie gingen die Hauptstraße entlang.

»Hier ist die Juraklinik«, sagte Katinka nachdenklich. »Genau. Und dort oben das Autohaus …«

»Laufen wir der verschwundenen Frau hinterher?«, wollte Melissa wissen.

»Ihr Mann hat mir ihren Lieblingsspazierweg beschrieben. Komm.«

Sie umrundeten das Autohaus. Melissa begann, Katinka eine Story über die Autos zu erzählen, die Sam, ihr Ex, im Laufe ihrer nicht sehr ausgiebigen Beziehung gefahren hatte. Katinka machte sich nichts aus Autos. Sie sah sie als Mittel zur Fortbewegung, die sie möglichst sparsam von A nach B bringen sollten.

»Schau mal, der *Beetle* dadrüben, in Silbergrau. Können wir nicht mal schnell gucken?«

»Guck du«, sagte Katinka unwirsch. »Ich komme zurück.«

Sie lief ziellos hinter dem Gebäude entlang, aber da sie nicht wusste, wonach sie eigentlich suchte, verlor sie schnell jegliche Motivation. Schwitzend ging sie zurück. Melissa war schon ins Gespräch mit einem schick gekleideten, dunkelhaarigen Mann vertieft.

»Das ist meine Schwester«, sagte Melissa strahlend. »Sie ist Privatdetektivin. Katinka, das ist der Chef hier.«

»Angenehm«, sagte der Chef und drückte Katinkas Hand. »Wie wäre es mit einem schicken Kleinwagen als Geschäftsfahrzeug?«

Katinka schüttelte den Kopf. »Mein Geschäftsfahrzeug ist ein Zweirad, betrieben mit Muskelschmalz.«

Der Autochef lachte. »Schade«, sagte er. »Ich habe da einen alten Käfer mit Brezelfenster, der würde zu Ihnen passen.«

»Oldtimer? Bitte nicht, die Dinger springen nie an.«

»Sie haben recht. Schauen Sie sich also ruhig um. Man weiß ja nie. Vielleicht expandieren Sie bald, wenn Sie Claudia Herzing gefunden haben.«

Katinka starrte ihn an. Melissa rollte die Augen und hob in Unschuldsmanier die Handflächen nach vorne.

»Spricht sich ja schnell herum«, sagte Katinka.

Der Chef grinste. »Das ist ein Kaff. Aber im Ernst: Wenn Sie mal einen Leihwagen für Verfolgungsfahrten brauchen, denke ich über Sonderkonditionen nach. Schönen Tag noch.«

Er verschwand in der großen Halle.

»Da drin ist es bestimmt schön kühl«, seufzte Melissa. »Und wir laufen in der Hitze herum.«

Frustriert schob Katinka die Hände in die Hosentaschen.

»Sehen wir zu, dass wir den Bus kriegen.«

Sie mussten rennen, ließen sich keuchend auf der hinteren Bank nieder.

»Was ist das eigentlich für ein tolles Schloss«, fragte Melissa, als sie aus Memmelsdorf herausfuhren.

»Schloss Seehof. Es hat herrliche Parkanlagen und sogar kleine Wasserspiele.«

Aus den Augenwinkeln sah Katinka ein Motorrad aus einem der Feldwege biegen, die zum Schlosspark führten.

»Sam hat soviel Kohle, dass er das Schloss samt Umland kaufen könnte«, sagte Melissa traurig. Auf einmal tat sie

Katinka leid. Sie widerstand gerade noch dem Impuls, ihrer kleinen Schwester den Arm um die Schultern zu legen.

Eine Hupe tönte. Katinka sah hinaus. Das Motorrad setzte an, den Bus zu überholen. In der Kurve kam ein Wagen entgegen. Gerade noch rechtzeitig scherte das Motorrad vor dem Bus ein.

Komisch, dachte Katinka. Der sah doch aus wie Eagle.

10. Undercover

Katinka lieferte Melissa zu Hause ab und radelte in die Hasengasse. Vom Kranen wehte der Duft von Steckerlfisch herauf.

Katinka schloss auf. Bevor sie eintrat, sah sie nach rechts und links die Gasse entlang. Alles lag ruhig. Es war auch viel zu heiß, um sich lange in der Stadt aufzuhalten. Die Hitze staute sich zwischen den Häusern, prallte vom Asphalt zurück.

Katinka ging hinein. Als sie in ihren kleinen Nebenraum trat, sah sie das rote Flackern sofort. Sie schaltete den Anrufbeantworter auf Abruf.

»Sie hatten bei mir angerufen«, sagte eine weibliche Stimme mit Berliner Akzent. Katinka dachte an Tom und musste lächeln. »Mein Name ist Marlies Keim. Leider muss Ihnen Claudia meine Telefonnummer irrtümlich hinterlassen haben. Ich habe seit einem halben Jahr keinen Kontakt mehr zu ihr.«

Das klang interessant. Katinka spulte zurück, hörte sich die Nachricht erneut an. Sie stammte von heute Vormittag. Dann ging sie zum Telefon, blätterte hastig Claudias ordentliches Adressbuch auf und suchte nach der Nummer.

Marlies Keim war sofort am Apparat.

»Entschuldigen Sie, dass ich Sie nochmal störe«, sagte Katinka.

»Ja?«

Die Stimme klang eher neugierig als skeptisch. Katinka hörte das Klicken eines Feuerzeugs im Hintergrund.

»Sie haben mir eine Nachricht aufs Band gesprochen. Seit circa einem halben Jahr haben Sie keinen Kontakt mehr zu Claudia. Hat das einen besonderen Grund?«

Marlies schien nachzudenken, dann sagte sie: »Warum wollen Sie das denn wissen? Sie sind gar keine Kollegin von Claudia, oder?«

Katinka schnappte nach Luft.

»Nein, Sie haben recht. Ich bin Privatdetektivin, und Claudias Ehemann hat mich beauftragt, nach ihr zu suchen. Sie ist verschwunden.«

Marlies Keim lachte trocken. »Habe ich mir gleich gedacht. Sie klingen nicht wie eine Lehrerin.«

»Möchten Sie mir sagen, weshalb Claudia den Kontakt zu Ihnen abgebrochen hat?« Katinka wedelte sich mit der Hand Luft zu. Sie kam sich vor wie in einem Backofen.

»Umgekehrt«, gab Marlies Keim Auskunft. Katinka hörte sie tief den Zigarettenrauch inhalieren. »Ich habe den Kontakt zu ihr abgebrochen.«

»Sicher gab es dafür einen Grund.«

Katinka konnte ihn beinahe erraten. Sie biss sich auf die Lippen und wartete ab.

»Es ist etwas Unvorstellbares vorgefallen«, sagte Marlies. »In meinen kühnsten Träumen habe ich mit nicht ausgemalt, dass mir mal sowas passiert.«

»Sie hat Sie angemacht?«

»Können Sie hellsehen, oder was?«, kam es schnoddrig zurück.

»Nicht direkt«, gab Katinka zu.

Marlies Keim lachte. »Wissen Sie, jetzt kommt es mir fast komisch vor. Es war in den bayerischen Faschingsferien. Johannes wollte wohl mit den beiden größeren Jungs zum Skilaufen, und die Großeltern hüteten Oliver. Claudia hatte also ein paar Tage frei und kam nach Berlin. Wir zappten uns durch das übliche Großstadtprogramm: Theater, Kino, Shopping, Brunches in freakigen Cafés und so weiter. Claudia hat das immer sehr genossen. Ich glaube, sie mag die Provinz da unten nicht so gern.« Das Feuerzeug klickte wieder. »Verzeihung. Es ist ja auch Ihre Provinz.«

»Wie man's nimmt«, sagte Katinka grinsend.

»Eines Nachts machte sie mich an. Urplötzlich. Ich habe nie was gemerkt, verstehen Sie! Wir haben uns seit dem Studium gekannt. Ich bin Kunstgeschichterlin, aber wir haben im Studentenausschuss zusammen politisiert und so weiter.« Marlies Keim hustete. »Sie legte richtig los, streichelte mich, machte mir Komplimente. Meinte wohl, subtil vorzugehen und mich auf diese Weise irgendwie rumkriegen zu können, ohne dass ich es merkte. Bloß«, sie seufzte tief, »bei mir wirkt das nicht. Ich bin hoffnungslos hetero.«

»Und Sie haben sie rausgeschmissen?«, wollte Katinka wissen.

»Natürlich nicht mehr in der Nacht. Wir haben diskutiert, ich bin ja nicht auf den Mund gefallen, und sowas lasse ich nicht einfach auf sich beruhen. Aus der Diskussion ergab sich natürlich ein Streit und dann habe ich Claudia gebeten, höflich, versteht sich, am nächsten Tag abzufahren.«

»Eigentlich eine traurige Geschichte«, sagte Katinka.

»Klar!«, bestätigte Marlies. »Wissen Sie, im Grunde bin ich heute noch fassungslos.«

»Wie sehen Sie aus?«

»Bitte?«

»Ich habe den Verdacht, dass Claudia hier in Bamberg etwas Ähnliches angeleiert hat. Ich möchte nur wissen, ob

Ihr Typ und der Typ einer anderen Frau, die ebenfalls … verschwunden ist, zusammenpassen.«

»Dunkler Typ, schlank, lange braune Haare, südamerikanisch angehauchte Klamotten, Raucherin.«

»Danke!«

Katinka beendete das Gespräch. Sie zog sich die Sandalen von den Füßen und betrachtete ihre schmutzigen Zehen. Barfuß ging sie eine Weile im Zimmer auf und ab. Claudia hatte es also schon einmal versucht. Fragt sich bloß, was mir das jetzt sagt, sinnierte Katinka. Sie hat vielleicht die Bruchstelle in ihrem Leben nicht so einfach akzeptiert wie ihr Mann.

Am Nachmittag ließ sich Katinka breitschlagen, mit Melissa schwimmen zu gehen. Sie hatte ohnehin nichts mehr zu tun.

Die beiden mieteten sich an der Buger Spitze ein Tretboot. Außer Sichtweite des Verleihers sprangen sie in den Fluss und ließen sich treiben.

»Sag mal«, träumte Katinka vor sich hin. »Wie gefiel dir eigentlich Eagle?«

»Wer?«

»Er heißt eigentlich Winfried Denninger. Der Kerl, den wir gestern im *Stilbruch* getroffen haben.«

»Ach, der!« Melissa umkraulte das Boot und prustete: »Der sah ganz süß aus, ja.«

»Ich glaube, der fand dich auch ganz süß.«

»Ist er ein Verdächtiger?«

Katinka dachte nach. »Eher nicht. Aber er weiß vielleicht etwas über Claudia Herzing, was er bisher noch nicht verraten hat.«

»Huj«, machte Melissa und strampelte mit den Beinen.

»Hast du nicht Lust, dich heute abend mit ihm zu verabreden?«, fragte Katinka.

Sie hatte damit gerechnet, dass Melissa schmollen und ihr vorwerfen würde, sie wolle ihre kleine Schwester lossein. Statt dessen kreischte Melissa vor Freude.

»Als Under-Cover-Agentin? Yeah! Das wird ein Spaß!«

»Das dürftest du ihm nicht gerade auf die Nase binden!«, sagte Katinka vorsichtig.

»Sowieso klar. Was soll ich rausfinden?«

Katinka wartete, bis Melissa unter dem Boot durchgetaucht war und rief hinüber: »Quetsch ihn ein bisschen über seine Gärtnertätigkeit aus. Wie er überhaupt seinen grünen Daumen entdeckt hat. Wie ihm sein Studium gefällt. So Zeug.«

»Soll ich mit ihm schlafen?«

»Kannst du machen, wie du willst«, sagte Katinka leutselig. »Ich rufe ihn an und arrangiere das Date. Meine Schwester ist aus Amerika zurück und sucht Anschluss. Das wird er sofort einsehen.«

»Gebongt, Schwesterlein.«

Alles klappte wunderbar. Katinka telefonierte mit Eagle. Er war mehr als bereit, Melissa mit den Geheimnissen der Sandkirchweih vertraut zu machen. Sie hatte sich also doch nicht getäuscht.

Nachdem Melissa sich um halb acht mit dem Zweitschlüssel in der Tasche eines engen Jeansrocks auf den Weg gemacht hatte, räumte Katinka die Wohnung auf und hing dabei ihren Gedanken nach. Es wollte ihr nicht gelingen, einen ungelösten Fall einfach so abzuschütteln. Sie schloss die Tür zu Toms Arbeitszimmer auf und schaltete den Computer an. Im Internet fand sie eine Menge über Ricin. Überrascht stellte sie fest, dass es nicht schwer war, die Etappen der Giftherstellung abzufragen. Sie fand auch eine Menge Informationen über den Fall des mit Ricin vergifteten Bulgaren Georgi Markov. Katinka schüttelte den Kopf. Dennoch wollte ihr nicht in den Sinn, was das Ricin mit Claudia Herzings Verschwinden zu tun hatte. Die einzige Verbindungsstelle zwischen ihr und dem Giftmischer ergab sich über Antonella. Antonella Malesanto. Katinka spähte durch die herabgelassenen Jalousien auf den Synagogenplatz. »Claudia trifft sich heimlich mit Antonella. Niemand weiß was. Frage: Wo treffen sie sich?« Katinka öffnete das Word-Programm und tippte ihre Gedanken ein. Am gleichen Abend wird Antonella ein Kügelchen mit Ricin injiziert. Sie denkt, es sei ein Wespenstich. Also muss der Angriff aus dem Verborgenen heraus passiert sein. Nicht mit einem Regenschirm wie bei Markov. Wie dann? Konnte man ein Gewehr umrüsten? Katinka war froh, sich mit ihrer kleinen Beretta auszukennen. Alle anderen Waffen waren ihr nicht nur ein Greuel, sondern ein Rätsel.

Jemand hat eine teuflische Technik an Antonella ausprobiert, tippte sie. *Jemand, der die Sandkirchweih hopsnehmen will und testen musste, ob es funktionieren kann.*

Katinka stand auf. Das war nichts als Fantasterei. Aber weshalb sollte jemand mit einem biologischen Kampfstoff experimentieren? Monatelang daran basteln? Der Mord an Antonella konnte plötzlich passiert sein, quasi aus dem Affekt heraus. So etwas wäre leichter zu haben. Statt dessen starb sie durch ein winziges Kügelchen, präpariert mit Toxin.

Sie schob die Lamellen der Jalousie ein Stück auseinander. Menschentrauben trabten lachend und plaudernd die heißen Straßen entlang. Freitagabend. Nicht nur das

Sandgebiet, die gesamte Innenstadt würde vollgestopft sein mit Menschen. Sie fragte sich, wie die Polizei Bamberg beschützen wollte. Ein Verrückter, der genug Ricin produziert hatte, würde Hunderte Menschen töten können, ohne entdeckt zu werden. Nur: Wer? Claudia Herzing selber?

Katinka mochte unwahrscheinliche Theorien. Eine Menge Dinge im Leben geschahen, obwohl sie unwahrscheinlich waren und niemand mit ihnen gerechnet hatte. Aber Claudia Herzing, Englischlehrerin, Mama, Ehefrau, Freundin? Welches Motiv sollte sie haben? Würde sie die Chuzpe und die Fingerfertigkeit besitzen, ein biologisches Kampfgift herzustellen?

Während Katinka ihr Textfragment ausdruckte, kaute sie auf ihrer Unterlippe herum. Der Gedanke schoss ihr durch den Kopf, heute lieber nicht auf die Sandkirchweih zu gehen. Motiv, Möglichkeit, Mittel. Gab es jemanden im Leben der Herzings, der Kontakte zu einschlägigen Gruppen pflegte? Der womöglich ein Labor besaß?

Sie schaltete den Computer aus und legte das Blatt Papier in ihr Notizbuch. Grinsend verschloss sie die Arbeitszimmertür wieder. Melissas Neugier war legendär.

Gegen 21 Uhr lief sie über die Markusbrücke auf die Sandstraße zu. Hier lag die Demarkationslinie. Der Verkehr, der sich über die Untere Sandstraße heranwälzte, wurde über die Markusbrücke komplett umgeleitet. Eine Polizeistreife parkte am Eck. Obere Sandstraße, Leinritt, selbst die Fischerei am gegenüberliegenden Ufer waren komplett verstopft mit Menschen. Lachenden, albernden, trinkenden, betrunkenen Menschen. Menschen, die sich vom Charme eines brodelnden Volksfestes anstecken ließen, den Alltag hintanstellten und das Leben und das Feiern genossen. Menschen in Gefahr. Von den Buden am Leinritt stiegen betäubende Gerüche in die samtblaue Abendluft: Steckerlfisch, Popcorn, gebrannte Mandeln, Bratwürste, Pizza, Liebesäpfel. Als Katinka sich ins Getümmel stürzte, um sich das kurze Stück bis zum *Griesgarten* freizuschaufeln, nahm sie das Aroma von Schweiß und Bierdunst wahr. In dem Gewimmel verschmolzen Hitze und Gerüche zu Kleister. Man könnte allein durch die Nase besoffen werden, dachte Katinka, als sie sich endlich durch den engen Gang in den Garten der Wirtschaft drückte.

Uttenreuther saß mit dem Rücken zu ihr vor einem Seidla. Ihm gegenüber saß ein anderer Mann seines Alters. Die beiden unterhielten sich.

»Grüß Gott!«, sagte Katinka und klopfte kurz auf die Tischplatte. Uttenreuther und der andere unterbrachen ihr Gespräch und sahen auf.

»Palfy!«, sagte der Kommissar halbwegs erstaunt. Wie üblich trug er Jeans und ein kariertes Hemd.

»Sie sagten, ich würde Ihnen noch ein Bier schulden«, sagte Katinka. »Ich möchte die Schuld gern einlösen.«

Uttenreuther grinste und rutschte ein Stück.

»Setzen Sie sich. Das ist Manfred Schröppel, ein ehemaliger Kollege.«

»Ehemalig?«, fragte Katinka.

»Ich bin frühpensioniert. Die Bandscheiben«, sagte Schröppel. Er wirkte mit seinem mausgrauen Haar und dem beigen Hemd völlig farblos. Seine Stimme hörte sich an wie eine verkratzte Schallplatte.

»Hiermit stelle ich dir Privatdetektivin Palfy vor«, sagte Uttenreuther zu Schröppel. Katinka spürte dem Spötteln in seinen Worten nach, sagte aber nichts. Sie kiebitzte in den fast leeren Bierkrug des Kommissars und bestellte eine Apfelschorle für sich und ein Bier für Harduin.

»Hier treffen sich am Sandkirchweihfreitag die Schützen«, sagte Schröppel. »Schauen Sie nur!«

Die Männer des Schützenvereins schwitzten in ihren grauen Trachten. Weiter hinten im Garten war ein großes Zelt aufgebaut. Eine Zwei-Mann-Band richtete gerade ihre Instrumente her.

»Hier!« Uttenreuther schob ihr einen Zettel zu. »Die heißen *Frankens Fröhliche Tenöre*. Wie finden Sie das?«

O Gott, dachte Katinka. Tom würde sich einen ablästern. Auf dem gelben Zettel stand

Wir spielen auch für Sie! Hochzeit, Geburtstag, Jubiläum? Rufen Sie Frankens Fröhliche Tenöre an! Bestellen Sie unsere CDs und MCs.

Ich weiß, dass du mich genau beobachtest, Hardo, dachte Katinka. Sie reichte ihm den Zettel. »Hübsch!«, sagte sie.

Uttenreuther lachte und nahm sein frisches Bier in die Faust.

»Also, Prost Palfy.«

Katinka stieß mit ihrer Apfelschorle an, als ein ohrenbetäubender Lärm losbrach. Sie widerstand dem ersten Impuls, sich unter den Tisch zu werfen. Die meisten Gäste waren zusammengezuckt und machten ihrem Schreck nun mit Gelächter Luft. Die Böller kamen in kurzen Abständen.

»Die Schützen!«, brüllte Schröppel. »Salutschüsse!«

»Uff«, machte Katinka. Das Gewummer krachte von dem Hang am Ende des Gartens zurück. Es schien, als ob eine Lawine aus Böllern über den *Griesgarten* und seine Besucher hinwegrollte. Katinka konnte nicht anders, sie hielt sich die Ohren zu.

Nach einer Viertelstunde ebbte der Krach ab. Befriedigt schoben die Schützen ab und ließen sich wieder an ihren Biertischen nieder.

»Das gibt's nicht«, murmelte Katinka. Dietram Zenk, Claudias Chemiekollege, warf seine Flinte über die Schulter und ließ sich von einem anderen Schützen ein Bier reichen. Das muss nichts heißen, mahnte sie sich. Es muss überhaupt nichts heißen! Katinka erinnerte sich an seine Worte: Sandkirchweih bei dieser Hitze! Alkoholleichen, Chaoten, dehydrierte Jugendliche. Anscheinend arbeitete er gerade daran, selbst eine Alkoholleiche zu werden. Sein Gesicht leuchtete hummerrot über der grauen Tracht.

Übergangslos aktivierten die fröhlichen Tenöre ihre Keyboards und begannen, die Gäste mit ihren Hits zu unterhalten. Katinka wusste nicht, was sie schlimmer finden sollte: Die Salutschüsse oder das *Knallrote Gummiboot*. Schon wiegten sich die ersten Paare vor der Bühne.

Verflucht! Chemie!

»Sehen Sie den krebsroten Typen dort drüben, den mit dem Trachtenhut und der grauen Joppe?«

Uttenreuther verdrehte sich den Hals. »Da sitzen ungefähr zwanzig Leute in Trachten und mit roter Farbe im Gesicht«, brummte er.

»Ein kleiner, untersetzter, der nach Junggeselle aussieht. Rechts, relativ weit von Frankens Fröhlichen Tenören entfernt!«

»Das ist gut, Hardo«, sagte Schröppel und lachte. »Ich weiß, wen Sie meinen, Frau Palfy.«

»Der Mann ist ein Kollege von Claudia Herzing. Er ist Chemielehrer.«

Aufgeregt sah sie Uttenreuther an. Der rollte mit den Augen.

»Palfy, soll ich alle Chemielehrer Bambergs verhaften?«

»Er und Claudia Herzing sind Kollegen. Und wenn es um ...« Sie brach ab und sah von Schröppel zu Harduin und wieder zurück.

Uttenreuther lachte. »Manfred weiß Bescheid. Aber machen Sie sich mal nicht lächerlich.«

Katinka zuckte die Schultern. Vermutlich hatte Harduin recht. Sie konnte nicht Zenk in den Kreis der Verdächtigen einschließen, weil er Chemielehrer und ein Kollege der verschwundenen Claudia Herzing war. Oder konnte sie doch? Sie dachte daran, wie nervös er gewesen war, als sie am Mittwoch bei ihm reingeschaut hatte, um sich mit ihm zu unterhalten. Genervt beobachtete Katinka, wie Uttenreuther und Schröppel amüsierte Blicke tauschten. Sie trank ihre Apfelschorle aus und stand auf:

»Hat mich gefreut«, sagte sie zu Schröppel. Uttenreuther nickte sie zu. Der heftete seine grauen Augen ruhig auf Katinka: »Sie wollen schon wieder los?«

»Ja. Meine Schwester abschleppen.«

Uttenreuthers Handy klingelte. Katinka hätte einfach auf die Tischplatte klopfen und sich durch den engen Gang wieder zur Sandstraße vorkämpfen können. Irgendetwas ließ sie abwarten.

»Was?«, sagte Uttenreuther mit leiser Stimme. Er war aufgesprungen. »O.k. Ich komme.«

Schröppel erhob sich ebenfalls.

»Was ist los?«, fragten er und Katinka gleichzeitig.

»Ein Toter am Katzenberg.«

Sie brauchten geschlagene fünfzehn Minuten, um sich zum Katzenberg durchzukämpfen. Wie ein Caterpillar rammte Uttenreuther den Weg frei. Eine Streife stand hinter der improvisierten Bühne, auf der Musik gespielt wurde. Keine fröhlichen Tenöre, sondern ein Getöse, das hard'n heavy klang. Die Polizisten hatten den Toten vor den Augen der Massen abgeschirmt. Aber kaum jemand schien von den Uniformierten Notiz zu nehmen. Nur zwei jüngere Männer, beide schon etwas angeheitert, standen neben dem Polizeiwagen und redeten auf die Anwesenden ein.

»Er kippte einfach um«, sagte einer von ihnen. »Wir haben da unten was getrunken«, er wies zur Sandstraße.

Ach was, dachte Katinka. Alle, die sich hier tummeln, trinken irgendwas. Aber sie verstand den Schock des Mannes. Anscheinend war der Kumpel der beiden vor ihren Augen zusammengeklappt. Zwei Sanitäter hatten sich durch das Gewühl gekämpft. Sie legten den Toten auf ihre Trage. Er trug kurze Hosen und ein T-Shirt. Katinka sah es sofort. Eine kleine, rote Stelle am Oberschenkel des Mannes, quaddelig, wie ein entzündeter Insektenstich. Uttenreuther hatte sein Handy am Ohr. Eine Polizistin versuchte, die Freunde des Opfers zu beruhigen. Katinka heftete ihre Augen an Uttenreuthers Lippen. Im Kirchweihgetöse konnte sie nicht hören, was er sagte, aber sie bemerkte, dass er mit zwei verschiedenen Leuten telefonierte.

»Staatsanwalt«, sagte ein Polizist neben ihr. Dann schien er Katinka zu entdecken: »Junge Dame, bitte gehen Sie weiter.«

»Ich gehöre zu Harduin Uttenreuther«, sagte Katinka würdevoll. Der Beamte sah verunsichert aus. Uttenreuther war zu beschäftigt, um gefragt zu werden, aber Schröppel trat aus dem Hintergrund und nickte dem Mann zu: »Passt schon«, sagte er. Und zu Katinka gewandt: »Wieder einer.«

»Richtig«, sagte Katinka.

»Beim LKA gibt es eine Spezialabteilung für solche Fälle«, erläuterte Schröppel. »Terrorabwehr, biologische

Kampfgifte, Katastrophenschutz, alles das gehört zu ihren Aufgaben. Da haben selbst meine Kollegen und Hardo kaum noch was zu melden.«

»Wen verständigen Sie jetzt noch?«, fragte Katinka atemlos. Sie wusste nicht, wann Schröppels Mitteilungsbereitschaft abebben würde.

»Den Dienst habenden Staatsanwalt und den Leiter des Gesundheitsamtes. Im übrigen sind die Herren vom LKA alles studierte Kriminalräte.« Er blinzelte.

Katinka verstand, was er damit sagen wollte. Eine nicht studierte Privatdetektivin sollte sich lieber aus dem Staub machen, bevor sie in den Gesichtskreis unangenehmer Investigatoren geriet.

Sie nickte. »Danke, Herr Schröppel.«

Vorsichtig schob sie sich vom Ort des Geschehens weg. Schon nach zwei Metern hatte die Menschenmenge sie verschluckt. Orientierungslos blickte sie auf die bunten Kirchweihwimpel. Dann packte sie mit sicherem Griff ihre kleine Basttasche und schaufelte sich entschlossen den Weg in Richtung Untere Rathausbrücke frei.

Für den Weg zu ihrer Detektei, den sie zu normalen Zeiten in weniger als fünf Minuten zurückgelegt hätte, brauchte sie über eine halbe Stunde. Erleichtert schloss sie die Tür auf. Ein Scherzbold hatte einen blassrosa Kaugummi auf ihr Schild geklebt. Angeekelt kratzte sie den Klumpen mit dem Schlüssel ab.

Drinnen sperrte sie wieder zu. Die Luft war unerträglich stickig. Katinka achtete kaum darauf. Sie sah nach dem Faxgerät, öffnete dann das Waffenschränkchen und nahm ihre Beretta heraus. Das einzig Ungünstige an den Sommerklamotten war die Tatsache, dass man darunter schlecht eine Waffe versteckten konnte. Sie suchte ein paar alte Zeitungen heraus, wickelte die Pistole hinein und legte die Munition extra hinzu. Als sie das dicke Päckchen auf ihrem Schreibtisch sah, fühlte sie sich besser. Dann ließ sie sich bei der Auskunft eine Nummer geben.

»Dagmar? Hier ist Katinka.«

»Katinka!« Die helle Stimme am anderen Ende klang mehr als erstaunt. »Katinka Palfy? Oder hast du inzwischen geheiratet?«

»Nein«, sagte Katinka und rang sich ein Lächeln ab. Sie bemühte einige Höflichkeiten, die ihr gegenüber einer Ex-Mitschülern nach zehn Jahren Pause angebracht schienen.

»Hast du eigentlich Chemie studiert, wie du es vorhattest?«, fragte sie schließlich.

»Habe ich. Inzwischen bin ich Doktor rer. nat. Wie findest du das?«

»Glückwunsch«, sagte Katinka eilig. »Dann kennst du dich sicher mit B- und C-Waffen aus, oder?«

Verblüfftes Schweigen.

»Rufst du mich deshalb an?«

»Ja«, antwortete Katinka. Die Sache war ihr peinlich. Dagmar Sperling und sie hatten gemeinsam für das Abitur gelernt. Sie war gut in Fächern, die Dagmar nicht mochte, und umgekehrt hatte Dagmar ein Faible für Naturwissenschaften. Aber das Ganze war zehn Jahre her. Seitdem hatten sie keinen Kontakt mehr gehabt. Katinka wollte außerdem vermeiden, Dagmar zu verraten, wo sie wohnte. Uttenreuthers Wut über die Sache mit dem gefakten E-Mail-Konto steckte ihr noch in den Knochen. Er würde ihr den Kopf abreißen und in die Regnitz werfen, wenn er herausfinden würde, dass Katinka Bamberg als Ort eines Ricin-Verbrechens preisgegeben hatte.

»Genauer gesagt geht es um Ricin. Kannst du mir ein paar Infos geben, wie das Gift genau wirkt, wie man es nachweist, wie man es herstellt und wie man eine Vergiftung behandelt?«

»Na, du hast ja eine ganze Prüfung für mich zusammengestellt«, sagte Dagmar und lachte. »Also: Ricin ist ein gefährliches Gift. Es ist im Samen des Wunderbaumes enthalten, so nennt man den Ricinusstrauch. Der ist eine tropische Pflanze, wird vornehmlich zur Ölgewinnung angebaut, in Brasilien und Indien.«

Das wusste Katinka schon alles. Sie zwang sich zur Ruhe, während die Finger ihrer freien Hand auf der Schreibtischplatte Etüden klimperten.

»Das Ricin kann oral, also durch den Mund, aufgenommen werden, inhaliert oder injiziert werden. Je nach Art der Aufnahme kommt es zu unterschiedlichen Symptomen. Das Verrückte ist, dass es eine so genannte Latenzzeit von mehreren Stunden bis zu zwei Tagen gibt. Das heißt, die Vergifteten merken in der Zeit unter Umständen nichts. Haben sie das Ricin geschluckt, kommt es unter anderem zu Krämpfen und blutigen Durchfällen. Der Tod tritt durch Atemlähmung und Herzversagen ein. Das gilt für alle Vergiftungswege.«

Dagmar holte tief Luft.

»Gegen Ricin gibt es noch kein Gegenmittel. Soweit ich weiß, wird aber daran geforscht. Bei oraler Aufnahme gibt man medizinische Kohle. Wurde das Ricin durch die Haut aufgenommen, muss der Mensch sofort seine Klamotten ausziehen und sich mindestens zwanzig Minuten duschen.«

»Wie sieht es bei Injektionen aus?«

»Das kommt praktisch nicht vor. Leute verzehren vielleicht aus Versehen einen Samen, oder sie kommen mit dem

Gift durch Pressrückstände in Kontakt. Bei der Herstellung von Ricinusöl aus den Samenschalen kommt es schon mal zu Intoxikationen, etwa wenn die Arbeiter nicht mit Handschuhen ausgerüstet sind oder mit ungewaschenen Händen nachher essen.«

»Aber wenn es doch injiziert wird«, insistierte Katinka. »Was kann man dann tun?«

»Du stellst mir Fragen«, sagte Dagmar. »Warum willst du das alles wissen? Hast du vor, jemanden um die Ecke zu bringen?«

»Ich studiere gerade den Fall Markov«, wich Katinka aus. »Ihm wurde ein Kügelchen injiziert, das Ricin enthielt.«

»Ach ja, die Geschichte ist legendär. Ich bin keine Medizinerin, aber ich denke mir, wenn die Kugel sofort entfernt würde und man den Patienten in der Klinik behandelt, seinen Kreislauf stabilisiert und so weiter, kann er durchkommen.«

»Wie viel Ricin würde man brauchen, um größere Mengen an Menschen … umzubringen?«

»Katinka! Ich glaube, ich rufe die Polizei!«, rief Dagmar in den Hörer. In ihrem scherzenden Tonfall lag eine deutliche Dosis Besorgnis.

»Keine Bange«, sagte Katinka. Sie entschied sich für eine Notlüge. »Ich bin als freie Journalistin gerade an dieser Ricingeschichte dran. Über Georgi Markov findet man etliches an Material, aber auch über Pläne der britischen Armee, Ricinbestände als Waffe anzulegen. Das habe ich im Internet gelesen.«

»Sag mal, wolltest du nicht Geschichte studieren? Oder Archäologie?«, fragte Dagmar skeptisch.

»Beides«, sagte Katinka. Sie spürte, wie ihr T-Shirt schweißdurchtränkt an ihrem Körper klebte. Die Hasengasse lag ruhig. Ihr Herz dagegen raste.

»Also, diese Bestände sollen wieder komplett vernichtet worden sein«, sagte Dagmar. »Ricin ist zwar auf der Liste der verbotenen Stoffe des Chemiewaffenübereinkommens enthalten, aber es ist im Vergleich zu Botulinum zum Beispiel nicht besonders giftig. Um es für die Vernichtung von vielen Menschenleben einzusetzen, braucht man schon große Mengen. Deswegen kann ich mir auch nicht vorstellen, dass Terroristen sich ausgerechnet auf Ricin verlegen. Eine ganze Stadt könnte man sicher anders leichter vernichten als mit Ricin. Allerdings haben Inspektoren nach dem ersten Golfkrieg im Irak mehrere Liter konzentrierter Ricinlösung gefunden, die man in Artilleriegeschosse hätte abfüllen können.«

Katinka kritzelte alles in ihr Notizbuch. Sie verkniff sich, nachzufragen, welche Möglichkeiten für die Vernichtung einer Stadt die promovierte Chemikerin sah.

»Aber, wenn du dich mit dem Fall Markov befasst«, machte Dagmar weiter, »dann hast du womöglich auch von Vladimir Kostov gehört. Auch ein Exil-Bulgare. Ihm ist was Verrücktes passiert: Er zog sich irgendwo eine punktförmige Wunde zu, bekam Fieber, erholte sich aber nach einigen Tagen. Er las in der Zeitung zufällig von Markovs Tod und meldete sich in einer Klinik. Man fand bei ihm die gleiche Kugel wie bei Markov, voll mit Ricin. Aber sie war in Kostovs Fettgewebe gelandet, so dass die Austrittslöcher für das Gift verschlossen wurden. Das Toxin konnte sich dann nicht mehr im Körper ausbreiten.«

Glücklich sind die Molligen, dachte Katinka und sah Melissa vor sich.

»Wie stellt man Ricin her?«

»Also, hör mal!« Dagmar machte eine Kunstpause. »Ehrlich gesagt, so genau weiß ich das nicht. Ich kann es nachschlagen, wenn du willst.«

Katinka bemerkte die Skepsis in ihren Worten.

»Nicht nötig. Sag mir nur, ob man ausgebildeter Chemiker sein muss, um das Zeug zu produzieren.«

»Ts«, machte Dagmar. »Meine Oma backt die besten Marmorkuchen, die du dir denken kannst, ohne je eine Bäckerlehre gemacht zu haben. Aber eine gewisse naturwissenschaftliche Praxis muss man schon haben und technologisches Verständis. Ich denke, in den einschlägigen Kreisen weiß man sich zu helfen. Weißt du, in der Chemie gibt es einen großen Unterschied zwischen den kleinen Mengen quasi für den Hausgebrauch und dem wirklich großes Stil. Denk an die Chemiebaukästen unserer Jugend.«

Katinka bedankte sich. Dagmar fragte nach dem Artikel, den sie schreiben würde, und wo er erschiene. Katinka roch ihren eigenen stechenden Schweißgeruch, während sie eine weitere Notlüge für Dagmar zusammenbastelte. Schnell verabschiedete sie sich und legte auf.

Ich kann die Akte Claudia Herzing schließen, dachte sie frustriert. Bei aller Fantasie und gutem Willen – sie war nicht imstande, einen Zusammenhang zwischen der verschwundenen Frau und dem Giftmörder herzustellen. Antonella Malesanto als Bindeglied musste Zufall sein. So was gab es. Claudia Herzing mit Reagenzglas in der Hand konnte sie sich ebenso wenig vorstellen wie Mila Düthorn oder einen von Claudias Lehrerkollegen.

Oder sollte sie sich doch an Dietram Zenk halten? Verfügte Uttenreuther über andere Informationen? Wer war der Tote von vorhin? Katinka hatte ihn nicht gekannt. Ob der Kommissar sie informieren würde? Schließlich hatte sie ihm eben ein Bier spendiert.

Die Dunkelheit drückte gegen die Glastür. Es war halb zwölf. Katinka erschrak. Ihr war gar nicht bewusst gewesen, wie spät sie Dagmar Sperling mit ihren Fragen gelöchert hatte. Trotz der Hitze verspürte Katinka keine Lust, Tür und Fenster aufzumachen. Plötzlich schlich sich Angst ein. Sie selbst hatte sich bei der Suche nach Claudia schon so weit exponiert, dass der Mörder, wenn er denn überhaupt mit den Herzings zu tun hatte, sie vielleicht auf seine Abschussliste gesetzt hatte. Sie knipste das Licht aus. Augustnächte konnten schwarz sein.

Hoffentlich war Melissa schon zu Hause. Katinka wagte zu bezweifeln, dass sie etwas Nützliches erfahren hatte. Was auch – sie hatte sowieso nicht den Eindruck, dass Winfried mit Claudias Verschwinden zu tun hatte. Der Streit zwischen ihnen schien harmlos zu sein. Ich streite auch ständig mit Leuten, dachte Katinka, während sie den Kirchweihgeräuschen lauschte, die gedämpft zu ihr vordrangen. Aber ich haue deshalb nicht ab. Ich wäre sozusagen gar nicht mehr hier, wenn ich mich jedes Mal aus dem Staub machen würde.

Sie fasste sich ein Herz und wählte Uttenreuthers Handynummer. Das Display ihres Mobiltelefons glänzte stahlblau und tauchte das dunkle Büro in ein eigenartiges Licht. Wie von einem Schweißbrenner, dachte Katinka.

Der Anschluss des Kommissars war besetzt. Katinka überwand sich. Sie klemmte sich ihr Zeitungspäckchen unter den Arm, schloss die Tür auf, trat auf die stille Gasse und sperrte sorgsam wieder ab. Vom Regnitzufer wehten Lachen und Musik zu ihr. Wie würde ihre Welt am Montag aussehen, wenn das große Feiern endete? Wie viele Ricintote wären zu beklagen?

Ihr Handy klingelte. Katinka erschrak so heftig, dass sie beinahe ihre ordentlich verpackte Waffe fallengelassen hätte. Auf dem Sichtfeld blinkte Brittas Nummer.

Katinka wollte den grünen Knopf drücken. Sie hielt inne. Der Klingelton schrillte surreal durch die Nacht. Uttenreuthers Gesicht erschien wie der Vollmond vor ihr. Er würde sie eigenhändig umbringen, wenn sie irgendetwas verlauten ließe. Zuerst würde er sie foltern, dann ausmerzen. Sie wartete ab, bis das Klingeln endete. Mit Sicherheit sprach Britta auf die Mailbox. Was sollte Katinka ihr sagen? Dass sie geschlafen hätte? Kurz vor Mitternacht am Sandkirchweihfreitag? Das glaubte ihr Britta niemals. Keiner würde ihr das glauben.

Katinka ließ das Handy wieder in die Basttasche gleiten. Gehetzt lief sie zur Austraße hinauf und reihte sich dankbar in die Menschentrauben, die in verschiedene Richtungen trieben. Bis zum Schönleinsplatz herrschte Trubel wie zur besten Shopping-Zeit. In der Friedrichstraße wurde es ruhiger. Schließlich war Katinka die Einzige, die durch die Herzog-Max-Straße eilte. Sie fühlte sich unwohl. Nervös starrte sie auf das gelbe Haus am Eck. Kein Fenster war erleuchtet. Entweder schlief Melissa schon, oder sie war noch gar nicht zurück. Katinka tippte auf letzteres. Sie schloss die Haustür auf und ließ sie erleichtert hinter sich zufallen. Die Stufen knarrten. Es ist Geisterstunde, dachte Katinka. Deshalb bin ich so zappelig.

Die Wohnung war leer. Katinka sah in alle Zimmer, riss die Fenster auf. Jetzt kam ihr die Luft unerwartet kühl vor. Sie hielt ein Glas unter den Wasserhahn in der Küche und trank. Dann stellte sie das Radio an, um die Einuhrnachrichten zu hören. Es gab keine Berichte über mysteriöse Todesfälle auf der Bamberger Sandkirchweih. Mit schlechtem Gewissen hörte sie ihre Mailbox ab. Britta hatte nur eine kurze Nachricht hinterlassen. Ruf mal zurück.

Katinka legte das Handy auf den Küchentisch. Sie hat Wind von der Sache gekriegt, dachte sie. Aber wenn ich sie anrufe, wird sie mich ausquetschen, und wie ich mich kenne, knicke ich ein. Britta ist meine beste Freundin.

»Zum Teufel!«, sagte sie laut und wählte Brittas Nummer.

»Katinka, na endlich. Wo hast du gesteckt?«

»Mitten im Getümmel.«

Zu Katinkas Erleichterung ging Britta nicht darauf ein.

»Heute soll jemand gestorben sein, in eben diesem Getümmel. Bei der Polizei sagen sie, eine allergische Reaktion. Der Mann wurde von einer Wespe gestochen und brach zusammen.«

»O mein Gott«, simulierte Katinka.

»Weiß dein Kommissar was?«

»Wir sind …« Katinka stoppte gerade noch rechtzeitig. Wenn sie Britta erzählte, dass Uttenreuther sie aufs Abstellgleis gestellt hatte, würde sie wissen wollen, weshalb, und das wiederum konnte sie Britta nicht verraten.

»Ihr seid was?«

»Wir waren im *Griesgarten* ein Bier trinken. Ich schuldete ihm noch eins, du weißt schon.«

»Wann?«

»So um neun.«

»Aha. Na ja, vielleicht hat dein Hardo nichts mit Insektenstichen zu tun. Aber ein Kollege hat rausgekriegt, dass der Mann so gegen halb zehn umgekippt ist. Fliegen da noch Wespen?«

Katinka spürte ihr Blut in den Kopf steigen. O Britta, du scharfsinnige Schnüfflerin!

»Fliegen vielleicht nicht mehr, aber es kann doch sein, dass der ganze Kirchweihkrach die armen Viecher aus dem Konzept bringt.«

»Vielleicht. Trotzdem komisch. Na ja, ich habe gedacht, du weißt was. Wie geht's mit Melissa?«

»Sie ist mit einem Flirt unterwegs.«

»Wie gut, dass sie ausgerechnet jetzt hier ist. Da ist die Auswahl an balzenden Männern besonders groß.« Britta gluckste vor Lachen. »Ich hau mich in die Falle. Lies morgen mal die Zeitung!«

Sie hängte ein.

»Au Backe!«, sagte Katinka zu ihrem Wasserglas.

11. Wasserspiele

Im Halbschlaf hörte Katinka die Tür gehen. Melissa kam heim, wohlweislich alleine. Katinka hätte ihr zugetraut, in Begleitung aufzukreuzen.

Als sie am Samstag um halb neun aufstand, lag Melissa wie ein Igel eingerollt auf dem Ausziehsofa und schlief tief und fest. Katinka musste grinsen. Partynächte waren nicht gerade das ultimative Mittel gegen Jetlag.

Sie radelte zum Sparmarkt in der Ottostraße, um Brötchen und vor allem den aktuellen *FT* zu holen. Gleich vor dem Geschäft las sie die Schlagzeile:

Allergischer Schock durch Wespenstich – Sanitäter nicht schnell genug vor Ort?

Katinka scannte den Artikel auf der Suche nach Informationen, die sie gegenüber Uttenreuther in die Bredouille bringen konnten. Erleichtert stellte sie fest, dass nichts Verräterisches zu lesen war. Britta ließ sich über Sicherheitsbestimmungen aus. Ein Malteser und ein Feuerwehrmann kamen zu Wort. Katinka ahnte, wie viel Staub die Sache aufwirbeln würde. Erst die Tote im Fluss, dann ein Wespenopfer. Sicher, an Allergien gegen Insektenstiche litten viele. Aber wie lange konnte die Wahrheit verschleiert werden? Wie würden die Bamberger reagieren, wenn sie hörten, dass ein biologisches Kampfgift in Umlauf war?

Gedankenverloren radelte Katinka nach Hause. An der Haustür hing ein weißer Plastikbeutel. Sie schreckte zusammen. Das einzige, was sich darin befand, war die

Samstagsausgabe des *Fränkischen Tags*, die sie eben selber gekauft hatte. Irritiert zog Katinka die Zeitung heraus. Sie blätterte. Auf der ersten Seite des Lokalteils klebte ein gelber Zettel:

Jetzt geht der Spaß richtig los.

Katinkas Herz begann zu galoppieren. Sie sah sich in alle Richtungen um. Nichts. Ein normaler Samstag schüttelte sich den Schlummer aus den Gliedern. Leute gingen zum Einkaufen, ratschten, brachen zum Schwimmen auf.

Die Schrift erinnert mich an etwas, dachte Katinka. Sie drehte die ganze Zeitungsseite. Runde, ordentliche Buchstaben. Die blaue Schrift flirrte vor ihren Augen. Endlich reagierte Katinka. Sie rannte in die Wohnung und schnappte sich ihr Handy. Uttenreuthers Nummer war über Kurzwahl gespeichert. Und er ging sofort an den Apparat. Seine Stimme klang ausgelaugt.

»Katinka Palfy. Ich komme gerade vom Brötchenholen. Jemand hat einen *Fränkischen Tag* an meine Tür gehängt mit einer Nachricht.«

Sie las dem Kommissar den Satz vor.

»Bleiben Sie, wo Sie sind.«

Katinka sagte »o.k.«, doch Uttenreuther hatte schon aufgelegt. Schnell setzte Katinka Wasser auf. Wer weiß, wie es weiterging, sie brauchte wenigstens einen Kaffee zur Stärkung.

Kaum blubberte die Maschine, klingelte es. Vorsorglich schloss Katinka die Tür zu Melissas improvisiertem Schlafzimmer. Uttenreuther stapfte die Treppen hinauf.

»Möchten Sie einen Kaffee?«, fragte Katinka, indem sie ihm das Corpus delicti reichte.

»Einen schnellen, ja.«

Er sah müde aus, und die übliche Ruppigkeit schien von

ihm abgefallen. Katinka stellte die Brötchen, Butter und Marmelade auf den Tisch. Sie kannte Hardos Appetit.

Katinka legte Claudia Herzings Adressbuch auf den Tisch und schlug es an einer beliebigen Stelle auf. Sie beugten sich beide darüber und verglichen die Buchstaben auf dem Zettel mit denen im Register.

»Nicht identisch«, sagte Harduin.

Katinka zweifelte noch. »Aber beinahe. Schauen Sie, die kleinen e's, wie groß und rund die sind.«

»Dennoch nicht die gleiche Handschrift. Ich ziehe einen Graphometriker hinzu. Aber …«

»Das meine ich ja nicht«, erwiderte Katinka und nahm einen Schluck Kaffee. »Jemand imitiert Claudias Schrift. Jemand, der den Verdacht auf Claudia lenken will, oder jemand, der uns sagen will, dass er in Claudias Dunstkreis zu finden ist? Und wenn Letzteres zutrifft, dann frage ich mich weiter, warum er oder sie das will. Ein Täter, der die Ermittler absichtlich auf die richtige Fährte bringt.« Sie stellte ihre Kaffeetasse ab und fuhr fort: »Könnte die krankhafte Sucht sein, die Polizei immer einen Schritt hinterherhinken zu lassen und sich daran zu erfreuen.«

Harduin sah Katinka an und grinste dann. »Oder doch eine sehr einfach gestrickte Person, die den Verdacht auf Claudia Herzing schieben will. Die aber verschwunden ist.«

Sie hingen beide ihren Gedanken nach. Dann nahm Uttenreuther Katinkas Fingerabdrücke zum Abgleichen.

»Ich will Ihnen eines sagen«, begann Uttenreuther und biss in eine Brötchenhälfte. »Ich will Sie nicht raushaben, weil Sie mich nerven. Sondern weil hier andere Geschichten ablaufen. Sobald die Herrschaften vom LKA dabei sind, haben auch wir nichts mehr zu lachen.«

»Warum eigentlich LKA?«

»Sie werden automatisch hinzugezogen bei toxischen Substanzen, wie wir sie hier vor uns haben.«

»Finden Sie es geschickt, den Tod des Mannes auf einen Wespenstich zu schieben?«

»Ich wurde nicht gefragt.« Unwillig bestrich Uttenreuther ein zweites Brötchen mit Marmelade. »Ich habe gleich einen Termin mit Emmerling.«

»Wer ist das?«

»Kriminaloberrat aus München. Dummerweise muss ich jetzt klarstellen, wer in den Besitz dieser Drohung gekommen ist. Halten Sie sich zur Verfügung.«

Katinka nippte an ihrem Kaffee.

»Glauben Sie wirklich, dass der Fall Claudia Herzing und die Giftmorde in Zusammenhang stehen?«

»Nein. Oder ja. Ich weiß es nicht.«

Er betonte jedes Wort.

»Wie geht es Ihrer Schwester?«

»Sie genießt die Sandkirchweih. Werden Sie … wird der LKA-Mann die Kirchweih – abblasen?«

»Es ist alles möglich. Die Bereitschaftspolizei ist zur Unterstützung angefordert worden. Sollten wir absperren oder evakuieren müssen …«

»Ricin«, sagte Katinka, »ist kein probates Mittel, um eine so große Menschenmenge in Gefahr zu bringen.«

»Ach, nein? Wie wäre es, wenn Sie bei drei Brauereien die Fässer kontaminieren?«

Katinka schüttelte den Kopf.

»Schon, aber das kann man einfacher haben.«

Sie kam sich dämlich vor, weil sie Dagmar Sperlings Worte so einfach nachplapperte. Doch Uttenreuther verstand, was Sie meinte.

»Hören Sie. Warum schiebt jemand Ihnen diesen Zettel zu? Entweder aus Jux – Sie sind in der Stadt ja keine Unbekannte mehr.« Er schmunzelte, als er Katinkas überraschten Blick sah. »Oder Sie haben in einem echten Wespennest herumgestochert, als sie nach Claudia Herzing gefahndet haben.«

»Jemand begleicht alte Rechnungen?«, schlug Katinka vor.

»Vorstellbar«, sagte Uttenreuther. »Aber dieser Zettel ... Bedenken Sie, er könnte auch von einem Trittbrettfahrer stammen. Von jemandem, der mitkriegt, was läuft, und sich einen Scherz erlaubt.«

»Wer sollte denn erfahren, dass ... wir es mit einem Kampfstoff zu tun haben?«

»Palfy, sind Sie naiv! Es gibt überall undichte Stellen.« Uttenreuther trank seinen Kaffee aus und schenkte sich nach.

»Diese E-Mail von Claudia an Antonella ...«, begann Katinka. »Was sagt uns die Tatsache, dass sich beide für Sonntagabend verabredeten und Claudia zu der Zeit verschwand? Haben sie sich eigentlich noch getroffen? Haben sie sich verpasst?«

»Unklar«, befand der Kommissar.

Die Tür zum Wohnzimmer öffnete sich. Melissa spazierte ungeniert im Nachthemd heraus und flötete: »Guten Morgen. Ach, hallo. Du bist Tom?«

Katinka wurde flammend rot. Uttenreuther betrachtete Melissa mit unbewegtem Gesicht.

»Nein. Tom ist immer noch in Prag«, sagte Katinka schnell. »Das ist Hauptkommissar Harduin Uttenreuther.«

»Oh!«, rief Melissa und reichte Uttenreuther ihre Hand. »Sie sind der berühmte Ermittler.«

Uttenreuther warf Katinka einen kurzen Blick zu. In seinen grauen Augen glühte es.

»Von berühmt kann keine Rede sein.«

Er stand auf, packte die Plastiktüte mit der Zeitung und ging in den Flur. Katinka folgte ihm.

»Wenn wir Sie nicht bräuchten, würde ich es für eine sehr gute Idee halten, wenn Sie sich Ihre Schwester unter den Arm klemmen und zu Ihrem Freund fahren würden«, sagte Uttenreuther. »Ihre Verwicklung in die Absichten des Täters gefällt mir überhaupt nicht.«

Mir auch nicht, wollte Katinka sagen, aber es schien ihr unprofessionell.

»Ich bin jederzeit erreichbar«, sagte sie lediglich.

Harduin nickte und ging.

Nachdenklich schloss Katinka die Tür.

Melissa trank Kaffee und blickte Katinka neugierig an. »Wie kommt es, dass du mit dem Inspektor frühstückst?«

»Kommissar.«

»Egal.«

Katinka streckte sich. Sie nahm sich ein weiteres Brötchen und kratzte den Kümmel ab. »Wie war dein Date?«

»Fragst du als Frau oder als Detektivin?«

»Beides.«

»Er ist echt ein netter Typ. Ich glaube, er mag mich. Wir hingen zuerst mit ein paar Kumpels von ihm im *Stilbruch* rum, dann kämpften wir uns bis in die Dominikanerstraße vor, ergatterten einen freien Tisch, aßen Brathähnchen. Nachher schleppte er mich in irgendeinen Hof, wo eine ziemlich gute Bigband spielte.«

Voller Eifer erzählte Melissa weiter. Katinka setzte noch einen Kaffee auf, um ihre Hände zu beschäftigen. Melissas Schilderung zog sich unangenehm in die Länge.

»Aber von dieser verschwundenen Frau weiß er nichts. Er sagte, er hätte mit ihr Streit gehabt, was aber nur daran lag, dass sie sich seine Argumente gar nicht richtig angehört hätte. Er hat eine ganz eigene Philosophie, was Gärten anbelangt. Er selbst hat einen Garten gemietet, stell dir das mal vor. Der liegt unterhalb der Burg!«

»Der Altenburg?«, fragte Katinka neugierig. Sie ging gern dort spazieren, umrundete den ganzen Altenburgberg. Vom Weinbergweg, einem schmalen Pfad, der wohl nur bei trockenem Wetter gut mit dem Auto zu befahren war, gingen tatsächlich allerlei Gärten ab. Die meisten lagen hinter hohen Bretterzäunen verborgen.

»Scheinbar«, sagte Melissa. »Dort probiert er alles aus, was ihn interessiert. Wenn er in Bamberg ist. Er studiert irgendwo anders.«

»In Weihenstephan«, half Katinka aus.

»Er hat sogar schon versucht, Rosen zu züchten, aber er meinte, es wäre nicht seins.«

Katinka unterdrückte ein Gähnen. »Hör mal, was hältst du davon, wenn wir mal aus der Stadt rauskommen?«

Melissa zuckte die Achseln.

»Was schlägst du denn vor!«

»Schloss Seehof – der Park ist um diese Zeit herrlich.«

Melissa bediente sich mit Kaffee.

»Wie kommen wir dahin?«

»Ich gebe dir Toms Rad.«

»Komm schon, Katinka, du weißt, dass ich mir aus Sport nichts mache.«

»Außer aus Wassersport, oder?«

Katinka brauchte nicht lange, um ihre Schwester zu überreden. Der Hinweis auf ein Café im Schlosspark wirkte Wunder.

Bevor sie losfuhren, wählte Katinka Brittas Nummer, aber sie ging nicht ran.

Als nach guten dreißig Minuten Radtour das Schloss in Sicht kam, war Katinka froh, ausgerechnet dieses Ziel gewählt zu haben: Glänzend lag das Gebäude in der Sonne, es strahlte etwas vorbehaltlos Freundliches aus, als sei der einzige Grund seiner Existenz, die Menschen von ihren Sorgen abzulenken. Keine ungelungene Definition von Lustschloss, lobte sie sich selbst.

»Dieses Juwel haben wir den Fürstbischöfen zu verdanken«, erläuterte sie Melissa, als sie über den Kiesweg auf das große Tor zurollten.

»War das so eine Art Wochenendhaus für die Typen?«, fragte Melissa.

»So könnte man's nennen«, grinste Katinka.

Sie schlossen die Räder ab und betraten den Park. Katinka genoss den Anblick der Grotten, der vielen verrückten Figuren, Menschen wie Tiere, die um die Wasserbecken krochen, tanzten, trippelten. Allein schon das Plätschern der Kaskaden erfrischte. Melissa tunkte ihre Arme bis zu den Schultern in eines der Becken. »Herrlich!«, rief sie.

Katinka stellte erstaunt fest, dass ihr Unmut gegen ihre Schwester verschwunden zu sein schien. Wie durch den Abfluss gespült, dachte sie. Auch Toms Abwesenheit erregte keinen Groll mehr in ihr. Zumindest jetzt gerade nicht, schränkte sie ein. Sie setzten sich auf eine Bank. Ein paar Leute waren unterwegs und flanierten entspannt über die Kieswege. Alle Bänke im Schatten waren besetzt.

»Wow«, machte Melissa, als unerwartet eine Fontäne in den gleißenden Himmel schoss.

»Grüß Gott, Frau Palfy.«

Katinka drehte sich überrascht um. Woher kannte sie den Kerl nun wieder? Richtig. Bernhard Hellmreich, wieder einer von Claudias Kollegen.

»Sie haben Claudia gefunden?«

Er setzte sich unaufgefordert, ohne Melissa zu beachten.

»Habe ich?«, fragte Katinka. Sie fürchtete zu wissen, worauf Hellmreich hinauswollte.

»Ich habe mit ihrem Mann telefoniert. Die Polizei hat den Fall an sich genommen.«

Wunderschön, dachte Katinka. Das ist jetzt die wirksamste Antiwerbung, die ich kriegen kann.

»Ich habe mir gleich gedacht, nicht wahr, so eine Geschichte … Wahrscheinlich, sagen Sie mir, wenn ich mich täusche, aber wahrscheinlich hat die Tote im Fluss etwas mit Claudias Verschwinden zu tun.«

Katinka sah rote Funken vor ihren Augen. Der Zorn pulste mit zerstörerischer Wucht durch ihre Adern und blockierte alle logischen Gedanken. Gelassen fuhr Hellmreich fort: »Man erzählt sich ja in diesen Tagen alles Mögliche über Claudia. Sind Sie daran beteiligt?«

Katinkas Gedanken rasten unkontrolliert durch ihren Kopf. Sie zählte bis zehn. Als sie bei acht ankam, erlebte sie eine Überraschung.

»Melissa Armstrong, FBI«, knödelte Melissa plötzlich mit einem irren amerikanischen Akzent. Sie fischte ein Kärtchen in Form einer Kreditkarte aus ihrer Tasche und sagte: »Sie werden verstehen, wenn ich Sie bitte, das Zielgebiet zu verlassen.«

Hellmreich starrte auf die Karte, die Melissa schon wieder einsteckte. Er blickte zu Katinka.

»Wir greifen in Kürze zu«, erläuterte Melissa noch. Ihr Blick auf den Englischlehrer war unbarmherzig. Ich krieg die Milben, dachte Katinka. Ich fange an zu lachen, und alles ist im Eimer. Hellmreich murmelte einen Gruß, erhob sich und ging langsam davon. Immer wieder drehte er sich um, bis er hinter den Bäumen war.

Katinka wäre beinahe geplatzt.

»Was hast du denn hier für einen Ausweis?«, wollte sie wissen, als sie wieder Luft bekam.

»Das ist ein Presseausweis. Ich habe ein bisschen rumgejobbt im Big Apple.«

Katinka spürte sofort das schlechte Gewissen. Sie hatte ihrer Schwester unterstellt, dass sie sich von ihrem reichen Bankerfreund aushalten ließ und ansonsten die Shoppingmeilen New Yorks abschritt.

»Das habe ich ja gar nicht gewusst.«

»Hätte es dich denn interessiert?«, gab Melissa zurück.

»Schon.«

»Jetzt weißt du es ja.«

Die Stimmung schien plötzlich düster. Das Gewirr plaudernder und lachender Menschen zog sich zu einem Knäuel zusammen. Der Verkehr von der Straße her drang unvermittelt laut zu Katinka herüber. Jemand zerrte einen kläffenden Hund vom Becken weg. Ein Motorrad jaulte. Katinka ließ den Blick in die Ferne schweifen. Wäre sie durch die Sonne nicht so geblendet worden, hätte sie in der Ferne Bambergs Altenburg sehen können. Vor ihren angestrengten Augen blitzten die Wasserflächen der kleinen Fischteiche auf, die jenseits der Ummauerung lagen.

»Trinken wir etwas«, schlug sie vor.

»Keine schlechte Idee«, erklärte Melissa. Sofern Katinka sie gekränkt hatte, bemühte sie sich wenigstens, sich nichts anmerken zu lassen.

Sie spazierten unter den Bäumen auf das Café zu. Große rote Sonnenschirme warfen träumerische Schatten auf den Kies. Die riesigen Glasscheiben der Orangerie feuerten erbarmungslos gleißende Reflexe in die Luft.

»Einen Milchkaffee und eine große Apfelschorle«, bat Katinka. Melissa bestellte einen Zwetschgenkuchen und Cappuccino.

Am Nebentisch war eine ältere Dame damit beschäftigt, heftig mit den Händen über ihrem Teller herumzufuchteln.

»Die Biester legen jetzt richtig los!«, rief sie zu Katinka und Melissa herüber. »Ende August laufen sie zur Hochform auf.«

»Ja, ziemlich unangenehm«, antwortete Katinka höflich.

Smsmsm, Wespen, summte ihre eigene Zensorin im Kopf.

Die Getränke und Melissas Kuchen kamen. Und mit ihm die gelb-schwarzen Armeen.

»O, fuck!«, seufzte Melissa. »Wie soll ich den Kuchen bloß essen?«

Schon saßen mindestens fünf Wespen auf den schwarzblauen Früchten.

»Wir sollten reingehen«, schlug Katinka vor. Unruhig spähte sie umher. Ich habe was übersehen, sagte sie sich, ich habe was übersehen, und ich habe was falsch gemacht. Ich weiß bloß nicht, was.

Irgendwie gelang es Melissa, die Wespen so lange zu vertreiben, bis sie wenigstens ein paar Bissen essen konnte. Sie scherzte mit der Frau am Nebentisch darüber. Katinka hörte nicht hin.

Die Fassade der Claudia Herzing, dachte sie. Die blendende, gleißende Fassade. Hellmreich und sein schicker

Garten. Zenk und seine Schützen. Antonella und ihr Deutschkurs. Eagle und sein Komposthaufen. Mila und … Ob Winfried Denninger auch bei Hellmreich den Garten in Schuss hält? Eine Weiterempfehlung von Mila und den Herzings?

Die Sonne stand nun kerzengerade am Himmel. Unter den Sonnenschirmen wurde es stickig. Katinka nahm den Zuckerstreuer in die Hand, stellte ihn aber schnell zurück. Sogar durch das Schüttrohr waren Wespen in ihrer Gier nach Süßem gekrochen, fanden jetzt nicht mehr hinaus und irrten zwischen den weißen Krümeln orientierungslos umher. Eklig, dachte Katinka. Sie trank ihren Kaffee ohne Zucker und verscheuchte die Wespen, die sich in die Apfelschorle stürzen wollten.

»Gehen wir lieber«, sagte Melissa. »Die Viecher machen mich nervös.«

»Warte mal kurz«, sagte Katinka rasch. Sie stand auf und ging unter den Schirmen hindurch und an der Orangerie entlang. Eine Menge exotischer Pflanzen standen draußen. Der ideale Sommer für Gartenliebhaber. Jetzt wächst das Zeug wenigstens, überlegte sie.

Sie bog nach links in den Weg, der zu der großen Kaskade zurückführte. Dort stand sie ein wenig erhöht und blickte um sich. Dann nahm sie instinktiv den Weg, an der rückwärtigen Seite entlang. Die Fischteiche ließ sie rechts liegen. Sie nahm die Brille ab und wischte sie sauber. Ich bräuchte eine Sonnenbrille, dachte sie, als sie die Lider zusammenkniff und gegen die Helligkeit anblinzelte. Oder endlich Kontaktlinsen und dann eine von diesen wirklich schicken Sportbrillen. Aber nichts wird's, seufzte sie. Mein Fall ist im Eimer und mit ihm die Kohle.

Sie ging an der Ummauerung entlang und hielt auf einen der Eckpavillons zu. Im Schatten stand ein Motorrad. Katinka zuckte zusammen. Eagles Maschine? Sie hatte neulich das Nummernschild nicht erkennen können. Noch ein Minuspunkt für meine Augen. Sie sind einfach nicht ermittlungstauglich. Sie ging weiter an der Mauer entlang. Kein Baum warf hier Schatten. Die Hitze drückte sie schier zu Boden. Sie erreichte den Parkplatz. Ein BMW stieß gerade aus einer Parklücke und setzte zurück.

»Herr Hellmreich!« Katinka klopfte auf die Motorhaube.

Hellmreich erschrak und drückte aus Versehen auf die Hupe. Mit ärgerlichem Gesicht ließ er die Scheibe herunter. Kühle strömte nach draußen. Klimaanlage.

»Herr Oberstudienrat, nur noch eine Frage. Haben Claudia Herzing oder ihr Mann Ihnen einen Gärtner empfohlen?«

Hellmreich sah unsicher drein.

»Ja. Woher wissen Sie das?«

»Einen gewissen Winfried Denninger?«

»Das stimmt.«

»Und er arbeitet jetzt bei Ihnen?«

»Nicht mehr. Er hat die ersten beiden Augustwochen einige Arbeiten gemacht. Sehr gut, meines Erachtens. Aber Claudia ...«

»Ja?«

»Claudia rief mich an. Sie riet mir ab, ihn weiterzubeschäftigen. Es gebe viel Ärger mit ihm, behauptete sie. Er sei sehr besserwisserisch und ...«

Das könnt ihr Lehrer nicht leiden, dachte sich Katinka.

»Haben Sie einen Komposthaufen?«

Jetzt war Hellmreich völlig verdutzt. Er stellte den Motor ab.

»Es ging genau darum. Claudia wollte den Kerl loswerden. Er hatte irgendwas Absurdes mit dem Kompost vor. Ist aber nicht schwierig gewesen, ihm das auszureden, wissen Sie, ich habe ihn einfach rausgeschmissen.«

Wie gut für euch verbeamteten Philister, dass es jobbende Studenten gibt, dachte Katinka.

»Haben Sie in den letzten Tagen mit Mila Düthorn gesprochen?«

Hellmreich starrte sie an. Schweißtropfen standen auf seiner Stirn.

»Wie kommen Sie …«

»Mila ist keine Lehrerin, aber Sie kennen sich doch, von den vielen Partys bei den Herzings, stimmt?«

Hellmreich fühlte sich sichtlich unwohl.

»Ich wüsste nicht, was Sie das angeht«, fuhr er auf.

»Mila hat Ihnen kürzlich einiges über Claudia erzählt, habe ich recht?«, insistierte Katinka.

»Ich …«

»Ihnen würde es doch in den Kram passen, wenn Claudia Herzing als Lehrerin untragbar wird, weil sie anders ist als andere. Wenn man sie fallen ließe, dann hätten Sie eine Konkurrentin weniger.«

Katinka wartete atemlos ab. Sie stand direkt neben der Motorhaube. Hellmreich musste seinen Kopf verrenken, um aus dem Fenster zu sehen. Ab heute hast du definitiv einen Feind mehr, sagte sich Katinka. Hellmreichs Gesicht leuchtete glutrot. Sie nickte ihm zu und trat ein paar Schritte zurück: »Na dann, noch einen schönen Tag!«

Das Fenster auf der Fahrerseite glitt zu. Als der BMW vom Parkplatz stob, wirbelte er eine Menge Staub und kleine Steinchen auf. Katinka drehte sich um und ging ins Café zurück. Sie war sich hundertprozentig sicher, ins Schwarze getroffen zu haben. Hellmreich war eifersüchtig auf die jüngere und mit ziemlicher Sicherheit beliebtere Lehrerin. Allerdings konnte sie damit noch nicht nachweisen, dass ausgerechnet er der Giftmörder war. Anstatt Antonella zu ermorden, mochte es eher Hellmreichs Ziel sein, Claudia vor dem Lehrerkollegium zu diskreditieren.

Melissa saß inzwischen am Tisch der älteren Dame. Die beiden unterhielten sich anregend.

»Das ist meine Schwester«, posaunte Melissa. »Sie ist Privatdetektivin. Wenn Sie mal ein Problem haben ...«

Katinka zurrte die Augenbrauen bis zum Haaransatz hoch. Melissa lächelte strahlend zurück.

»Packen wir's?«, fragte Katinka.

Sie zahlten und gingen zu ihren Fahrrädern.

»Lass das doch mit dem ›Meine Schwester ist Privatdetektivin‹«, äffte Katinka. »Das ist irgendwie nicht mein Ding.«

»Warum nicht?«, fragte Melissa überrascht. »Man muss immer und überall von seinen Plänen erzählen. Du weißt nie, wer welche Verbindungen hat.«

Katinka bemühte sich, die schroffe Antwort herunterzuschlucken, die auf ihrer Zunge lag. Sie musste erst einmal Hellmreichs Reaktionen verdauen. Das alles hatte vielleicht gar keine Bedeutung. Aber Denninger, Eagle ... Ich sollte mich mal an seine Fersen heften, sinnierte Katinka.

»Gib zu, dass meine FBI-Story gut war. Ich ... Au!« Melissa schrie schrill auf.

Katinka fuhr herum. Ihr Herz klopfte bis zum Hals. »Was ist?«

»Mich ... mich hat was gestochen!«

Katinkas Herz jagte. Sie fühlte sich, als steckte sie plötzlich in einem engen Metallkasten. Spürte die sengende Sonne. In ihren Ohren dröhnte es. Sie sah sich alarmiert um. »Wo, wie?«

Melissa machte komische Verdrehungen, um die Rückseite ihrer Wade zu betrachten. Katinka ließ sich auf die Knie nieder und packte Melissas rechtes Bein. Ein dicker roter Fleck war zu sehen, eine Quaddel breitete sich aus.

»Bist du allergisch?«

»Nein, ich denke nicht. Aua.« Melissa klang weinerlich. Schon als Kind hatte sie eine irrwitziges Aufhebens um winzige Verletzungen gemacht. Selbst eine einzige über ihren Arm krabbelnde Ameise hatte Schreikrämpfe mittlerer Stärke hervorgerufen. Aber Katinka dachte an etwas anderes. Sie würde sich nie verzeihen, wenn ihrer kleinen Schwester etwas zustieße. Wo auch immer jemand mit einer präparierten Waffe sich verborgen hielt, im Park, auf dem Parkplatz zwischen den Autos, bei der Mauer, sie beide standen hier neben dem Tor wie auf dem Präsentierteller. Während Melissa wimmerte, versuchte Katinka zu erkennen, ob sich hinter der roten Quaddel irgendetwas anderes verbarg als eben das: ein Insektenstich.

Sie hielt schon ihr Handy in der Hand und wählte Uttenreuthers Nummer. Er meldete sich sofort. Sie schilderte das Problem. Er versprach, gleich zu kommen.

Melissa starrte Katinka verständnislos an. Sie setzte sich auf den Gepäckträger von Toms Rad.

»Hör mal, so schlimm ist das auch nicht, dass du gleich die Polizei anrufen musst«, sagte sie lahm. »Oder ... geht bei euch eine Killerwespe um?«

Katinka schnaubte. Killerwespe, gar kein schlechter Ausdruck. Sie lief zum Café zurück und ließ sich einen eiskalten nassen Lappen geben. Als sie zu Melissa zurückkam, stoppte schon der Polizeiwagen. Am Steuer erkannte Katinka Polizeimeister Urban Dütsch, der dem Bild des Freund und Helfers alle Ehre machte. Harduin sprang aus dem Wagen.

»Machen Sie es sich bequem«, sagte er zu Melissa, die auf einem Bein zum Auto hopste. »Darf ich?«

Er untersuchte den Stich sehr genau.

»Wenn Sie wollen, können wir einen Arzt unseres Vertrauens heranziehen, aber sehen Sie mal«, sagte er zu Katinka. Sie beugte sich über Melissas dralle Wade.

»Grüß Godd, Frau Balfy!«, grüßte Dütsch von vorn.

Gehetzt nickte Katinka ihm zu.

»Ein simpler Stich. In der Mitte erkennt man eine Stelle, die aussieht, wie ein klitzekleines Loch. Das ist der Einstich. Ein Stachel ist nicht drin, also war es keine Biene. Und ansonsten ist auch nichts weiter zu sehen.« Er sah Katinka vieldeutig an. Katinka nickte.

»Das beruhigt mich«, sagte sie. »Ich hätte … Sie verstehen mich.«

»Deutschland ist schon ein komisches Land geworden«, meldete sich Melissa zu Wort. Dütsch hatte den Verbandskasten aufgeklappt und ein kühlendes Gel zum Vorschein gebracht, das er nun auf den Wespenstich strich. »Früher kam nie die Polizei, wenn man von einer Wespe gestochen wurde.«

»Ja, so ändern sich die Zeiten«, sagte Harduin Uttenreuther ernsthaft.

Katinka nahm ihn beiseite.

»Was ist mit der Tüte und dem Zettel?«

»Wir haben keine Vergleichsdaten in unseren Beständen. Außer Ihren sind andere Fingerabdrücke drauf, aber es ist unmöglich zu sagen, von wem. Wäre auch zu schön gewesen.«

»Sagen Sie mir ehrlich, ob Sie noch immer denken, dass Claudia Herzing …«

»Wir ermitteln in alle Richtungen. In alle.«

»Und das Opfer von gestern? Wer ist das?«

»Hausmeister einer Sportanlage. Niemand aus Herzings Bekanntenkreis.«

»Sicher?«

Uttenreuther verdrehte die Augen und stieg ins Auto.

»Hat sich auf den Aufruf in der Zeitung jemand gemeldet, der gesehen hat, wie Antonella in den Fluss stürzte?«

»Ja. Ein Punk. Angeblich saß Malesanto eine ganze Weile auf der Brüstung der Unteren Brücke und fiel dann einfach ins Wasser.«

»Halten Sie den Zeugen für glaubwürdig? War es wirklich Antonella?«

»Ich frage meine Kristallkugel«, sagte Uttenreuther.

Dütsch winkte fröhlich, als er sich wieder hinter das Steuer klemmte. Der Wagen rollte vom Parkplatz.

»Die hätten uns jetzt eigentlich mit zurücknehmen können«, überlegte Melissa laut. Katinka gab ihr einen Klaps auf die Schulter.

»Komm, lass uns fahren.«

Zu Hause drückte Katinka ihrer Schwester einen Eisbeutel aufs Bein und wählte wieder Brittas Nummer. Sie ging nicht ans Telefon.

Entweder ist sie beleidigt, dachte Katinka, sie arbeitet, oder sie repariert ihre Beziehung zu Alban Hanke.

Man muss alles glauben oder alles verneinen

Vor allem dann, wenn Entscheidungen anstehen, die alles, ich betone, alles verändern. Alles zu glauben würde in meiner Situation bedeuten, mich wieder auf das gesellschaftliche Spiel einzulassen, in dem erlaubt und verboten wird. In dem Erwartungen entstehen, die man abdeckt, ohne nachzudenken, um sich beliebt zu machen. In dem wir alle – auch jene, die es noch nicht bemerkt haben – bewertet, kritisiert und weggebissen werden. Alles zu glauben, verspricht einen bequemen Weg durch die Zeiten. Einen Weg, der einem die Falten ins Gesicht zieht wie ein Traktor seine Furchen ins Feld. Wer alles glaubt, ist beliebt.

Alles zu verneinen bedeutet, sich einen eigenen Weg zu suchen und ihn sich zunächst einmal zu erlauben. Aufgrund des eigenen Nachdenkens einen solchen Weg zu schaffen und ihn anschließend zu gehen. Den Weg zu schützen gegen Fluchformeln. Ich verneine den Weg des widerstandslosen Gepräges, der Höflichkeit bedeutet, nicht Authentizität. Ich verneine meine bisherigen Taten. Ich glaube an meine neuen Versuche. Ich kann mich irren, ich mag Fehlern erliegen, aber dennoch bin ich ein Mensch, der seinem Schöpfer mit der Hoffnung um Gnade und Verstehen, vor allem Verstehen, entgegentritt.

12. Haftnotizen

Katinka stand am Fenster von Toms Arbeitszimmer und starrte auf den Synagogenplatz. Die allabendlichen Wallfahrten zur Kirchweih hatten etwas Beruhigendes, jedoch fragte sich Katinka, was passieren würde, wenn heute Abend wieder ein Todesopfer zu beklagen wäre. Sie ließ den Blick über die Grüppchen unten auf der Straße schweifen. Einer von ihnen könnte der nächste sein. Scheinbar sinnlos niedergemetzelt. Motiv völlig im Unklaren, überlegte Katinka. Das macht mir Sorgen. Sie war überzeugt, dass Uttenreuther am gleichen Problem herumkaute: Warum?

Auf Toms Schreibtisch lagen Blätter mit Kringeln und Schleifen drauf – Nebenprodukt ihrer eigenen Reflexionsphase. Auf einen Zufall konnte sie sich nicht mehr berufen. Nicht, nachdem sie die imitierte, runde Schnörkelschrift auf dem gelben Klebezettel gesehen hatte. Unzweifelhaft stand nur fest, dass Claudia sich mit Antonella für den Sonntag verabredet hatte. Was dann geschehen war – nicht mehr nachzuprüfen. Die eine tot, die andere verschwunden.

Katinka hätte sich gerne mit Tom oder Britta beraten. Es fiel ihr schwer, als Einzelkämpferin in diesen verwirrenden Tatsachen und anstaltsreifen Vermutungen herumzustrampeln. Aber sie durfte nicht. Sie durfte nichts über das Ricin sagen. Gäbe sie das Geheimnis preis, würde Britta aus professioneller Sensationsgier jubilieren, Tom vor Schreck umfallen und Uttenreuther zornesbrüllend ausrasten, um Katinka unverzüglich in Isolationshaft zu verbringen.

Es klingelte. Melissa saß vor dem Fernseher und kühlte ihr geschwollenes Bein. Sie guckte Katinka neugierig zu, als sie den Hörer der Gegensprechanlage abnahm.

»Hallo?«

Nichts.

»Wer ist da?«

Keine Antwort.

»Wer hat da geklingelt, Katinka?«, wollte Melissa wissen. Sie spähte aus dem Wohnzimmer in den Flur.

»Ich guck mal runter«, sagte Katinka. Sie war die Treppe schon halb unten, als sie bemerkte, dass sie einem Giftschützen schutzlos ausgeliefert sein würde, wenn sie einfach so die Haustür aufriss. Langsam zog sie die Tür auf, hielt sich in Deckung. Niemand stand draußen. Statt dessen klebte wieder ein Haftnotizzettel an der Tür.

Erst das Baby, dann die ganze Stadt. Es ist 17 Uhr 03.

Katinka erstarrte. Dann riss sie den Zettel ab und stürmte die Treppen hinauf.

»Wer war's denn?«, wollte Melissa wissen. Katinka antwortete nicht. Ihre Uhr zeigte 17:05. Sie drückte auf Kurzwahl 1. Harduin ging nicht ran. Sie raufte sich das Haar, wählte wieder. Keine Reaktion, keine Mailbox. Wütend pappte Katinka den Klebezettel auf den Küchentisch. Melissa kam herbeigehumpelt.

»Was ist denn los?«, fragte sie.

»Lass mich einfach in Ruhe, ja?«, fauchte Katinka. Verletzt starrte Melissa sie an.

»Was hast du denn auf einmal!«

»Probleme. Gewaltige Probleme. Jemand ist in Gefahr.«

Melissa riss die Augen auf.

»Wer? Warum?«

Katinka sprang auf und raste wie ein gefangenes Raubtier um den Tisch.

»Jemand mit einem Baby. Einem Baby. Denk nach, denk nach.«

Sie sprach zu sich selber, aber Melissa fühlte sich in der Pflicht.

»Was fragst du mich, ich kenne keine Menschenseele in dieser Stadt außer dir.«

»Sei doch mal ruhig«, gab Katinka zurück.

Sie drückte wieder auf Kurzwahl. Niemand reagierte. Sie rief bei der Polizei an. Uttenreuther sei unabkömmlich. Sie könne mit Kommissarin Johanna Winkler sprechen. Katinka winkte ab. Mit dieser Gesetzeshüterin verband sie keine angenehme Erinnerung. Sie flitzte in Toms Arbeitszimmer und kam mit dem örtlichen Telefonbuch zurück.

»Schröppel, Schröppel«, murmelte sie und fuhr mit dem Finger die Spalten entlang. »Schau mal mit, ob du einen Eintrag Schröppel findest, S-c-h-r-ö-p-p-e-l.«

»Hier!«

»Genau. Manfred Schröppel, Polizeioberkommissar a.D.«

Mit bebenden Fingern drückte Katinka auf die Nummerntasten. Sie erinnerte sich an Alpträume, in denen sie versuchte, eine bestimmte Nummer zu wählen, sich aber immer vertippte, während eine unbestimmbare, dunkle Gefahr näher und näher rückte. Ihr brach der Schweiß aus.

»Schröppel?«

»Palfy hier, Katinka Palfy. Wir saßen gestern im *Griesgarten* zusammen.«

»Ach, richtig.« Schröppel klang freudig überrascht. »Sind Sie gar nicht auf der Sandkirchweih?«

»Ich muss unbedingt Harduin Uttenreuther sprechen. Er nimmt sein Handy nicht ab.«

»Wahrscheinlich sitzt er in einer Besprechung der Sonderkommission fest und hört sich das Geschmarre der LKA-Leute an.«

»Aber irgendwie muss ich ihn an den Apparat kriegen.«

»Sie sind ja ganz durcheinander!«

Mach jetzt bloß nicht auf väterlich, dachte Katinka.

»Hardo war heute früh bei mir. Ein anonymer Zettel war mir ins Haus geflattert, mit einer Drohung drauf. Sie wissen schon, diese Sache ...«

»... die wir lieber nicht am Telefon besprechen«, mahnte Schröppel.

»Eben kam wieder eine Nachricht, diesmal konkret. Ein Wahnsinniger will ein Baby umbringen.« Verena! So hieß die Kleine von Mila Düthorn, Katinkas Herz beschleunigte. »Herr Schröppel, helfen Sie mir!«

»Geben Sie mir Ihre Nummer durch!«

Katinka diktierte Festnetz- und Handynummer.

»Ich melde mich gleich wieder.« Er hängte ein.

Katinka beobachtete ihre Armbanduhr. Der Sekundenzeiger tickte. Sie spürte Melissas gleichermaßen faszinierte wie verstörte Blicke auf sich. Ihre kleine Schwester schwieg. Ungewohnt, dachte Katinka.

Anderthalb Minuten nach ihrem Gespräch mit Schröppel klingelte das Handy.

»Palfy. Was ist los!«

»Hardo!«, schrie Katinka ins Telefon. Sie hätte vor Anspannung am liebsten geheult. »Eine neue Drohung. Ein Baby soll umgebracht werden. *Erst das Baby, dann die ganze Stadt*, steht auf dem Zettel. Ich glaube, ich weiß, welches Baby er meint. Mila Düthorns Tochter Verena. Sie wohnen in Scheßlitz, am Kreuzschleifer.«

Mit bebender Stimme beschrieb sie das Haus.

»Wir sind unterwegs«, schnappte Harduin. Er legte auf.

Ungläubig starrte Katinka das Handy an. Dann durchwühlte sie fahrig ihr Notizbuch. Einzelne Fresszettel fielen heraus. Melissa bückte sich, um sie aufzuheben. Katinka fand Mila Düthorns Nummer.

Es klingelte sechsmal, siebenmal, achtmal.

»Geh ran, geh ran!«, flehte Katinka. Melissa ging zum Spülbecken und ließ Wasser in ein Glas laufen. Sie stellte es ihrer Schwester vor die Nase.

»Düthorn?«

Uff, dachte Katinka.

»Frau Düthorn, hier Katinka Palfy.«

Die Stimme wurde ruppig.

»Was wollen Sie?«

»Sind Sie allein mit Ihrer Tochter zu Hause?«

»Ja, mein Mann ist auf Dienstreise. Warum?«

»Verschanzen Sie sich im Haus. Schließen Sie alle Türen und Fenster. Die Polizei ist zu Ihnen unterwegs.«

»Wie bitte?«

Katinka sah Mila Düthorn paralysiert und mit offenem Mund dastehen. »Wo sind Sie jetzt?«, fragte sie betont besonnen.

»Im Wohnzimmer.«

»Wo ist das Kind?«, insistierte Katinka.

»Auf der Terrasse. Endlich schläft sie. Hören Sie, Frau Palfy. Sie können mich mit Ihren abstrusen Theorien nicht irre machen. Ich …«

»Holen Sie verdammt nochmal das Baby!«, schrie Katinka. Ihre Stimme überschlug sich. »Los. Ich bleibe am Apparat.«

Mila schien sich in Bewegung zu setzen.

»Der Kinderwagen steht ganz friedlich da. Machen Sie mich doch nicht irre!«

»Gehen Sie schon rein! Machen Sie voran«, kommandierte Katinka. Ihr schwanden die Sinne, wenn sie daran dachte, dass bei der Hitze überall Fenster und Türen einladend weit offen standen. »Gehen Sie rein, schließen Sie alle Fenster! Haben Sie das Kind im Haus?«

Eigenartige Geräusche drangen vom anderen Ende der Leitung zu Katinka. Dann hörte sie ein Scheppern.

»So, Terrassentür ist zu. Zufrieden?«, fragte Mila barsch, doch eine Spur von Nervosität schwang mit. Katinka konnte hören, wie sie Türen zurammte und eine große Tür ins Schloss fiel.

»Warten Sie, bis die Polizei kommt!«, befahl Katinka. »Öffnen Sie erst, wenn Sie sicher sein können, dass es niemand anderer ist.«

Mila rang nach Worten.

»Wollen Sie mir jetzt vielleicht sagen …«

Katinka seufzte. »Der Hauptkommissar wird Sie informieren.«

Durch die Leitung drang das Heulen eines Martinshornes.

»Na, dann ist ja alles klar«, sagte Katinka.

Mila Düthorn legte ohne ein weiteres Wort auf.

»O Mann!«, stöhnte Katinka. Sie legte das Handy weg und trank das Wasserglas in einem Zug aus.

Melissa sah ihr unverwandt zu. Dann sagte sie:

»Der Fall, an dem du da arbeitest … da geht es nicht um eine verschwundene Frau, oder?«

Katinka stand auf. Sie riss das Küchenfenster auf und

sah hinaus. Die Hitze stand flirrend zwischen den Häusern. In diesen Hundstagen konnte man sie nicht nur fühlen, man sah sie. Luftspiegelungen wie in der Wüste. Sie drehte sich um und schaute Melissa in die Augen.

»Nein«, sagte sie. »Es geht um etwas ganz anderes und viel Größeres. Eine Katastrophe. Es könnte eine Katastrophe werden.«

»Aber du darfst nicht darüber sprechen«, mutmaßte Melissa.

Katinka starrte sie an. Verständnis aus dem Mund ihrer Schwester zu hören, war etwas Neues für sie. Du hast dich aber auch nicht gerade darum bemüht, summte ihre Kontrollwespe. Sie summte nicht aggressiv und ein paar Oktaven tiefer als sonst.

»Ganz recht«, antwortete Katinka.

Es stimmte. Sie hatte sich nicht um Melissa bemüht. Ihre Sorge hatte der Frage gegolten, wie sie ihrer Schwester möglichst langfristig und effektiv aus dem Weg gehen konnte. Sie beide telefonierten nicht, schickten keine Briefe – außer erzwungene E-Mails zu Geburtstagen und an Weihnachten. Tom kannte Melissa gar nicht. Wie lästig und strapaziös ihre Schwester sein konnte, hatte Katinka ihm oft genug eingeimpft. Tom hatte das gar nicht hinterfragt. Er war zwar ein kritischer Geist, aber Verwandtschaft war ihm generell suspekt. Seine eigene bezeichnete er gerne als Gesindel.

»Hat es was mit der Sandkirchweih zu tun?«, wollte Melissa jetzt wissen. »Ich meine, du musst es mir nicht sagen. Aber sollen wir uns jetzt hier einschließen, wie du es der Frau eben geraten hast? Oder gehen wir aus!«

Schon wieder fühlte Katinka, wie ihr der Hut hochging. Ausgehen. Melissa dachte ans Ausgehen. Sie wollte gerade eine deftige Antwort geben, als das Handy wieder klingelte.

»Also, Palfy, die Frau haben Sie aber ganz schön in Angst und Schrecken versetzt.«

»Ach, ja?«

Katinka machte sich auf einen Anschiss gefasst. Melissa hinkte zum Kühlschrank und nahm sich ein neues Eispäckchen heraus. Sie setzte sich umständlich an den Küchentisch und presste das blaue Beutelchen gegen ihre Wade.

»Hoffen wir, dass Ihre Intuition stimmt.«

Wenigstens sagte er nicht ›weibliche Intuition‹. Katinka wischte sich den Schweiß aus dem Gesicht. Er rann in ihre Augen.

»Heute Abend, Hardo, was werden Sie da tun?«

»Auf der Sandkirchweih?«, fragte Uttenreuther. Im Hintergrund hörte Katinka Verena plärren. »Wir sind in Alarmbereitschaft. Die nötigen Stellen sind informiert. Mehr kann ich Ihnen dazu nicht sagen.«

»Ich rätsele, weswegen Opfer Nummer 2«, sie schielte zu Melissa, die konzentriert versuchte, den Eindruck zu erwecken, nicht zuzuhören, »der Hausmeister, im Kreis der Betroffenen aufgetaucht ist. Er hat nichts mit Claudia Herzing zu tun. Oder doch?«

»So weit wir es wissen, hat er nichts mit ihr zu tun gehabt. Seine Freunde behaupten, keine Claudia Herzing zu kennen. Der Mann war allein stehend.«

»Welche Rolle ist ihm dann zugedacht«, fragte Katinka weiter.

Uttenreuther stöhnte. »Fragen Sie mich was Leichteres.« Er pausierte, sagte dann: »Wir haben in der Hecke hinter dem Düthornschen Haus Spuren gefunden. Jemand muss dort auf der Lauer gelegen haben. Vermutlich nicht nur einmal, sondern häufiger, schon die letzten Tage.«

»Wenn der Täter bei mir war, um diesen Zettel an die Tür zu kleben, brauchte er mindestens ebenso lange wie

Sie, um nach Scheßlitz zu fahren und die Düthorns aufs Korn zu nehmen. Vielleicht war ein Komplize dabei. Vielleicht hat der den Zettel hier hinterlassen, während der andere …«

Katinka stand auf und ging ins Bad. Sie schloss die Tür und setzte sich auf den Wannenrand. Während das kalte Wasser über ihre Füße lief, lauschte sie Harduin.

»Es gibt wenig Sinn, fürchte ich«, sagte er. »Wenn er allein handelt, weshalb warnt er Sie dann vor einer Tat, die er so schnell gar nicht begehen kann?«

»Das war ein Ablenkungsmanöver«, sagte Katinka aufgeregt. »Oder er hat nicht damit gerechnet, dass ich … wir so schnell drauf kommen, welches Baby gemeint ist.«

Sie hielt die hohle Hand unter das Wasser und trank.

»Was rauscht denn da so«, fragte Uttenreuther irritiert.

»Der Wasserhahn.«

»Alter Trick«, knurrte der Kommissar, »um jemanden am Lauschen zu hindern. Es wäre aber auch vorstellbar, dass der Täter uns nur herumhetzen will. Ich schicke übrigens gleich noch Dütsch vorbei. Er soll den Zettel holen.«

Katinka rührte mit den Zehen in der Badewanne herum. Sie hinterließ schwarze Schlieren auf der weißen Oberfläche.

»*Erst das Baby, dann die ganze Stadt*. Wann ist Ihrer Meinung nach der geeignete Zeitpunkt, die ganze Stadt … zu vergiften?« Katinka legte die Hand auf ihren rebellierenden Magen.

»Keine Frage«, sagte Uttenreuther. »Morgen Nachmittag während des Fischerstechens. Da kommen extra nochmal Tausende in die Stadt. Das Spektakel will sich trotz Hitzewelle keiner entgehen lassen!«

Katinka nickte. Das Fischerstechen, traditioneller Wettstreit der Schiffer- und Fischerzunft. Sie versuchte sich zu erinnern, wer beim letzten Mal gewonnen hatte. Die Bamberger? Oder nicht doch jemand von außerhalb? Katinka tappte wieder in die Küche. Ihre nassen Fußabdrücke glänzten kurz auf und trockneten sofort.

»Wir sind vorbereitet«, sagte Uttenreuther. »Wenn Sie mich erreichen müssen, wählen Sie die Mobilnummer. Ich werde rangehen. Und tun Sie mir den Gefallen und tauchen Sie heute nicht ins Gewühl«, sagte er.

»Meine Schwester langweilt sich aber«, erwiderte Katinka mit Blick auf Melissa, die immer noch ihren Wespenstich hätschelte. Melissa wurde rot. »Wie bugsiert der Täter eigentlich das … Mittel in die Zielperson?«

»Das wissen wir noch nicht.«

»Aber Sie haben doch all ihre Experten«, wandte Katinka ein.

»Sie können mich mal«, sagte Uttenreuther. »Sperren Sie Ihre Türen zu und schauen Sie sich eine Seife im Fernsehen an.«

Er hängte ein.

»Warum hast du das über mich gesagt?«, fragte Melissa. In ihren Augen stand Schrecken. Katinka zerwühlte sich den Haarschopf.

»Ich stecke in einer ziemlichen Scheiße. Ich würde ja gerne mit dir zur Sandkirchweih gehen, aber der Kommissar meint, es sei zu gefährlich.«

»Für dich!«

»Für mich doch nicht, du Schaf«, sagte Katinka. »Für dich! Wie sollte ich mir verzeihen können, wenn dir was passiert!«

»Du meinst …« Melissas Augen weiteten sich. »Dieser Wespenstich hat dich ja schon fast abdrehen lassen. Was hast du denn gedacht? Dass jemand ein Attentat auf mich verübt hat?«

»Jep«, sagte Katinka.

Melissa starrte sie an. »Wirklich?«, hauchte sie.

Katinka stand auf.

»Ich gehe jetzt runter zum Nonno. Am besten hältst du dich unten in der Pizzeria auf, während ich … schnüffeln gehe.«

»Auf keinen Fall!«, protestierte Melissa. »Wenn du auf die Sandkirchweih gehst, will ich mit! Heute Abend schwimmen Fackelträger durch den Fluss, habe ich in der Zeitung gelesen, und das will ich sehen!«

»O Gott, Melissa!«, ächzte Katinka. »Ich gehe aus beruflichen Gründen hin, nicht wegen der Romantik.«

»Von wegen. Du hast den Fall doch gar nicht mehr, oder?«

Katinka kapitulierte. Schwach fragte sie Melissa nach dem Wespenstich.

»Der ist schon abgeschwollen«, kam prompt die Antwort. »Sonst freunde ich mich mit jemandem an, der ein Boot hat, und strecke mein Bein in die Regnitz.«

Katinka dachte nach. Wenn es eine Möglichkeit gab, Melissa loszuwerden …

»Gar keine schlechte Idee. Zwischen den Schwimmern fallen ein paar Kajaks nicht auf. Bloß, wo kriegen wir eins her?«

»Winfried hat eins«, sagte Melissa angelegentlich und kratzte sich die Fingernägel sauber.

»So, so, Winfried«, grinste Katinka.

»He, nicht das, was du denkst.«

Katinka lächelte. Sie suchte Eagles Nummer heraus. Er ging nicht dran.

»Rufst du ihn an?«, wollte Melissa neugierig wissen.

»Ich versuche es. Aber scheinbar will er nicht gestört werden.«

»Er macht umwerfend viel Sport«, erläuterte Melissa. »Er hat alles ausprobiert. Karate, Fallschirmspringen, Kajakfahren, Bogenschießen, Fußball, Turmspringen.«

Katinka nagte an ihrer Unterlippe. »Bogenschießen?«

»Ja. Er ist kein Experte. Macht das nur so zum Spaß, als Ausgleich zum Studium.«

»Wie das Garteln?«, fragte Katinka. Wenn, dachte sie, wenn er. Das Motorrad. Der Park. Der Streit mit Claudia. Aber warum musste Antonella, warum der unbekannte Hausmeister sterben? Das ergab keinen Sinn!

Katinka zerbrach sich den Kopf. Dann fiel ihr eine Lösung ein. Sie wählte die Nummer von Toms Freund Florian Deinlein. Sie glaubte sich zu erinnern, dass er bei der DLRG tätig war. Melissa sah misstrauisch zu, als Katinka wieder im Bad verschwand. Florian war noch zu Hause. Er freute sich, von Katinka zu hören und erkundigte sich ausführlich nach Tom. Katinka überging, dass Florian ›Dom‹ statt ›Tom‹ sagte. Drei Minuten später hatte sie geregelt, was zu regeln war. Sie marschierte zurück in die Küche und sagte fröhlich zu Melissa: »Mach dich bereit. Ich habe eine Bootsfahrt auf der Regnitz organisiert.«

13. Regnitz in Flammen

Katinka trug trotz der Hitze Jeans, Turnschuhe und ein weites, flattriges Hemd. Unter der Achsel steckte ihre Waffe. Im Rucksack befanden sich neben ihrer Taschenlampe und dem dicken Schweizer Taschenmesser, das Tom ihr zum Geburtstag geschenkt hatte, noch einige andere Zaubereien. Melissa hopste in Shorts und ärmellosem Top neben ihr her.

»Du bist viel zu warm angezogen«, sagte sie.

»Auf dem Wasser ist es kühl«, wich Katinka aus.

»Unsinn. Es hat bestimmt noch 30 Grad. Tagsüber hatte es 38.«

»Wie wahr«, sagte Katinka. Aufmerksam spähte sie in alle Richtungen. Beruhigt dachte sie daran, dass wenigstens Melissa für eine Weile sicher sein würde.

»Wie viele Schwimmer machen denn bei *Regnitz in Flammen* mit?«, wollte Melissa jetzt wissen. Sie standen an der Ampel am Schönleinsplatz. Mit ihnen wollten Hunderte ins Zentrum. Katinka schwitzte. Die Jeans klebte ihr an den Beinen. Ihre Füße fühlten sich an, als seien sie in den Turnschuhen um zwei Nummern gewachsen.

»Ich habe keine Ahnung«, sagte sie ausweichend. Sie reihten sich in den Strom der Leute. Die Abenddämmerung tauchte den Fluss, die Brücken, die Fischerhäuser in ein sanftes, zartes Licht. Zu idyllisch, um echt zu sein, überlegte Katinka. Sie hatte Hunger. Der Steckerlfisch roch verführerisch, aber sie zog Melissa unter der Unteren Brücke durch. Am Alten Kanal warteten schon die Schwimmer. Ihre Fackeln waren noch nackt und kahl. Von dem DLRG-Boot war nichts zu sehen.

»Wann geht's los?«, fragte Melissa aufgeregt.

»Wir warten auf Florian. Er fährt das Begleitboot. Normalerweise nehmen die keine Außenstehenden mit, aber er ist ein guter Kumpel von Tom und macht eine Ausnahme.«

Eine Menge Schaulustige drängten sich am Geländer. Die Schwimmer, trotz der Hitze in Neopren-Anzügen, glitten ins Wasser. Von Klein Venedig her tuckerte ein Motorboot heran. Die Außenbeleuchtung war schon eingeschaltet.

»Da sind sie!«, wies Katinka flussabwärts. Melissa zappelte neben ihr herum. Einer der Schwimmer hatte ein Walky Talky bei sich, aus dem krächzend Anweisungen ertönten.

»Fackeln anzünden«, kommandierte er. Nach und nach entflammten die Schwimmer ihre Fackeln. In dem dunklen Wasser flackerten die Lichter gespenstisch. Der Fluss warf irisierende Spiegelungen an die Kaimauer. Die Menge am Ufer raunte hingerissen.

»Wow«, entfuhr es Melissa.

Katinka hätte sich der romantischen Stimmung gerne hingegeben, aber sie hatte noch eine andere Aufgabe vor sich. Das Motorboot glitt heran.

»Florian!«, rief sie.

»Hallo Katinka!«, antwortete Florian. Er steuerte das Boot. Die Katzenaugen seiner DLRG-Jacke funkelten. Neben ihm saßen noch eine Frau und ein Mann im Boot. Es kam nahe an die Mauer heran. An einem Eisenring befestigte die Frau die Halteleine.

»Kommt rüber«, sagte Florian.

»Los!« Katinka stieß Melissa an. »Du zuerst.«

Melissa kletterte über das Geländer und sprang ins Boot. Florian zwinkerte Katinka zu. »Willkommen an Bord!«, sagte er zu Melissa. Seine massige Gestalt verdeckte ihr die Sicht, während er ihr eine Schwimmweste reichte. Katinka schob sich hinter die anderen Schaulustigen, die gebannt zwischen dem Boot und den wartenden Schwimmern hin- und herblickten. Er drehte sich um, und Katinka winkte ihm zu, während sie hinter die anderen Zuschauer zurücktrat.

»So, dann geht's weiter.«

Die Leine wurde gelöst.

»Macht euch bereit!«, rief Florian den Schwimmern zu.

»Katinka!«, kreischte Melissa. Sie sprang auf und brachte das Boot gewaltig ins Schwanken.

»Vorsicht, setzen Sie sich lieber wieder hin«, sagte der zweite DLRG-Mann. Melissa starrte wütend zum Ufer, wo sich Katinka hastig an den Besuchern vorbei zur Kapuzinerstraße schob.

»Das zahle ich dir heim«, rief Melissa, aber im Startschuss für die Schwimmer ging ihr Protest unter. Katinka war sicher, dass Melissa schnell ihren Zorn verdaut haben würde. Die Ablenkung durch das Spektakel auf dem Fluss war einfach zu gut, geradezu wie gemacht für ihre Schwester. Außerdem wusste Katinka sie bei Florian in Sicherheit. Er hatte versprochen, sie unter seine Fittiche zu nehmen, bis Katinka zurückkam.

Nun konnte es losgehen.

Vom Berggebiet aus sah Bamberg hinreißend aus. Tief unten flackerten die Lichter der Sandkirchweih. Durch die warme Nachtluft drangen Musikfetzen zu ihr herauf. Die

Altenburg lag hell erleuchtet, auch Dom und Michaelsberg waren angestrahlt: das ehemalige Benediktinerkloster in sattem Ocker, der Dom in kaltem Grün. Katinka ging schnell und entschlossen den schmalen Weg hinauf. Jetzt, da keine heiße Sonne vom Himmel brannte, tat ihr die Bewegung gut. Sie hatte die Abkürzung vom Kaiser-Heinrich-Gymnasium aus genommen. Ein wenig unheimlich war ihr die Dunkelheit zunächst vorgekommen. Immer wieder hielt sie inne, um zu lauschen. Sie war sich sicher, dass niemand ihr folgte. Wie auch. Selbst wenn sie beschattet würde – durch das Menschengewimmel in der Stadt an ihren Fersen zu bleiben, schien ihr beinahe unmöglich. Zudem war es inzwischen völlig dunkel. Sie kannte den Weg durch die Felder gut, manchmal joggte sie hier sogar mit Tom. Die Altenburger Straße lag links von ihr, die Straßenlaternen schickten ein beruhigendes gelbes Licht in die Nacht.

Beim Gedanken an den völlig finsteren Weinbergweg wurde ihr ein wenig mulmig zumute. Aber sie musste einfach nachsehen. Ein merkwürdiger Fall, dachte sie. Eine Menge Leute kurven über die Bildfläche – aber ein wirklich überzeugendes Motiv ist nicht zu erkennen.

Die Dornenhecke am Ende des Weges bildete ein Spalier. Katinka biss die Zähne zusammen. Alle ihre Muskeln spannten sich an. Sie tastete nach der Waffe und nahm sie aus dem Holster. Das Klicken, als sie sie entsicherte, erschreckte sie. Wenn ein einsamer Hundehalter seinen Liebling Gassi führt und mich hier mit meiner Halbautomatik fuchteln sieht, dachte sie, dann wird's lustig.

Aber sie war allein. Schnell lief sie das letzte steile Stück zur Straße hinunter. Der Parkplatz, wo Ausflügler ihre Autos abstellen konnten, um den Burgberg zu Fuß zu erklimmen, lag verwaist im Dunkeln. Die Straße wurde schmal und wand sich nach oben. Katinka zweigte nach links in den Weg ab, der den gesamten Burgberg umrundete. Sie hatte auf einem Stadtplan nochmal genau nachgesehen, wie er verlief.

Jetzt war sie dankbar für ihre Turnschuhe. Der Weg war steinig. Der ansonsten übliche Morast auf diesem Pfad hatte jedoch wegen der langen Hitzeperiode keine Chance gehabt und war zur Gänze ausgetrocknet. Dennoch hatte der Weg seine Tücken. Völlig uneben schlängelte er sich durch den Wald. Katinka sah kaum die Hand vor Augen, vermied aber, die Taschenlampe anzuknipsen. Plötzlich rutschte sie ein Stück ab und klammerte sich mit der freien Hand an einem Busch fest. Erschrocken hielt sie inne.

Ich bin nur ausgerutscht, sagte sie sich. Nur ausgerutscht. Hier liegen überall Steinchen verstreut. Sie stolperte weiter. Das größte Problem, das vor ihr lag, bestand darin, dass sie keine Ahnung hatte, welcher der Gärten hier Winfried Denninger gehörte. Sie hoffte, an den Eingängen Namensschilder zu finden. Doch viele Besitzer verzichteten darauf, ihren Namen an die Tore zu schreiben. Sie begnügten sich mit einem ›Betreten verboten‹ oder vertrauten allein auf eine hohe Umzäunung. Fast alle Zäune waren mit Stacheldraht gekrönt. Seltsam, dachte Katinka. Bewahren die Leute ihre Perserteppiche im Gartenschuppen auf?

Aus der Ferne hörte sie Stimmen.

Sie presste sich gegen eine Hecke. Etwas Dumpfes rumpelte. Sie erschrak, bis sie merkte, dass es ihr Herz war. Langsam bewegte sie sich weiter. Im ersten Garten auf der rechten Seite fand eine Party statt. Leise schwirrte Musik durch die Nacht. Katinka lugte zwischen den Zaunlatten durch. Sieben oder acht Personen hockten um einen Gartentisch, tranken Wein und unterhielten sich. Als flöße die Nacht ihnen Respekt ein, klangen ihre Stimmen gedämpft.

Katinka schlich sich weg von dem belebten Garten. Der Kontrast zwischen dem hellen, gemütlichen Plausch dort drinnen und der Schwärze auf dem Weg schien ihr unheilverkündend. Vorsichtig hielt sie sich am Rand des Pfades.

Direkt neben ihr schlug ein Hund an. Katinka fuhr so heftig zusammen, dass sie meinte, ihr Herz würde stehen bleiben. Sie konnte das grüne Funkeln in den Augen des Tiers erkennen. Nur ein Maschendrahtzaun trennte sie von seinem Zorn. Wütend bellte der Hund. Weit hinten im Garten wurde eine Tür geöffnet: Licht drang zu ihr herüber. Katinka besann sich. Sie ging so schnell und leise weiter, wie sie konnte. Der Hund raste kläffend an der Innenseite des Zauns entlang. Jemand richtete den Strahl einer Halogenlampe in ihre Richtung. Katinka duckte sich und rannte.

Sie stolperte über die unebenen Steine, rutschte hin, stützte sich mit der Hand ab und lief weiter. Ein anderer Garten lag nun neben ihr. Eine Stimme rief den Hund zur Ordnung. Dann quietschte ein Tor.

»Hallo?«

Die Stimme klang missmutig und vorsichtig. Eagle ist es jedenfalls nicht, dachte Katinka. Es war die Stimme eines älteren Mannes, der nun anscheinend auf dem Weg stand und in Katinkas Richtung leuchtete. Sie warf sich nach rechts in die Büsche. Das Taschenmesser lag schwer in ihrer linken Hand. Sie bekam nicht die richtige Klinge zu fassen, so sehr zitterten ihre Hände. Ich kann doch den Hund nicht abschlachten, dachte sie. Aber es kam kein Hund. Sie lag bebend auf dem Bauch, die Beretta in der ausgestreckten Rechten. Unmöglich, den Weg hier wieder zurückzugehen. Lieber würde sie bis Wildensorg laufen und sich ein Taxi rufen, um wieder in die Stadt zu kommen.

Katinka wartete 15 Minuten. Dann stand sie auf, klopfte sich Zweige und Blätter aus den Kleidern und ging weiter. Hinter ihr war nichts mehr zu hören.

Die Angst trieb ihr den Schweiß auf die Stirn. Der nächtliche Ausflug war eine Schnapsidee. Melissa hingegen feierte wahrscheinlich schon mit den DLRG-Leuten.

Auch auf die Gefahr hin, Eagles Gartengrundstück zu verpassen, kümmerte Katinka sich nicht um die nächsten drei Gärten. Erst, als sie genug Abstand zwischen sich und den Kläffer gebracht hatte, wagte sie es. Sie rüttelte sacht an einem Tor. Es öffnete sich beinahe sofort. Misstrauisch fummelte Katinka ihre Taschenlampe heraus und leuchtete in den Garten. Er sah verwahrlost aus. Sicher hatte sich seit Jahren niemand um Büsche und Sträucher gekümmert. Ein Liegestuhl mit zerschlissenem Segeltuch stand mitten auf der Wiese. Weit hinten lag ein Gartenschuppen. Wohl nicht der schlechteste Stützpunkt für einen Giftmischer, dachte Katinka. Die Hütte lag völlig im Dunkeln. Auch hier hatte sie kein Problem, die Türe zu öffnen. Es roch modrig und einsam im Schuppen. Katinka leuchtete in jede Ecke. Spinnweben, ein paar Kästen Bier, die leeren Flaschen eingestaubt. Rostiges Gartengerät. Hier war lange niemand gewesen.

Katinka zog die Tür hinter sich zu und verließ den Garten. Eilig pirschte sie sich weiter vor. In wenigen Metern endete der Wald und gab den Blick auf das Klinikum frei. Die roten Begrenzungsleuchten auf dem Dach erinnerten sie immer an das Leuchtfeuer eines Flughafens. Beinahe hätte sie das kleine Tor übersehen, das links durch den Zaun führte. Die Bretter waren ausgesprochen hoch und frisch gestrichen. Katinka erblickte ein blankes Vorhängeschloss. Und dann den Aufkleber. Sie stutzte. Ein Amerika-Fan, ein Träumer, der seine Harley Davidson auf die Route 66 stellen wollte? An dem Holztor klebte das Wappentier der USA, der Weißkopfseeadler. Eagle!

Katinka atmete angespannt. Sie umrundete das Grundstück, soweit sie konnte. Es war das letzte auf der linken Seite, bevor die Bäume endeten. Der Zaun war ordentlich instand gesetzt. Ohne die Taschenlampe anzuschalten schlich Katinka bis zum unteren Ende. Der Schuppen lag im Finstern.

Jetzt kommt es drauf an, dachte Katinka. Ob Eagle hier war? Sich seiner tödlichen Alchimie hingab?

Sie atmete für einige Sekunden ganz ruhig. Machte die Augen zu. Lauschte. Dann versuchte sie ihr Glück mit dem Schloss. Ihre Finger schwitzten in den Latexhandschuhen. Sie kriegte es nicht auf. Rasch warf sie noch einmal einen Blick nach rechts und links, dann klemmte sie sich das Taschenmesser zwischen die Zähne und kletterte den Holzzaun hoch. Sie war kräftig genug, um sich an der glatten Oberfläche hochzuziehen. Ihr linker Fuß stützte sich an dem Schloss ab. Vorsichtig hob sie erst das eine, dann das andere Bein über die doppelte Lage Stacheldraht. Ohne auf der Innenseite irgendetwas zu sehen, sprang sie. Ihr weites Hemd blieb am Stacheldraht hängen. Das laute *Ratsch*, als der Stoff riss, klang nicht freundlich. Es war ihr egal. Sie stand auf Eagles Grundstück.

14. Nächtliche Pirsch

Während sie sich ohne Licht zum Gartenschuppen vortastete, zählte sie ihre Schritte. Bei 30 hielt sie inne und lauschte. Der Garten bestand nur aus einem ordentlich gemähten Rasen. Keine Gemüsebeete, keine Blumen. Die Hütte lag still. Katinka lehnte sich ein paar Meter entfernt an einen Baum und wartete ab. Nichts geschah. Sie bewegte sich vorsichtig auf die Hütte zu. Zweige knackten. Katinka betrat den kleinen Vorplatz. Ordentlich waren die Holzplatten ausgelegt. Ein Korbstuhl stand dort. Jemand könnte gemütlich vor seiner Laube sitzen, ein Glas Wein trinken und über die Welt philosophieren. Katinka betrachtete die Tür. Eine Eisentür, wie man sie in Kellern oft fand. Sie tastete sich zum Fenster vor. Verhängt, von innen. Du konntest nicht ernsthaft gedacht haben, hier reinzumarschieren und die Chemieausrüstung in Augenschein zu nehmen, kritisierte sie sich selbst. Sie rüttelte probeweise an den Fensterflügeln. Es klirrte leise. Katinka schrak zusammen. Noch ein anderes Geräusch drang an ihr Ohr. Sie zog sich instinktiv ein Stück zurück in den Schatten der Bäume. Schon hob sie die Waffe, als sie bemerkte, dass das Geräusch ferner Schritte, das sie so erschreckt hatte, von außerhalb des Gartens kam. Sie hielt den Atem an und wartete ab. Die Schritte entfernten sich. Ein einsamer Spaziergänger, dachte Katinka, Eagle jedenfalls nicht.

Sie wandte sich wieder der Hütte zu. Aber alle Versuche, hineinzukommen, schlugen fehl. Das Sicherheitsschloss der Eingangstür war für sie nicht zu knacken. Die Fenster auf der Rückseite hatte jemand sorgfältig zugenagelt. Sie versuchte es noch einmal mit dem vorderen Fenster. Nichts. So vorsichtig sie sich auch bemühte, einen der beiden Flügel auszuhebeln, es gelang ihr einfach nicht. Dieser Gartenschuppen war sehr effizient gegen Einbruch geschützt worden. Auch eine Erkenntnis, überlegte Katinka. Sie zerrte die Latexhandschuhe von ihren schweißnassen Händen und stopfte sie in den Rucksack. Zweige knackten. Ganz nah, auf der anderen Seite des Zauns.

Katinka hob den Kopf, um zu lauschen. Das Blut rauschte in ihrem Kopf wie ein Wasserfall. Mit einem Mal hatte sie nur noch den dringenden Wunsch, hier zu verschwinden, schon weg zu sein, sich aufgelöst zu haben, sich wegzuzaubern, wie auch immer. Sie wusste, dass Panik in Situationen wie dieser kein hilfreicher Gast war. Zuerst musste sie sich beruhigen, nachdenken, einen Entschluss fassen.

Sie zielte in die Finsternis. Ganz langsam setzte sie einen Fuß hinter den anderen. Ihre Augen scannten den Zaun. In der Dunkelheit konnte sie nichts erkennen, aber ihre Antennen verrieten ihr, dass ein lebendes Wesen jenseits des Bretterzauns lauerte und auf sie wartete.

Sie würde in den Nachbargarten klettern und dann von dort aus auf den Weg zurückkehren. Sie glaubte sich zu erinnern, dass der Garten neben Eagle von einem viel niedrigeren Zaun umgeben war. Bei dem Gedanken, wieder am Grundstück des Bluthundes vorbeizumüssen, wurde ihr übel.

Sie brauchte nicht lang, um eine geeignete Stelle zu finden, an der sie über den Zaun steigen konnte. Ein Baumstumpf eignete sich als Trittbrett. Sie zwang sich, behutsam und möglichst lautlos vorzugehen. Mühevoll wich sie dem Stacheldraht aus. Als sie absprang, ritzte sie sich dennoch die Hand auf. Sie fühlte das warme Blut zwischen die Finger rinnen und wischte sie an den Jeans ab. Dann wartete sie. Sicher hatte der andere ihre Landung zwischen dem raschelnden, alten Laub vom Vorjahresherbst hören können. Aber nichts geschah. Langsam schlich sie sich durch den ungepflegten Garten zum Zaun. Neben dem Tor zog sie sich hoch, schob erst ein Bein hinüber, dann das zweite, verharrte einen Augenblick in der unbequemen Stellung auf dem Bauch und blickte den Weinbergweg entlang. Nichts war zu erkennen. Keine verdächtigen Schatten, kein Lebewesen, sie hörte kein Atmen und keine Schritte.

Rasch sprang sie hinunter. Auf dem unebenen Weg geriet sie durch den Schwung ins Rutschen und fiel hin. Sie stützte sich mit der verletzten Hand ab und zog vor Schmerz die Luft ein. Dann rappelte sie sich auf und lief so schnell und leise sie konnte den Weg zurück, den sie gekommen war.

»Katinka!«, flüsterte jemand.

Das Ende. Katinka fühlte sich plötzlich ganz ruhig. Sie fragte sich, ob ihr Herz noch schlug. Sie entsicherte die Beretta und wirbelte herum.

Der Schatten stand mitten auf dem Weg.

»Hardo hatte doch recht. Sie sind wirklich ein bisschen verrückt«, sagte der dunkle Jemand. Katinka ächzte.

»Herr Schröppel?«

Binnen Bruchteilen von Sekunden fiel es ihr wie Schuppen von den Augen: Hauptkommissar Uttenreuther überließ nichts dem Zufall, und schon gar nicht ließ er sich zu allzu viel Vertrauen der Bamberger Jungdetektivin gegenüber verleiten. Lieber schickte er seinen frühpensionierten Kollegen auf die Pirsch.

»Verflucht, haben Sie mich erschreckt!«

Sie steckte die Pistole weg.

»Kommen Sie«, sagte Schröppel. Er trat nun näher. Katinka sah sein Gesicht nur im Schatten.

»Was wollen Sie von mir?«

»Und was machen Sie in fremden Gärten?«

»Ich übe meinen Beruf aus«, sagte Katinka würdevoll.

Schröppel lachte. »Ganz wie Hardo sagte. Was halten Sie davon, wenn wir beide einen einsamen Nachtspaziergang zurück in die Stadt machen?«

Katinka war flau im Magen. Sie öffnete ihren Rucksack und fischte einen Schokoriegel heraus. Die Aufregung hatte ihren Motor am Laufen gehalten, aber nun, da die Panik auf einmal erloschen war, fühlte sie sich ausgepumpt und völlig fertig.

»Unterzucker«, sagte Schröppel freundlich. Er wartete, bis Katinka den Riegel vertilgt hatte.

Sie gingen den Weg zurück. Der Hund schlug an und raste wie ein Irrer neben ihnen am Zaun entlang. Wieder kam sein Besitzer herbei, aber Katinka und ihr Begleiter achteten nicht darauf.

Als sie die Altenburger Straße erreichten, atmete Katinka auf. Das Licht der Straßenlampen tröstete sie mehr, als sie zugeben wollte.

»Hardo hat sie mir hinterhergeschickt?«, fragte sie und brach das Schweigen.

»Ich habe sie fast aus den Augen verloren. Sie sind ganz schön schnell.«

»Eagle hat dort oben eine Hütte. Sie ist völlig verrammelt. Was, wenn er dort seine Ricinsamen verarbeitet?«

Schröppel sah Katinka skeptisch von der Seite an.

»Wie können Sie sich so sicher sein, dass Sie wirklich vor der Hütte von diesem Eagle standen?«

»Ein Aufkleber«, sagte Katinka wie nebenbei. Der Stolz erfüllte sie mit neuer Kraft. Tatsächlich schien der Polizei noch nicht bekannt zu sein, dass Denninger diesen Garten gemietet hatte. Aber die Polizei hatte auch keine Undercover-Agentin namens Melissa in ihrem Dienst stehen. »Mit dem amerikanischen Wappentier drauf. Und Winfried Denninger nennt sich Eagle.«

Schröppel schwieg.

»Ich glaube, ich bringe Sie besser zu Hardo.«

Katinka zuckte die Schultern. Sie war müde, aber so aufgewühlt, dass sie ohnehin nicht würde schlafen können. Wo Melissa wohl steckte? Sie sah auf die Uhr. Es war beinahe halb zwölf. Schnell zückte sie ihr Handy und wählte Florians Nummer.

»Deinlein?«, posaunte er fröhlich. Katinka hatte das Gefühl, wieder ins Leben einzutauchen. Nach der unheimlichen Stille der nächtlichen Gärten genoss sie die Kirchweihgeräusche im Hintergrund.

»Florian, ich bin's, Katinka. Habt ihr Melissa schon nach Hause geschickt?«

»Keineswegs«, antwortete Florian. »Wir feiern noch im Palais Schrottenberg. Willst du mit deiner Schwester sprechen?«

»Nicht nötig«, antwortete Katinka. »Ich werde auch noch ein bisschen unterwegs sein. Danke jedenfalls, dass ihr sie unter eure Flügel genommen habt.«

»Kein Thema!«, sagte Florian. »Viel Spaß noch.«

Katinka ahnte, dass sie den Rest der Nacht nicht viel Spaß haben würde. Sie fragte sich, was sie in Eagles Garten eigentlich erwartet hatte: eine offen stehende Datsche voller Gartengeräte? Ein Chemielabor? Irgendetwas Wertvolles verbirgt sich in dieser Hütte, dachte Katinka, weshalb sonst sollte er sie dermaßen einbruchsicher ausrüsten, die hinteren Fenster zunageln? Das ergibt keinen Sinn!

Melissa hatte von Winfried persönlich erfahren, dass er in seinem Garten alles ausprobierte, was ihn interessierte. Was sollte das sein? Rosenzüchten hatte ihm jedenfalls keinen Erfolg gebracht. Andererseits: Eagle war nicht blöd. Er wusste genau, dass Melissa Katinkas Schwester war, und dass ihr Date aller Wahrscheinlichkeit nach auf Drängen Katinkas zustande gekommen war. Wieso sollte er Melissa die Wahrheit erzählen? Hatte er die Story mit dem Garten erfunden, um Katinka wegzulocken?

Männer, überlegte Katinka verächtlich. Es soll vorkommen, dass ihre Emotionen ihnen den Verstand rauben.

Schröppel brachte sie durch das feuchtfröhliche Gewühl der Kirchweihnacht zum mobilen Einsatzzentrum neben der Konzerthalle. In einem ausladenden Zelt saßen eine Menge Leute. Alles Männer.

Harduin Uttenreuther hockte auf einem Klappstuhl, den Hörer eines Telefons fest an sein Ohr gepresst. Auf Tischen in der Mitte standen mehrere Telefone, Laptops, allerlei anderes Gerät. Die Atmosphäre bewegte sich von abweisend bis feindselig.

Schröppel grüßte wortlos in die Runde. Er bedeutete Katinka, sich zu setzen. Ein Typ im Anzug fiel ihr auf. Seine quadratischen Brillengläser gaben seinem Gesicht etwas Strenges, Unbewegliches. Uttenreuther beendete sein Gespräch. Fragend sah er Schröppel an.

»Ich habe den Eindruck, dass Frau Palfy eine nützliche Beobachtung gemacht hat«, sagte der.

Hardo nickte und wies auf einen Klapphocker. Endlich setzte Katinka sich. Sie bemerkte den Riss in ihrem Hemd und stellte den Rucksack auf ihren Schoß, um ihn halbwegs zu verdecken.

»Wollen Sie uns nicht vorstellen?«, fragte der Mann mit den Brillengläsern.

»Dr. Emmerling, Frau Palfy«, sagte Uttenreuther mit unbewegter Miene. Das musste der LKA-Mann sein. »Also, was gibt's?«

»Winfried Denninger hat unterhalb der Altenburg einen Garten gemietet«, begann Katinka. »Dort befindet sich eine Hütte, verrammelt und gut gesichert. Meiner Ansicht nach wäre das ein idealer Platz, um …« Sie hielt inne und sah in die Runde. Niemand sprach. Emmerling starrte sie mit unverhohlener Missbilligung an. Er musterte Katinkas schmutzigen Aufzug, die Reste von Zweigen und Blättern auf ihrer Bluse. Unsicher suchte Katinka Schröppels Blick. Er nickte ihr zu. »… um sich mit gefährlichen Substanzen zu umgeben.«

»Wie können Sie sicher sein?«, fragte Uttenreuther.

Emmerling unterbrach. »Herr Hauptkommissar! Eine Außenstehende! Haben Sie das veranlasst?« In seinem Gesicht stand ein vorwurfsvoller Ausdruck, den er wohl gern als äußerste Bestürzung verkauft hätte.

Uttenreuther achtete gar nicht auf ihn.

»Woher wussten Sie das?«

»Meine Schwester ist mit Eagle ausgegangen, er hat es ihr erzählt.«

Harduin Uttenreuther zog eine Augenbraue hoch.

»Der Garten ist der letzte in der Reihe«, sagte Katinka. »Vom Weinbergweg aus links gelegen.«

»Also«, sagte Uttenreuther und stand auf. Er nahm eines der Telefone ab.

»Er ruft jetzt den Staatsanwalt an«, flüsterte Schröppel.

»Moment, Moment«, sagte Emmerling. »Hören Sie, junge Frau, Ihre Initiative in Ehren, aber ich muss doch

…« Es schien, als lege er sich die Worte sehr sorgfältig zurecht. Dann machte er eine wirre Bewegung mit der Hand und sagte: »Bringen Sie die Dame nach Hause.«

Katinka schnaubte. Allein Uttenreuthers eindringlicher Blick hielt sie davon ab, zu widersprechen. Sie nickte ihm zu, sah geflissentlich an Emmerling vorbei und verließ das Zelt.

Schröppel kam ihr nach.

»Ich brauche jetzt noch ein Bier«, sagte Katinka. Sie hoffte, Emmerling würde es hören. »Sonst kriege ich heute Nacht kein Auge zu.« Schröppel griff nach ihrem Arm. Sie machte sich ungeduldig los, was ihr sofort leid tat. »Warten Sie bitte noch einen Moment«, flüsterte sie. Laute Stimmen drangen aus dem Zelt. Zwei Beamte kamen zögernd näher. Schröppel schüttelte den Kopf und zündete sich eine Zigarette an. Katinka hatte ihn noch nicht rauchen sehen. Verlangend sah sie auf die Schachtel in seiner Hand. Wortlos hielt Schröppel sie ihr hin. Sein Feuerzeug klickte ein zweites Mal. Katinka formte ein lautloses Danke mit den Lippen. Sie lauschte angestrengt.

»Herr Kriminalhauptkommissar«, tönte die spotttriefende Stimme Emmerlings zu ihnen hinaus. »Das genehmigt Ihnen der Staatsanwalt nie!«

Uttenreuther schien leiser zu antworten. Andere Stimmen mischten sich ein. »Keine Gefahr in Verzug«, sagte jemand. Es klang triumphierend. Armer Hardo, dachte Katinka.

Schröppel drückte seine Zigarette umsichtig an einem Stein aus. Er fischte einen winzigen, verschließbaren Aschenbecher aus seiner Hosentasche und verstaute die Kippe darin. Katinka spürte Nebel und ein seltsames Kreisen in ihrem Kopf. Sie hatte sich das Rauchen längst abgewöhnt. Peinlich berührt stippte sie den Rest ihrer Zigarette in Schröppels Behältnis.

Schweigend gingen sie an der Weide unter den Bäumen entlang. Katinka warf einen kurzen Blick auf die stillen Häuser. Im Frühsommer hatte sich dort in dem grauen Gebäude, auf dem ein Schild mit der Aufschrift *Universität Bamberg* prangte, ein Mord ereignet. Ihr Mentor Julius Liebitz, bei dem sie nach dem Erwerb ihrer Lizenz einige Zeit gearbeitet hatte, pflegte sie daran zu erinnern, dass Detektive zwar unterschiedliche Menschen, aber auf Dauer immer die gleichen Beweggründe kennen lernten, die schließlich die Verbrechen auslösten. Im vergangenen Mai waren es Eifersüchteleien, die Gier nach Karriere und Erfolg gewesen. Einige schwache Menschen um die Täterin herum hatten diese gestützt, ohne es zu wollen. Wer von uns weiß eigentlich, welcher Sache er wirklich dient, sinnierte Katinka.

An der Ecke zur Markusstraße ging es wieder lebhafter zu. Erleichtert fuhr sich Katinka durchs Haar und schüttelte einige bröselige Blattreste heraus. Sie warf einen Blick auf ihr Hemd. Der Riss klaffte gut sichtbar vor ihrem Bauch, parallel zur Knopfleiste. Sie warf einen Blick auf Schröppel, der desinteressiert geradeaus sah. Schnell verknotete Katinka die beiden losen Enden.

In der Pizzeriaküche unter ihrer Wohnung brannte noch Licht. Die fröhlichen Stimmen und das Geschirrklappern beruhigten Katinka. Schröppel ging mit ihr die Treppe hinauf. Er ließ Katinka aufschließen, ging dann als erster hinein und durchsuchte die ganze Wohnung.

»Möchten Sie ein Bier?«

Katinka trat an den Kühlschrank und nahm zwei Flaschen *Fäßla* heraus.

»Danke, das ist nett. Aber ich sollte wohl mal nach

Hause gehen. Schließlich bin ich nicht mehr im Dienst.« Er lachte verschmitzt und reichte Katinka die Hand. »Schließen Sie ab und lassen Sie niemanden mehr rein. Gute Nacht, Frau Palfy.«

Danke für den heldenhaften Ratschlag, dachte Katinka. Sie schloss die Tür hinter Schröppel und köpfte die erste Flasche Bier.

Kaum hatte sie einen Schluck getrunken, klingelte das Telefon. Sie meldete sich mit einem dürren Hallo.

»Katinka? Ich bin's, Tom!«

»Hej, Tom Dooley.« Sehnsucht überfiel Katinka im gleichen Moment. Sie stellte sich vor, wie es wohl wäre, wenn Tom zu Hause gewesen wäre, gerade heute Abend, gerade jetzt.

»Ich habe nicht früher angerufen, ich dachte mir, du kugelst mit deiner Schwester auf der Sandkirchweih herum.«

»Sozusagen«, wich Katinka aus.

»Wie läuft dein Fall?«

Katinka zögerte kurz, dann entschied sie, nichts zu sagen.

»Ich komme voran. Und du?«

»Ich vermisse dich.«

»Danke für die Blumen. Wann hast du dein Programm endlich fertig und kommst wieder heim?«

Sie hatte nicht beabsichtigt, diese Schärfe in ihren Ton zu legen. Es geschah von selbst.

»Katinka«, sagte Tom vorwurfsvoll. »Bist du nicht diejenige, die immer auf unserer Abmachung bestanden hat? Der Job geht vor und solche Sachen? Mir klingen jetzt noch die Ohren.«

Katinka spürte Wut aufkommen. Machtvoll überschwemmten sie ihre Gefühle. Die Nervenanspannung, die Panik, der Bluthund, Schröppels Stimme aus der Dunkelheit, Kriminaloberrat Emmerling. Tom, der in Prag saß. Sie wollte eine gepfefferte Antwort geben, aber lieber biss sie sich die Lippen wund. Tom hatte recht. Gerade Katinka beharrte auf der Devise von der Vorrangstellung des Jobs.

»Bist du noch dran?«, fragte Tom.

»Jaha, bin ich!«, sagte Katinka. Ganz klar stand ihr plötzlich vor Augen, wie weltfremd ihr Leitmotiv war. Wie eine Luftspiegelung, dachte sie, während sie fragte: »Ist es in Prag auch so heiß?«

Tom seufzte. »Hör mal, Katinka. Ich brauche noch mindestens zwei bis drei Wochen für dieses Programm. Ich arbeite das Wochenende durch, aber ich brauche Zeit. Das hier ist ein Riesenauftrag, und er bringt auch ordentlich Geld.«

Katinka spürte eine große, glühende Kugel auf sich zuschweben und zerplatzen. Wenn das Gespräch auf Geld kam, reagierte sie ausgesprochen empfindlich.

»Klar. Mein Zaster ist nicht genug. Nie genug. Erzähl du es mir nur auch noch. Wieder und wieder.«

Wie gut, ich habe ihm nicht gesagt, dass mein Fall zum Teufel ist, dachte Katinka.

»Lass das doch endlich sein, Kat the Catey«, bat Tom. »Es ist unser Geld, o.k.? Was hältst du eigentlich davon, nach Prag zu kommen, sobald dein Fall abgeschlossen ist?«

Katinka nahm den Hörer in die andere Hand. Ihre Finger waren schweißnass.

»Warum nicht?«, hörte sie sich antworten. »Spätestens Montagabend ist alles geklärt.«

»Was?«

»Der Fall hängt an der Kirchweih. Es gibt Parallelen. Mehr kann ich dir nicht sagen.«

»Katinka? Du begibst dich doch nicht in Gefahr, oder?«

Doch, wollte sie antworten. Und ich genieße es.

»Was glaubst du, wie schön es ist, wenn einem den lieben langen Tag keiner in den Ohren liegt und einen kritisiert, weil man sich ›in Gefahr begibt‹. Wie oft soll ich dir noch sagen, dass ich eben meinen Job mache? So wie er ist? Dass Gefahr dazugehört?«

Tom hörte sich sehr verletzt an, als er antwortete: »Täusche ich mich, oder sind wir erst vor kurzem zusammengezogen?«

Katinka fasste sich an die Stirn: »Allerdings. Und kurz darauf bist du ausgeflogen.«

Stille. Das Schweigen tat grausam weh.

»Ich habe schon verstanden«, sagte Tom sehr ruhig. »Überlege es dir, ob du nach Prag kommen willst.«

Er legte auf.

»Tom!«, schrie Katinka in den Hörer. Schrill hallte ihre eigene Stimme zurück. Ihr Ohr summte. Sie legte auf. Verflucht, warum reagierte sie auch immer so impulsiv und gereizt. Tom macht nichts Falsches, redete sie sich ein. Es sei denn, er reißt eine hübsche Tschechin auf und fällt mit ihr ins Bett einer Luxussuite. Sie trank einen Schluck Bier und redete sich ein, dass Tom sich genau jene Freiheiten nahm, die sie selbst für sich beanspruchte: seinen Beruf auszuüben, ohne von seiner Partnerin dabei eingeschränkt zu werden. Katinka fuhr sich durchs Haar. Sie sollte dringend in sich gehen und überprüfen, ob die ›Job geht vor‹-Devise unbedingt weiter gelten musste. Jetzt kam sie ihr vor wie ein blutleerer Klamauk. Katinka stand auf und schluckte den schalen Geschmack herunter. Sie musste sich auf die Geschehnisse in nächster Nähe konzentrieren. Bedachtsam schloss sie die Augen und rekapitulierte.

Eagle. Er gab einen überzeugenden Verdächtigen ab. Aber was war mit Zenk? Warum war der Chemielehrer so nervös gewesen, als sie ihn bei sich daheim befragt hatte? Hatte er einen Grund, Claudia Böses zu wollen? Hatte Claudia sich einer anderen Frau als Antonella gegenüber schon geoutet? Vielleicht einer im Lehrerkollegium? Würde sie so dumm sein? Katinka trank aus der Flasche.

Würde Eagle so dumm sein, Melissa von seinem Garten zu erzählen? Oder war er einfach berechnend – und brutal genug? Plante er, Katinka in der Nacht zu seinem Garten zu locken, um sie dort kaltzumachen? Hatte er auf eine ähnliche Weise Claudia Herzing ausgeschaltet? Ein Wirbeln im Kopf brachte Katinka dazu, sich auf den Boden zu setzen. Wenn Winfried Claudia umgebracht hatte – wo lag ihre Leiche? Katinka legte die Beine auf einen Stuhl und wartete ab, dass sich der Schwindel gab. Wenn Schröppel nicht aufgetaucht wäre ... sie hätte sich bestimmt noch eine Weile im Garten aufgehalten. Vermutlich hatte sich Eagle sogar in seiner Hütte versteckt. Katinka stöhnte. Es musste nicht zutreffen, aber es war möglich.

Sie trank ihr Bier aus und ging ins Bad. Nachlässig ließ sie das zerfetzte Hemd, die Jeans und die durchgeschwitzte Wäsche auf den Boden fallen und stellte sich unter die Dusche.

Melissa war noch nicht zu Hause. Aber Florian passte doch auf sie auf. Passte er auf? Katinka wusste, dass er gerne mal einen über den Durst trank. Aber er war ein absolut zuverlässiger Mensch. Unruhig spülte sie sich das Shampoo aus den Haaren. Sie stellte das Wasser ab, stieg aus der Wanne und lauschte. Sie tappte ins Schlafzimmer, suchte sich Shorts und T-Shirt heraus, zog sich an und verband ihre verletzte Hand. Dann löschte sie das Licht, zurrte die Jalousien hoch und spähte hinaus. Sie wusste nicht, was sie zu sehen hoffte. Entschlossen stieß sie das Fenster auf. Die Nachtluft kam ihr immer noch zu warm vor. Sie ging in die Küche. Tom hatte ein Thermometer an die Außenwand genagelt. 26 Grad. Nach Mitternacht. Sie seufzte und angelte sich noch ein *Fäßla* aus dem Kühlschrank. Als sie den Flaschenöffner ansetzte, ging die Türklingel. Sachte, wie in Zeitlupe hörte Katinka das Zischen unter ihren Fingern. Sie kippte den Kronenkorken ganz weg und trat an die Sprechanlage. Vorsichtig nahm sie den Hörer ab und lauschte. Sie hörte niemanden. Schnell schloss sie die Wohnungstür auf und lief die Treppe hinunter. Durch das Milchglas der Haustür sah sie eine mächtige Gestalt im Licht der Straßenlaterne dastehen.

Sie öffnete.

»Hardo? Gibt's was Neues?«

Er sah sehnsüchtig auf die Bierflasche in ihrer Hand.

»Gibt's davon noch mehr?«

»Klar!«, sagte Katinka und bemerkte ein irritierendes Herzkopfen, als sie voranging und den Hauptkommissar in die Küche führte.

»Haben Sie Ihre Schwester schon ins Bett geschickt?«

»Sie ist mit einem Freund unterwegs«, sagte Katinka und stellte Harduin eine Bierflasche hin. »Möchten Sie ein Glas?«

Der Kommissar antwortete nicht. Er setzte die Flasche an und trank in einem Zug die Hälfte aus.

»Das tut gut«, sagte er. »Was ist mit Ihrer Hand passiert?«

Katinka zupfte an dem weißen Verband herum. »Nicht so schlimm. Hat Emmerling Sie genervt?«

»Wir haben ein paar ziemliche Probleme, Katinka«, sagte Uttenreuther. Katinka zuckte zusammen. Üblicherweise nannte er sie beim Nachnamen. Benutzte er ›Katinka‹, dann war er schlecht auf sie zu sprechen. Sie wappnete sich. Vermutlich hatte ihr nächtlicher Ausflug zum Weinbergweg eine Menge Geröll in Bewegung versetzt.

»Alles deutet auf eine Täterschaft Herzings hin.«

»Johannes?« Katinka blieb der Mund offen stehen. »Aber das ist vollkommen unwahrscheinlich. Wieso hätte er mich beauftragen sollen, seine Frau zu suchen, wenn er selbst …«

»Kommen Sie schon, Palfy«, knurrte Uttenreuther. »Sie wissen so gut wie ich, dass das kein Grund ist, ihn auszuschließen. Wobei … Emmerling hat angeordnet, Herzing zu beobachten. Verdammter Mist.« Mit Verve knallte er die Bierflasche auf den Tisch. »Ich sehe keinen roten Faden. Denninger würde mir als Verdächtiger auch besser passen. Aber Emmerling meint, die imitierte Handschrift auf den Zetteln würde auf den Ehemann weisen.«

Katinka betrachtete Uttenreuther. Sie fragte sich, weshalb er gekommen war. Um mit ihr zu reden? Sie glaubte eher, um mit irgendjemandem zu reden. Vom Privatleben des Hauptkommissars wusste sie so gut wie nichts. War er verheiratet? Liiert? Junggeselle? Einsam? Schwul jedenfalls nicht, dachte Katinka und grinste. Sie legte eine Hand auf ihren Magen. Irgendwas kugelte in ihm herum. Ihr wurde bewusst, dass sie außer einem Schokoriegel in den letzten Stunden nichts gegessen hatte. Deswegen das Sausen im Kopf, dachte sie, zu viel Bier auf nüchternen Magen.

»Wenn Johannes Herzing seine Frau auf dem Gewissen hat, dann kann ich noch verstehen, dass er ein Motiv hat, Antonella zu ermorden. Aber den Hausmeister? Und warum beauftragt er mich? Und warum die Zettel? Irgendwie sieht es doch so aus, als wolle jemand uns mit voller Absicht auf seine Spur lotsen.«

Uttenreuther lächelte schwach. Katinka nahm die Brille ab und rieb sich die Augen. »Das passt doch nicht zu Herzing«, sagte sie.

»Sie haben ja recht«, sagte Harduin leise. »Johannes Herzing mag ein Motiv haben, aber hat er Mittel und Möglichkeiten?«

Katinka schüttelte den Kopf. »Hat er seine Kinder in den Tragerucksack gesetzt, ist losgezogen und hat seine Frau umgebracht? Ich weiß nicht, Hardo.«

»Ich auch nicht, Katinka«, sagte Uttenreuther.

Wieder zog es heftig in Katinkas Magen. Irgendetwas Heißes raste in ihr Gesicht. Schnell sagte sie: »Wo steckt Winfried Denninger?«

»Das ist der Knackpunkt.« Uttenreuther leerte sein Bier. Wie aufgezogen ging Katinka zum Kühlschrank und holte ihm ein neues. Sie griff nach dem Flaschenöffner, aber er hatte ihn schon in der Hand. »Wir finden ihn nicht. Er ist nicht zu Hause in seiner Wohnung. Seine Nachbarn wissen nicht, wo er steckt.«

»In seiner Gartenhütte?«, fragte Katinka und erschauerte. Uttenreuther hatte seine grauen Augen auf sie gerichtet. Das darf nicht wahr sein, dachte Katinka. Aber wenn ich erotische Gefühle für einen Mittfünfziger mit Bierbauch empfinden kann, warum dann Claudia Herzing nicht für eine schlanke Italienerin?

»Ich vermute es«, sagte er. »Deswegen habe ich nachträglich fast zu viel gekriegt, als Sie so fröhlich erzählten, was Sie die letzten Stunden getrieben haben.« Er sah ehrlich besorgt aus.

»Vielleicht steckt Eagle jetzt noch in seiner Hütte. Hält sich dort auf. Er kann Vorräte angelegt haben und wer weiß wie lange dort oben aushalten.« Katinka drückte mit der Hand fest auf ihren Magen. Gegen das bitzelnde

Gefühl sagte sie: »Gehen wir nochmal zum Weinbergweg und schauen wir nach!«

Uttenreuther seufzte. »Ihr Engagement in Ehren, aber wenn jemand dorthin zurückkehrt, dann sicher nicht Sie!«

Katinka legte beide Hände auf die Tischplatte. »Weshalb nicht? Ich weiß, wo sich der Garten befindet und wie er angelegt ist. Ich könnte …«

»Ich glaube«, sagte Uttenreuther schmunzelnd, »Ihnen ist eine Tatsache entgangen. Mir zu Anfang auch, aber sie sticht wirklich ins Auge.«

»Was denn?«, brauste Katinka auf.

Uttenreuther grinste. Er nahm einen Schluck Bier, bevor er zu einer längeren Erklärung ansetzte: »Das erste Opfer ist Malesanto. Sie ist nicht sofort gestorben. Sie hatte das Gift eine Zeit lang im Blut. Erst nach zweieinhalb Tagen … starb sie. Dann der Hausmeister. Bei ihm dauerte es viel kürzere Zeit. Er feierte mit seinen Freunden auf der Sandkirchweih, aß, trank, redete, wie man es eben so macht. Dann stach ihn etwas. Könnte eine Wespe gewesen sein, war es aber nicht, wie wir sehr genau wissen. Die Autopsie ergab eine deutlich höhere Giftkonzentration als bei Malesanto. Sagt Ihnen das was?«

Katinka biss sich auf die Lippen. Sie ärgerte sich unbeschreiblich, dass sie sich nicht um die Ergebnisse aus der Rechtsmedizin gekümmert hatte. Uttenreuthers Vermutung löste einen gruseligen Schauer aus. Leise sagte Katinka: »Ich glaube schon. Der Täter muss erst seine Erfahrungen sammeln. Er weiß noch nicht, wie viel Ricin er braucht, um einen Menschen sofort zu töten.«

Die Worte standen im Raum. Katinka fühlte sich elend.

»Exakt«, sagte Uttenreuther. »Und das wiederum bedeutet … sagen Sie es mir!«

Er lächelte. Katinka hielt den Atem an. Das ist keine Prüfung, sagte sie sich. Aber sie wusste genau, worauf der Kommissar hinauswollte.

»Der Täter ist kein Profi. Er probiert aus.«

Melissas Stimme klang ihr im Ohr. Ausprobiert, ausprobiert.

»Meine Schwester erzählte mir, dass Denninger seinen Garten nutzt, um allerlei auszuprobieren. Melissa verstand es wohl mit Blick auf Gartenarbeit, Tulpen, Buschbohnen, Gurken, sonst was«, sagte Katinka. »Aber ich habe in dem Garten nicht das kleinste Beet gesehen.«

Sie schwiegen.

»Und warum drohte er, das Baby umzubringen?«, fragte Katinka dann.

»Ich weiß es nicht. Eine leere Drohung, um uns abzulenken. Oder er hatte es auf die Frau abgesehen. Vielleicht wollte er sehen, mit wie viel er ein Kind töten kann. Bei Kindern wirkt wohl schon sehr viel weniger Gift tödlich.«

Katinka schüttelte sich. Sie hatte Sehnsucht nach einer Zigarette.

Uttenreuther starrte auf Katinkas T-Shirt. Sie zuckte zusammen. Schnell sah er weg. Er räusperte sich. Katinka stand auf. »Gehen wir nachsehen.«

»Kommt nicht in Frage.«

Uttenreuther erhob sich ebenfalls, als wolle er Katinka im Ernstfall mit Gewalt davon abhalten, das Haus zu verlassen.

»Wenn er sich in der Hütte verbarrikadiert hat, kann er uns nicht gefährlich werden.«

»Palfy, Sie träumen!« Uttenreuther stellte seine leere Bierflasche neben die anderen auf das Büfett.

»Noch eins?«, fragte Katinka grinsend.

Er lachte. »Ich würde gern, aber ich habe noch zu arbeiten.«

»Gehen Sie nie heim?«, erkundigte sich Katinka.

»Wozu!«, sagte er.

»Um sich zum Beispiel auszuruhen.«

Er zog die Augenbrauen hoch. »Keine Sorge.«

Verdammte Emotionen, dachte Katinka. Ich liebe Tom.

»Beschatten Sie doch wenigstens seine Hütte.«

»Ich kriege keine Leute, Katinka. Emmerling klebt mir am Hintern. Er wartet nachgerade auf formale Unsauberkeiten. Ich darf mich höchstens selbst auf die Lauer legen.«

»Ich würde mitkommen«, sagte Katinka. Ihr schlug das Herz bis zum Hals. Die Vorstellung, nochmal auf dem dunklen Pfad an den stillen Gärten vorbeischleichen zu müssen, ängstigte sie mehr, als sie zugeben wollte. In Begleitung des Kommissars allerdings ... Und dann war da Hardos Blick und etwas Eisiges, das in seinen grauen Augen loderte.

»Ich weiß, Sie würden mitkommen«, sagte er. Seine Stimme klang rau. »Ihren Mut in Ehren: Das könnte ich nie verantworten.« Er zögerte, dann sagte er: »Versprechen Sie mir, dass Sie heute Nacht nicht mehr rausgehen? Bitte. Tun Sie mir den Gefallen. Nur dieses eine Mal.«

Katinka grinste unsicher. Ein zerzaustes Lachen wollte aus ihrer Kehle, aber sie nickte nur und sagte: »O.k. Sehr lang ist die Nacht ja nicht mehr.«

Er hatte sie gepackt und an sich gezogen, noch bevor sie sich darüber klar wurde, was passierte. Sein Kuss war einen Atemzug lang, hart und salzig vom Schweiß auf seinen Lippen. Er ließ sie los, zog die Wohnungstür auf und ging. Katinka hörte die weichen Tritte seiner Turnschuhe auf den Stufen und das schwere ›Klick‹, als die Tür ins Schloss fiel.

15. Die Wiederkehr der Verlorenen

Gegen drei brachte Florian Melissa nach Hause. Beide waren bester Laune. Katinka entging nicht das besondere Aroma, das Florian so jovial von zig Kneipen erzählen ließ und Melissa einen rosigen Schimmer auf die Wangen gezaubert hatte. Sie dachte an Harduin und musste lächeln.

»Schicker Ohrstecker«, sagte sie zu Florian. Der kleine Kreis, mit dem Frauenzeichen versehen, wirkte in seinem mächtigen Ohrläppchen beinahe verloren. »Vielleicht wäre der auch was für Tom.«

Das Schuldbewusstsein übermannte sie. Florian schien nichts zu merken. »Klar, warum nicht!«, sagte er. Er warf einen langen Blick auf Melissa. Die lauen Sommernächte, dachte Katinka und wünschte gute Nacht, während sie sich ins Schlafzimmer zurückzog. Womöglich wurde sie im Frühling Tante. Während verhaltenes Poltern aus dem Wohnzimmer drang, versuchte Katinka, ihre verhedderten Gefühle zu entwirren. Was sie aber noch mehr aus dem Konzept brachte, waren Hardos Gefühle. Wie zum Henker kam er dazu, sie zu küssen? Er, der kaltschnäuzigste und ruppigste Mensch, den sie kannte! War es Frustration, wegen des unentwirrbaren Falles, wegen Emmerling? Sie gab zu, dass sie den Kuss genossen hatte. Ihn immer noch genoss. Die Erinnerung wieder und wieder hervorrief.

Ich sollte weniger dogmatisch sein, dachte sie, bevor sie einschlief. Es kann einfach jedem passieren. Es kann

Claudia Herzing passieren, mit Lola oder mit sonst jemandem, es kann Tom passieren, es kann mir passieren. Sogar so abgebrühten Kerlen wir Hardo kann es passieren. Es ist normal. Wir Menschen sind so. Sie fragte sich, was Tom jetzt machte. Wo sich Winfried Denninger herumtrieb. Und irgendwie war es ihr sogar ganz recht, dass der muskelbepackte Lebensretter Florian im Nebenzimmer übernachtete.

Katinka wurde vom Läuten der Türglocke geweckt. Verwirrt drehte sie sich im Bett hin und her. Als sie endlich ihre Brille auf der Nase hatte und die Zahlen auf dem Digitalwecker lesen konnte, schrak sie zusammen. 8 Uhr 30 am Sonntag morgen. Welcher Wahnsinnige …

Die Erinnerung an den Kommissar schoss hervor wie ein Projektil aus einem Gewehrlauf und traf mitten in ihren Magen. Sie sprang auf, lief in den Flur und schnappte sich den Hörer der Gegensprechanlage.

»Hallo?« Ihre Stimme klang verschlafen und heiser.

»Guten Morgen«, sagte ein sanfte Stimme. »Sie werden mich nicht kennen. Aber wir sollten uns unterhalten. Ich bin Claudia Herzing.«

Wie in Trance drückte Katinka auf den Türöffner. Ein mieser Trick, dachte sie. Ein ganz mieser. Doch die kleine, mollige Frau, die behände die Treppen heraufkam, sah eindeutig wie die Frau auf dem Foto aus, das Johannes Herzing ihr gegeben hatte.

»Kommen Sie rein«, sagte Katinka. Ihre Hände und Füße fühlten sich taub an. Wie lange hatte sie geschlafen? Drei, vier Stunden? Wie lange hatte sie wachgelegen, gebeutelt von gärenden Gedanken und Gefühlsfilz?

»Grüß Gott«, sagte Claudia Herzing und streckte Katinka die Hand hin. »Sie sind doch Katinka Palfy?«

»Ja.« Katinka wurde sich bewusst, dass sie schon eine ganze Weile Löcher in die Luft starrte. »Gehen wir am besten in die Küche.«

Aus dem Wohnzimmer regte sich nichts. Sie hoffte, Melissa und Florian würden bis Mittag schlafen. Sie hatte viel vor heute. Claudia Herzing setzte sich unaufgefordert auf den Stuhl, auf dem Uttenreuther in der Nacht gesessen hatte. Katinka wischte ihre romantischen Gedanken weg und setzte Kaffee auf.

»Würden Sie mir freundlicherweise erzählen, wo sie herkommen? Weiß Ihr Mann schon ...«

Sie musste sich zusammennehmen. Vor wenigen Stunden hatte sie ihre Tendenz zur Verurteilung anderer noch als unrealistisch entlarvt. Konnte sie wissen, welche Konflikte Claudia umtrieben?

»Ich habe mit einer Freundin telefoniert. Marlies Keim. Ich musste einige Dinge ... mit ihr klären.«

Katinka nickte.

»Nun ja, ich nehme an, Sie haben ... ach, ich bin ganz durcheinander.« Sie schob eine leere Bierflasche auf der Tischplatte herum wie eine ausrangierte Mensch-Ärgere-Dich-Nicht-Figur. Katinka entschied, abzuwarten.

»Ich weiß natürlich nicht, was Sie über mich denken, ich weiß auch nicht, was Leute wie Mila oder mein Mann Ihnen erzählt haben. Marlies war so fair, mir von Ihrem Telefonat zu berichten.«

Katinka stellte zwei Tassen auf den Tisch, Milch, Zucker. Dann schloss die das Fenster. Schon wieder drückte die Hitze herein.

»Ich liebe meinen Mann«, sagte Claudia Herzing in das Schnaufen der Kaffeemaschine hinein. »Ich liebe ihn wirklich. Aber manchmal kann ich nicht mehr. Ich kann nichts mehr ertragen. Ich muss einfach weg. Habe die tiefe

Sehnsucht, mich anderswo zu verlieren. Eigentlich habe ich nie etwas für Frauen empfunden. Das kam unerwartet. Unbestellt.« Sie lachte. Katinka verstand genau, was sie meinte.

»Kennen Sie das Gefühl, aus Ihrem Leben aussteigen zu wollen wie aus der falschen Straßenbahn? Einfach in eine andere Linie zu steigen und alles hinter sich zu lassen? Das Gefühl, dass diese andere Straßenbahn sie dorthin bringt, wo sie eigentlich schon immer hinwollten? Zu einem neuen Leben?«

Katinka nickte. Sie kannte es, wenn sie auch nicht so sehr darunter litt, wie Claudia es augenscheinlich tat.

»Die Kinder sind reizend. Aber eben auch kleine, aggressive Aliens, die einem das letzte bisschen Freiraum nehmen. Eine Ehe ist ein Zuhause. Aber auch ein Gefängnis, wie der Garten, das Haus, die beschauliche Ruhe im Neubaugebiet. Im Gulag.«

Katinka stellte die Kaffeekanne auf den Tisch. Claudia schenkte zuerst Katinkas, dann ihre Tasse voll.

»Nein, danke«, sagte sie, als Katinka ihr die Milchtüte hinschob. »Ich nehme den Kaffee immer schwarz. Tja. Ich lernte Antonella durch Zufall kennen. Sie hatte Ärger mit einem Kellner im Café. Sie verstand nicht, warum sie eine bestimmte Summe bezahlen sollte, und sie sprach schlecht deutsch. Ich half ihr aus der Situation. Und dann war es passiert. Wir gingen zu ihr nach Hause. Ihre Mitbewohnerin war nicht da. Wir probierten es einfach aus. Es funktionierte. Es machte Spaß. Und es war vollkommen ungefährlich.« Claudia lachte herzlich. Katinka konnte nicht anders: Die verschwundene und nun wieder aufgetauchte Frau war ihr sympathisch.

»Wir tauschten unsere Mailadressen und verabredeten uns für Sonntagabend. Johannes kennt meine Eskapaden. Ich schrieb ihm einen Zettel, dass ich spazieren gehen wollte.«

»Dass Sie ein bisschen Freizeit haben wollten«, verbesserte Katinka.

»Egal.« Claudia winkte ab. »Johannes wusste, was ich meinte. Ich wollte doch nur die Möglichkeit haben, über Nacht mit Antonella irgendwo zu bleiben. Es war herrliches Wetter. Wir hätten im Wald übernachten können ...«

»Im Wald«, wiederholte Katinka trocken.

»... aber wir wurden aufgeschreckt. Der Punkt ist, unweit der Giechburg haben die Kinder und ich mal eine Hütte entdeckt. Sie wird von den Forstleuten verwendet, um allerlei Kram aufzubewahren. Nichts Besonderes. Dort wollte ich mit Antonella hin. Wer wäre am Sonntag schon vorbeigekommen?«

Sie streckte die Beine aus und rutschte auf dem Küchenstuhl immer tiefer.

»Ich traf Antonella auf dem Parkplatz der Juraklinik. Sie hatte sich mit dem Taxi bringen lassen. Dann liefen wir los. Ich hatte Getränke und etwas zu essen dabei. Wir brauchten ja nicht viel.«

»Und dann hat Eagle Sie beide gestört!«

Claudia Herzing stockte.

»Sie kennen seinen Spitznamen?«

»War nicht schwer herauszufinden!«

»Unglücklicherweise trafen wir ihn. Er merkte uns etwas an. Wir waren wohl leicht zu durchschauen. Wie verächtlich er grinste.«

»Zumal Sie vorher schon Streit mit ihm hatten!«

Claudia sah Katinka sprachlos an. Sie lächelte dabei. »Sie sind eine gute Detektivin«, sagte sie. »Tja. So war es. Es ging um eine Nebensächlichkeit. Einen Komposthaufen. Winfried wollte irgendwas damit machen. Es hätte eine Menge Zeit und vor allem Geld gekostet, denn ganz billig ist selbst Eagle als Ferienjobber nicht. Na ja, und mit drei Kindern und dem Haus im Nacken ... da bleiben einem nicht extrem viele Euros übrig, die man dann auch noch in einem Komposthaufen verrotten sehen will.«

»Das hat Winfried nicht gepasst.«

»Kann man so sagen.« Claudia seufzte. »Er hielt uns auf und quatschte mich voll. Antonella war ganz verschreckt. Ich muss zugeben, dass er uns ziemlich die Stimmung versaut hat. Wir stritten uns heftig. Ich schrie ihn an, er solle mich in Ruhe lassen, und dass er seinen Job bei uns die längste Zeit gehabt hätte. Daraufhin wurde er richtig wütend.« Claudia schüttelte sich bei der Erinnerung daran.

»Antonella und ich gingen weiter, ziemlich gedrückt. In der Hütte dann fühlten wir uns nicht wohl. Ich hatte permanent das Gefühl, dass jemand hinter uns in den Schatten lauerte. Als es dunkel wurde, bekamen wir beide Angst. Peinlich, das zuzugeben, aber ich hatte mir den Abend in der Hütte anders vorgestellt.«

»Haben Sie jemanden gesehen?«, fragte Katinka

Sie nahm sich noch Kaffee. Ihr Herz wehrte sich gegen das Koffein. Es machte wilde, unbeherrschte Sprünge.

»Nein. Gesehen nicht. Aber ... kennen Sie das? Sie könnten schwören, dass jemand Sie beobachtet.«

»Klar.«

»Eigentlich wollten wir draußen vor der Hütte sitzen. Innen drin war es unerträglich stickig. Aber dann ...«

»Wurde Antonella aus heiterem Himmel von einer Wespe gestochen!«

Claudia starrte Katinka an. »Woher wissen Sie das? Ja, so war es. Ich habe das nicht ganz verstanden, denn es war dunkel, es war Nacht. Wespen pflegen irgendwann in ihren Nestern zu verschwinden und einen in Ruhe zu lassen. Das Insekt muss auf der Holzbank gesessen haben. Antonella hat sich vielleicht draufgesetzt. Ich habe mit der Taschenlampe alles abgeleuchtet, aber keine Wespe gesehen. Antonella wurde hysterisch. Ich habe den Stich mit Mineralwasser gekühlt, aber die Stelle ist rasend schnell angeschwollen. Da bekam ich Angst.«

Katinka fühlte Mitleid mit Claudia Herzing.

»Ich hatte keine Ahnung, ob sie vielleicht allergisch gegen Wespenstiche ist«, sagte Claudia. »Wir beschlossen, zurück nach Scheßlitz zu laufen. Ich dachte, es wäre das Geschickteste, sie als Notfall gleich in der Juraklinik behandeln zu lassen, aber sie wollte partout nicht. Sie bestellte sich mit ihrem Handy ein Taxi. Weg war sie.«

Katinka wartete ab. Sie hatte den scheußlichen Verdacht, dass Claudia Herzing noch keine Ahnung hatte, was in der einen Woche ihrer Abwesenheit passiert war. Wenn Antonella sich wenigstens hätte untersuchen lassen – ein gründlicher Arzt hätte das Ricinkügelchen gefunden, Claudia wäre vermutlich nicht verschwunden, Antonella nicht gestorben …

»Ich war«, Claudia zögerte, »irgendwie völlig frustriert. Und ich hatte eine unbestimmte Angst. Im Grunde hätte ich einfach nach Hause gehen können, von meinem Spaziergang wiederkommen, zu Johannes ›Hallo‹ sagen … Doch mit einem Mal schien mir alles so widerwärtig. Das Haus. Das perfekte Ende eines Lebens, das noch nicht einmal wirklich begonnen hatte. Ich wollte weg. Also hob ich eine Menge Geld am Automaten ab. Johannes konnte nichts merken, wir haben jeder ein eigenes Konto. Dann bestellte ich mir ein Taxi und ließ mich nach Bamberg zum Bahnhof bringen. Ich nahm den ersten Zug am nächsten Morgen, Richtung Nordosten. Raus aus der Hitze. In der

Nähe von Wismar an der Ostsee mietete ich mich in einem Blockhäuschen auf einem Campingplatz ein. Ich weiß«, sie drehte ungeschickt ihre Kaffeetasse hin und her, »ich weiß, ich hätte mich melden sollen, wenigstens Johannes sagen, dass es mir gut geht. Aber ... heute verstehe ich nicht, warum ich das nicht getan habe.«

»Sie haben die Zeit zum Nachdenken genutzt«, fasste Katinka zusammen. »Und dann wollten Sie mit jemandem reden, mit dem Sie noch etwas in Ordnung bringen mussten, und Sie riefen Marlies an.«

Claudia lächelte. »Sie erstaunen mich. Ja, so war das.«

»Sagen Sie, hat Eagle Antonella an jenem Abend zum ersten Mal zu Gesicht bekommen?«

»So viel ich weiß, ja.«

»Haben Sie ein einziges Mal eine Zeitung gelesen oder Nachrichten gehört?«

»An der See? Nein.«

Katinka bezweifelte, dass die eigenartigen Bamberger Todesfälle über die Grenzen Frankens hinaus Beachtung gefunden hatten.

»Haben Sie versucht, Kontakt zu Antonella aufzunehmen?«

»Nein.«

Katinka starrte Claudia Herzing an. Allmählich kam die Wut hoch. Sollte sie das alles glauben? Dass sie sich vor der Welt versteckt hatte? Ihren Mann und ihre Kinder in dieser schrecklichen Ungewissheit zurückgelassen hatte?

Mäßige dich, summte die Kontrollwespe. Denk an deine eigene Story.

Katinka sagte: »Ihr Mann steht im Verdacht, zwei Menschen umgebracht zu haben, Todesdrohungen gegen ein Kleinkind ausgesprochen zu haben. Die Polizei glaubt sogar, dass er Sie ermordet hat.«

»Was?« Claudia Herzings Schrei gellte laut durch die Küche. Na, wenn Melissa und ihr Lover inzwischen nicht wach sind, dachte Katinka, dann weiß ich auch nicht. Sie holte das Telefon.

»Rufen Sie Ihren Mann an. Ich ...«

»Moment!« Claudia Herzing hielt Katinka am Arm fest. »Wer ist tot, wer?«

»Er wird Ihnen alles erklären«, sagte Katinka.

Sie ließ Claudia sitzen und ging ins Bad, wo sie sich auf den Badewannenrand setzte und mit ihrem Handy Uttenreuther anrief. In ihrem Magen tobte ein Fußball herum. Sie umklammerte das Telefon und wartete. Es dauerte endlos, bis er ranging.

»Katinka Palfy hier«, sagte sie. Sie erschrak über die Sachlichkeit in ihrer Stimme.

Uttenreuther zögerte, bevor er antwortete: »Guten Morgen. Was ist passiert?«

»Claudia Herzing sitzt bei mir in der Küche und ...«

Im nächsten Moment hörte sie ein leises Klicken.

»Scheiße«, schrie Katinka in den Apparat. »Sie türmt.«

Zornentbrannt rannte Katinka in die Küche. Sie hätte sich ohrfeigen mögen.

»Melissa«, schrie sie. »Florian!«

Dann stürmte sie die Treppen hinunter. Sie trat aus der Haustür. Claudia Herzing war nirgends zu sehen. Wie ein Derwisch drehte sich Katinka um ihre eigene Achse. Florian kam die Treppe heruntergepoltert.

»Guck du in diese Richtung«, rief sie ihm zu. »Eine blonde, pummelige Frau. Wir müssen sie unbedingt finden!« Sie selbst wandte sich nach rechts und stob die Amalienstraße hinauf.

Claudia Herzing war nicht besonders sportlich, aber die

Panik hatte ihr wohl Flügel verliehen. Keuchend blieb Katinka an der Kreuzung zur Ottostraße stehen. Sie entschied sich, Richtung Kanal zu rennen. Es schien aussichtslos. Zu viele Straßen zweigten hier ab. Claudia konnte sich in einem der Gärten verbergen oder ein paar geschickte Haken schlagen. Vielleicht hatte sie auch ein Auto mit und war längst auf und davon.

Katinka fragte sich, warum Claudia Herzing überhaupt zu ihr gekommen war. Menschliche Gefühle, dachte sie seufzend, sie sind unberechenbar und unerklärlich. Langsam ging sie zurück. Wenn Claudia nur so gescheit wäre, sich bei der Polizei oder ihrem Mann zu melden. Sie sah Florian von der anderen Seite her antrotten. Er schwitzte aus allen Poren.

»Hast du mich erschreckt!«, rief er vorwurfsvoll. »Was war denn los!«

»Entschuldige«, sagte Katinka und musste grinsen. »Siehst schick aus in den Boxershorts!«

»Du bist auch nicht gerade nach Alta Moda angezogen«, versetzte Florian brummig.

Katinka strich sich über den Pyjama. »Gehen wir lieber hoch. Ich hatte Besuch von …« Sie schwieg. Beide starrten auf den heranpreschenden Polizeiwagen. Hardo stieg aus. In Katinkas Magen brach eine Revolte los. Verwirrt sah Florian auf die Szenerie.

»Bin ich im falschen Film?«, fragte er und ruderte vorwurfsvoll mit den Armen.

»Nein, du hast nur einen Kumpel, der eine Privatdetektivin zur Freundin hat. Geh nur schon mal hoch. Bestimmt macht sich Melissa Sorgen.«

Florian machte auf den Fersen kehrt und lief die Treppe hinauf.

Uttenreuthers Gesicht schimmerte in einem blässlichen

Grau. Sein Hemd und seine Jeans sahen aus, als hätte er in voller Montur geschlafen.

»Wissen Sie, dass Sie einen ganz schön erschrecken können?«

»Da sind Sie schon der zweite, der mir das vorwirft«, sagte Katinka und lachte unsicher. In ihrem Pyjama kam sie sich nicht besonders professionell vor, und in Anbetracht der Ereignisse der letzten Nacht auch noch ziemlich dämlich.

»Claudia Herzing kam vor einer Stunde in meine Küche geschneit. Nachdem sie mir ihre Geschichte erzählt hatte, empfahl ich ihr, ihren Mann anzurufen. Hardo, er hat definitiv nichts damit zu tun. Sie war dabei, als Antonella von der Ricinkugel getroffen wurde. Wahrscheinlich doch Eagle. Ich ...«

Uttenreuther schob sie ins Haus.

»Das ist nichts für fremde Ohren, oder?«

»Moment mal!« Katinkas Herz stand für einen Augenblick still. Dann fühlte sie ihren Puls an allen Stellen ihres Körpers vibrieren. Eine *Frankfurter Allgemeine Sonntagszeitung* lag zusammengerollt auf der Treppe. Unten lugte ein gelber Haftzettel heraus. Katinka ging wie aufgezogen darauf zu.

»Das lag vorhin noch nicht hier.«

Sie wollte den Zettel aus der Zeitungsrolle ziehen.

»Warten Sie!«

Uttenreuther reichte ihr einen Latexhandschuh. Es war schwer, ihn über ihre verschwitzte Hand zu streifen.

Das haben Sie klug gemacht. Aber nicht klug genug. Heute erwartet sie der Höhepunkt der Versuchsreihe.

»O Gott!«, stöhnte Katinka.

Harduin nahm ihr den Zettel aus der Hand.

»Seit wann liegt diese Zeitung hier?«

»Als ich die Treppe hinuntergerast bin, um Claudia noch zu erwischen, lag sie definitiv nicht hier«, sagte Katinka. Sie zerbrach sich den Kopf. Sie hatte keine Zeitung gesehen. »Florian rannte die Amalienstraße in die andere Richtung hinunter. Die Haustür stand solange offen. Jeder konnte rein.«

Ihr wurde schwindelig. Jemand beobachtete sie und hatte einen günstigen Moment abgewartet.

»Sie können Claudias Fingerabdrücke von meinen Kaffeetassen nehmen«, schlug Katinka vor. »Und mit denen auf der Zeitung vergleichen.«

Hardo betrachtete den Zettel.

»Ziehen Sie sich an und kommen Sie mit!«

Katinka zog sich am Treppengeländer hoch. Alles, was sie wollte, war ein kühles Plätzchen, um zu schlafen.

»Er spricht von einer Versuchsreihe. Heißt das, er wird heute im großen Stil zuschlagen?«, fragte sie.

»Ich bin kein Hellseher«, sagte Uttenreuther. »Nun machen Sie schon!«

Als Katinka mit dem Kommissar im Rücken in die Wohnung kam, starrten Melissa und Florian sie mit offenen Mündern an.

»Nehmen Sie sich einen Kaffee«, forderte Katinka Hardo auf. Sie ging ins Schlafzimmer und suchte sich ein frisches T-Shirt und eine Hose. Melissa kam hinter ihr her.

»Katinka«, sagte sie. Ihre Stimme klang panisch. »Was ist denn los?«

»Die Ermittlungen laufen heiß. Ich melde mich.« Katinka streifte das T-Shirt über und suchte sich ihre Sandalen.

»Hör mal, Melissa, das ist jetzt wirklich wichtig: Geh heute nicht auf die Sandkirchweih!«

»Aber … ich möchte das Fischerstechen sehen!«

»Himmel nochmal!«, explodierte Katinka. »Ich möchte, ich möchte. Weißt du, was ich möchte? Dass du hübsch zu Hause bleibst, dich mit Florian amüsierst und deine Nase nicht vor die Tür streckst. Ist das klar?«

Melissa blickte sie voller Entsetzen an.

»Ich fahre morgen, Katinka. Wann kommst du wieder?«

Katinka ließ sich auf das Bett sinken. Melissa, halt die Klappe, flehte sie im Stillen. Irgendein eigenartiges Gefühl wallte gerade auf. Melissa, meine kleine Schwester.

»Um so wichtiger, dass du brav im Haus bleibst.«

»Das hält kein Mensch aus. Es ist glutheiß!«

Katinka sprang auf, suchte ihren Rucksack und durchwühlte den Inhalt.

»Dann musst du das eben mal aushalten«, sagte sie. »Man kann nicht immer nur machen, was man will.« Ich rede wie meine eigene Mutter, dachte sie entsetzt. »Ich rufe dich auf dem Festnetz an. Also bleib hier.«

Hardo stand ungeduldig in der Küche. Er hielt einen Plastikbeutel in der Hand, in den er Claudias Kaffeetasse eingetütet hatte. Florian stand neben ihm, strich sich über die Boxershorts und blickte von Uttenreuther zu Katinka und wieder zurück.

Er merkt nichts, redete Katinka sich ein.

»O.k., ich bin fertig«, sagte sie. »Florian, passt du auf Melissa auf? Kann ich mich auf dich verlassen?« Sie wusste, dass er im Moment nichts lieber tat, als auf Melissa aufzupassen.

»Gehen Sie nicht auf die Sandkirchweih«, mahnte nun auch Uttenreuther. Melissas Augen wurden ganz rund. »Kommen Sie, Palfy.«

»He, ich habe heute Abend Dienst!«, kam es von Florian, als würde er sich gerade erst daran erinnern.

Katinka griff in die Schublade mit den Süßigkeiten und fischte eine Packung Kekse heraus. Dann winkte sie ihrer Schwester und Florian zu und rannte hinter Uttenreuther her die Treppe hinunter.

»Was haben Sie vor?«, fragte sie.

»Fahndung nach Claudia Herzing und Winfried Denninger. Johannes Herzing dazuholen.«

»Wie will Eagle das bewerkstelligen, will er die ganze Stadt vergiften?«

Uttenreuther startete den Wagen.

»Ich denke nur laut«, sagte Katinka schnell. Sie umklammerte ihren Rucksack und gähnte.

»Sie haben auch nicht viel geschlafen, oder?«, fragte der Kommissar.

»Nein. Sie?«

Er machte eine abweisende Kopfbewegung. Katinka wollte lieber nicht wissen, was ihn wachgehalten hatte. Sie beobachtete einige Kirchgänger, die mit dem *Gotteslob* unter dem Arm über die Straße huschten.

»Warum nehmen Sie mich mit?«, fragte sie statt dessen. »Was kann ich tun?«

Uttenreuther steuerte auf die Konzerthalle zu. »Das werden Sie gleich sehen.«

»Was werde ich sehen!« Katinka wurde ungeduldig. Ein Verdacht keimte auf. Vor ihnen thronte das Zelt, in dem sie gestern nacht die Bekanntschaft von Dr. Emmerling gemacht hatte. Uttenreuther parkte den Wagen und drehte sich zu Katinka.

»Hören Sie, Palfy. Ich möchte Sie unter Kontrolle haben. Sie sind schon viel zu tief in der Sache drin. Glauben Sie, ich hätte eine ruhige Minute, wenn Sie auf eigene Faust in der Stadt herumtigern?«

Katinka spürte, wie ihr das Blut in den Kopf schoss.

»Ich kann sehr gut auf mich alleine aufpassen«, sagte sie scharf. Hardo grinste.

»Man kann nicht immer nur machen, was man will«, imitierte er Katinka.

»Sie können mich mal!«, sagte Katinka und stieg aus. Neben dem Zelt stand Urban Dütsch, er sah verschlafen aus. Das rote Haar quoll unter seiner Polizeimütze hervor. Sie winkte ihm zu. Ein frohgemutes »Gudn Morng, Frau Balfy«, tönte zurück.

»Beamtenbeleidigung kann teuer werden«, sagte Hardo, der ebenfalls ausgestiegen war. »Kommen Sie. Sie erleben ein Schauspiel der dritten Art.«

Er kann mich nicht zwingen, dachte Katinka. Sie war hin- und hergerissen zwischen der Neugier, an den Ermittlungen teilzunehmen, und dem Ärger, einfach überrannt zu werden.

Uttenreuther ging auf das Zelt zu und schob die Plane beiseite. Es waren ziemlich viele Leute da. Der Kommissar stellte Katinka vor. Sie war die einzige Frau.

Dann brach ein hektischer Sturm los. Die Fahndung nach Eagle und Claudia Herzing wurde eingeleitet. Jemand wurde weggeschickt, um Johannes Herzing zu holen. Katinka setzte sich auf einen Klappstuhl. Die Hitze in dem Zelt war schon jetzt, am Vormittag, erdrückend. Sie fragte sich, wie sie es hier drin den ganzen Tag aushalten sollte. Sie fixierte den Ausgang. Wenn sie jetzt einfach aufstehen würde und gehen …

Uttenreuther hatte ihre Gedanken anscheinend erraten, denn er sagte: »Kommen Sie mal her, Palfy.«

Sie stand auf und trat an den Tisch mit den Computern. Ein Mann mit kurzen, blonden Locken nickte ihr zu.

»Unser Chemieexperte«, stellte Uttenreuther vor. »Hannes Plöger.«

»Hallo!«, sagte Katinka.

Plöger war anscheinend schon in einen komplizierten Gedankengang vertieft, denn er rieb sich die Schläfen und murmelte: »Wo war ich? Ach ja. Also, wenn Sie erwarten, dass Leute im großen Stil betroffen sein werden, dann nehme ich an, dass der Täter zu einer anderen Methode übergeht.«

Er hackte auf der Tastatur seines Laptops herum. Ein Foto baute sich auf, auf dem ein kleines weißes Päckchen zu sehen war. »Hier. Das wäre eine Möglichkeit. Das Ricin wird zur Inhalation aufbereitet.«

»Verstreut der Täter das Ricin?«

Plöger starrte Katinka an. »Nein«, sagte er. »Das kann ich mir nicht vorstellen, dass er es selbst verstreut. Sehen Sie«, er wies auf den Bildschirm. »Es gab vor Jahren einen Fall in der Nähe von Magdeburg. Irgendein Racheakt war das. Auf einer Geburtstagsparty platzte ein Ricinpäckchen. Die Gäste atmeten das Gift ein. Die toxische Konzentration war nicht sehr hoch, so dass sie alle nach Behandlung aus der Klinik entlassen werden konnten. Aber ein Mann starb – er hatte auf die Vergiftung hin ein Asthma entwickelt.«

»Das Päckchen ist geplatzt?«, fragte Katinka.

»Es war mit einem Zünder versehen, eine hübsche kleine Bastelei. Zur gewünschten Uhrzeit explodierte die Plastikhülle und setzte das Toxin frei.«

Katinka sah Uttenreuther an. Ihr wurde beinahe schlecht. Also konnte doch die ganze Stadt dran glauben.

Die Zeltplane wurde beiseite geschoben. Emmerling trat ein.

Hardo beachtete ihn nicht. Er fragte Plöger: »Kann man sich schützen?«

»Klar!«, sagte Plöger. »Das Gefährliche beim Einatmen von Ricin ist, dass ein Lungenödem entsteht. Ein Mundschutz mit Aerosolfilter ist wirksam genug. Allerdings sollte man aufpassen, dass die Augen nicht mit dem Gift in Berührung kommen. Dann kommt es zu einer nekrotisierenden Konjunktivitis, also Bindehautentzündung, das heißt«, er warf einen Seitenblick auf Uttenreuther, »im schlimmsten Fall sterben die Zellen ab und der Mensch wird blind.«

O Gott, dachte Katinka.

»Wir besorgen uns Mundschutze«, sagte Uttenreuther. Er winkte einem Beamten in Uniform.

»Wie viele von diesen Päckchen benötigt unser Täter, um die ganze Sandkirchweih zu sprengen?«, wollte Katinka wissen.

Plöger sah Katinka herablassend an. »Ich weiß nicht, wie viele Leute er umbringen will«, sagte er. »Es genügen einige wenige, unter zehn, um wirklich Schlimmes anzurichten. Entscheidend ist die Giftkonzentration.«

»Wie viele Stunden sind es vom Einatmen des Ricins bis zu den ersten Symptomen?«, schaltete sich Uttenreuther wieder ein.

»Je nachdem. Es kann zwischen acht Stunden und wenigen Minuten dauern.«

Emmerling trat zu ihnen.

»Guten Morgen«, grüßte er. Das Foto auf Plögers Bildschirm spiegelte sich in seinen Brillengläsern. »Haben wir Zuwachs aus der freien Wirtschaft bekommen? Oder aus der Archäologie?«

»Sieht ganz so aus«, erwiderte Katinka. Er musste Erkundigungen über sie eingezogen haben. »Frisches Blut in den Amtszelten, nicht wahr?«

Emmerling presste die Lippen zusammen. Er wandte sich an Uttenreuther. »Wo ist der Amtsarzt?«

»Wird gleich hier sein.«

Katinka zog sich auf ihren Klappstuhl zurück. Ihre Augen und Ohren saugten alles auf, was sie wahrzunehmen in der Lage waren. Jemand von der Feuerwehr kam hinzu. Das Gespräch drehte sich um Schutzkleidung, Kontamination, Notdesinfektion. Sie prägte sich die Gesichter ein, während sie der Diskussion lauschte, die Emmerling zu leiten versuchte, ohne dass irgendjemand auf ihn achtete.

Sie können die Sandkirchweih nicht abblasen, dachte Katinka. Genauso wenig können sie jedem Besucher einen Mundschutz in die Hand drücken. So viele Masken gibt's gar nicht. Wahrscheinlich besteht nur diese eine Chance: Sie müssen den Täter schnappen, bevor die Päckchen explodieren und ihr Gift freisetzen. Oder sie müssen die Päckchen finden. Aber das wird spaßig. Denn sie wissen nicht mal, wie viele sie suchen müssen.

Jemand kam herein und ließ einen großen Karton auf dem Boden plumpsen. »Die Mundschutze«, sagte er.

Plöger stand auf und begutachtete die grünen Stofffetzen. »Gut«, befand er.

Katinka rückte ihren Stuhl näher an den Karton. Uttenreuther schien nichts zu bemerken. Jemand von der Bereitschaftspolizei erhielt Anweisungen. Emmerling wischte sich den Schweiß von der Stirn. Ein Techniker brachte kleine Apparaturen, die Katinka vorkamen wie hochbeinige Stechmücken. Es musste sich um winzige Funkgeräte handeln, wie Sicherheitsdienste sie benutzten: Knopf im Ohr und Sender am Gürtel.

Alle waren beschäftigt, sich die Funktionsweise erklären zu lassen. Katinka stand auf. Sie heftete ihren Blick teilnahmslos auf den Boden.

Einer witzelte herum, er würde die Frequenz verstellen und das Pentagon abhören. Der Techniker wurde immer wieder zu Einzelnen gerufen, die mit ihrem Equipment nicht klarkamen. Katinka spannte alle Muskeln an. Sie trat auf den Karton mit den Mundschutzen zu und griff hinein. Scharf beobachtete sie die Männer, die an ihren Spielzeugen herumdrehten. Uttenreuther streifte sich gerade probeweise das Headset über.

Sie nahm drei Masken aus dem Karton und stopfte sie in ihren Hosenbund. Dann hob sie ihren Rucksack auf und näherte sich der Tür. Harduins Blick traf sie, als sie die Zeltplane zurückschlug.

»Palfy!«

Katinka rannte los. Sie war sportlich, aber dass sie so schnell Richtung Markusstraße vorankam, hatte mit der Angst zu tun, als Verliererin in das Ermittlerzelt zurückzukehren. Und da war gleichzeitig noch etwas. Diesem aalglatten Kriminaloberrat gönnte sie den Triumph einfach nicht. Für Harduin tat es ihr auf der einen Seite leid, er würde Ärger kriegen. Andererseits hatte er kein Recht, sie einfach so zu verpflichten. Sie sah nicht zurück. Sie wusste nicht einmal, ob jemand ihr folgte. Sie stürmte über die Markusbrücke und stürzte sich auf der anderen Regnitzseite ins Getümmel. Selbst am Vormittag ging es in der Sandstraße schon zu wie in einem Ameisenhaufen. Vorsichtig setzte Katinka ihre Füße zwischen Glasscherben auf den Asphalt.

Einem plötzlichen Impuls folgend, zog sie ihr Handy aus dem Rucksack und wählte Uttenreuthers Nummer.

»Seien Sie mir nicht böse«, sagte sie.

»Ich zerquetsche Ihnen höchstpersönlich alle Rippen«, knurrte der Kommissar.

»Hier draußen bin ich Ihnen viel nützlicher als in Ihrem Zirkuszelt«, versetzte Katinka. »Ich melde mich.«

Sie beendete das Gespräch und grinste in sich hinein.

Dann rief sie ihre eigene Festnetznummer an. Es dauerte eine Weile, bis Melissa sich meldete.

»Kommt in die Stadt«, sagte Katinka. »Ich habe was Wichtiges für euch.«

»Warum kommst du nicht hierher?«

»Haha!«, machte Katinka. »Gerade bin ich der Bullerei davongelaufen. Ich nehme an, dass mein neuer Kumpel Emmerling mich gerne wiederfinden würde.«

»Ich verstehe nur Bahnhof.«

»Du kennst das *Hofcafé* in der Austraße? Egal, Florian kennt es bestimmt. Ich hinterlasse an der Theke etwas für euch. Florian soll sagen, für die DLRG sei etwas abgegeben worden. Kannst du dir das merken?«

»Schon«, sagte Melissa.

»Ihr verlasst das Haus so, dass ihr gegen 12 im *Hofcafé* seid. Nicht früher. Dort kann man übrigens gut essen.«

Katinka drückte den Aus-Knopf. Sie hoffte, dass Melissa sich an alle Anweisungen halten würde. Dann sah sie sich genau um. Sie konnte sich nicht denken, dass die Polizei ihr auf den Fersen war. Wozu auch, in den Augen Emmerlings war Katinka Palfy völlig unwichtig. Dennoch spazierte sie durch verschiedene Höfe, bevor sie geborgen in einer Herde kirchweihfanatischer Menschen über die Obere Brücke stapfte und in die Austraße abbog.

Im *Hofcafé* sprintete sie in den ersten Stock. Sie bat das Mädchen an der Theke um einen Briefumschlag, stopfte zwei der Mundschutze hinein, schrieb einen kurzen Zettel dazu und gab alles ab. Dann setzte sie sich in eine Ecke, wo sie die Treppe beobachten konnte, bestellte sich ein Frühstück und plante.

Sie hatte zwei Möglichkeiten. Entweder, sie fand die Giftpäckchen, oder sie fand Eagle und zwang ihn, die Ricinverstecke preiszugeben. Die realistischere Lösung war zweifelsohne die letztere, denn kleine weiße Päckchen konnten überall verborgen werden. Zwar würden sie irgendwo lagern, wo sich viele Menschen aufhielten, aber am dritten Wochenende im August, noch dazu am Sonntag, war die Innenstadt gestopft voll mit Besuchern. Katinka dachte nach. Sicherlich mussten die Päckchen halbwegs so positioniert sein, dass das Gift sich auch weithin verbreiten konnte. Vielleicht war es dann doch nicht so schwer, es zu finden?

Aber, sinnierte Katinka weiter, gesetzt den Fall, Plöger täuschte sich, und Eagle schoss weiter mit kleinen Kügelchen um sich. Je nachdem, wie viele er präpariert hatte, konnte er eine große Menge Menschen töten.

Sie starrte auf den Rest ihres Brötchens.

Es war gescheiter, Eagle zu finden. Ein gruseliges Gefühl kroch in ihr hoch. Fast hatte sie den Eindruck, dass Eagle sie finden würde, nicht umgekehrt. Er hatte vor ihrem Haus gelauert, gewartet, bis sie Claudia hinterhersprintete, und dann die Zeitung mit dem Zettel abgelegt. Katinka stützte den Kopf in ihre Hände. Es mochte eine wirksame Methode sein, Eagle anzulocken, ihn sich an ihre Fersen heften zu lassen. So würde sie ihn am ehesten finden. Allerdings ängstigte sie der Gedanke, dass sie wahrscheinlich schon unter seiner Beobachtung stand. Womöglich hat er mir sogar eine Rolle in seinem perversen Theaterstück zugedacht, überlegte sie. Ihr Hände wurden eiskalt. Sie winkte der Kellnerin und zahlte.

Es war halb zwölf. Das Fischerstechen begann um 14 Uhr. Wenn ihre Vermutung zutraf, dann würde vorher nichts Dramatisches in der Stadt passieren. Sie hatte also noch mehr als zwei Stunden Zeit, um Eagle aufzutreiben.

Langsam setzte sie sich in Bewegung. Sie brauchte einen Platz, der einsam genug war, um Eagle aus der Reserve zu locken, aber so gelegen, dass sie eine realistische Chance hatte, dem Wahnsinnsknaben zu entkommen.

Mehr ihrer Intuition als einem überlegten Plan folgend trabte sie in Richtung Lange Straße. Um die Massen zu meiden, ging sie durch die Generalsgasse. Sie stellte ihre Ohren auf Empfang, überquerte den kleinen Holzsteg und umrundete das Schloss Geyerswörth. Die Geräusche des wirklichen Lebens traten in den Hintergrund. Überlaut hörte sie ihren eigenen Atem.

Sie ging rasch auf die Bischofsmühlbrücke zu. In der Mitte stützte sie sich mit den Ellenbogen aufs Geländer und sah vorsichtig nach rechts und links. Nichts. Nichts und niemand. Sie musste es geschickter angehen. Er durfte ihre Absicht nicht durchschauen. Am besten, sie ginge zielstrebig weiter. In ihrem Kopf baute sich der Stadtplan von Bamberg auf. Dankbar für ihr gutes fotografisches Gedächtnis ging sie den Weg in Gedanken ab, bevor sie sich entschlossen umdrehte, nach der Brücke links abbog. Am Sonnenplätzchen war alles still. Kein Mensch kreuzte in diesen engen, winzigen Gassen auf. Hier sieht es aus wie in Venedig, dachte Katinka. Ihre Schritte hallten von den Wänden wider. Warum schickt keiner die Touristen hierher? Authentische Bamberger Architektur jenseits ausgetretener Pfade. Sie bog in die Schimmelsgasse ein. Allein der Name gefiel ihr. Am Eck stand das Haus, in dem der erste Bamberger Drucker Albrecht Pfister der Schwarzen Kunst nachgegangen war. Sie stellte sich vor, wie an der Mauer in der Hasengasse einst eine Gedenktafel hängen würde: Hier wirkte die private Ermittlerin Katinka Palfy. Sie musste grinsen, ging nach links weiter und bog schließlich zum Stephansberg ab.

Als sie am Eingang zum *Spezikeller* vorbeikam, keuchend von der Hitze und der Steigung, fiel ihr ein, dass sie sich bei Britta gar nicht mehr gemeldet hatte. Sie würde das nachholen, sobald diese Sache hier ausgestanden war. Katinka ging die Sternwartstraße bis zum Knick. Blieb stehen. Atmete tief durch. Ihr Herz raste. Steckte Eagle hier irgendwo? War er ein Meister im Beschatten? Das T-Shirt klebte ihr am Körper. Heißer Durst überfiel sie. Ich hätte eine Flasche Wasser mitnehmen sollen, dachte sie. Zu spät. Angst überkam sie beim Anblick des Schlundes aus Büschen und Dornen. Sie hatte Uttenreuther gar nicht mehr gefragt, ob endlich jemand das Gartenhäuschen am Weinbergweg observierte. Dann holte sie tief Luft.

Sie ging auf den verwilderten Pfad zu. Milchweg. Warum auch immer der so heißt, dachte sie. Zweige schlugen ihr ins Gesicht. Der Weg führte auf ihrer Seite steil bergab. Sie wusste, dass er weiter hinten wieder anstieg. Die Steinstufen waren ausgetreten und teilweise zerstört.

Eine Brille kann auch ganz praktisch sein, dachte Katinka. Wenigstens kriegt man die Dornen nicht direkt in die Augen. Sie hielt sich die Arme vors Gesicht. Als sie die ersten paar Stufen hinuntergestiegen war, blieb sie stehen. Sie drehte sich um. Kein Mensch war zu sehen. Sie sah auf die Uhr. Bald halb eins. Sie hoffte, dass Melissa und Florian sich die Mundschutze geholt hatten und taten, was Katinka ihnen aufgetragen hatte. Sie hoffte, dass Florian ein Boot bekommen würde, um während des Fischerstechens auf dem Wasser zu sein. Wenn ihre Hoffnungen sich bewahrheiteten, war es auf dem Fluss für die beiden nicht so gefährlich wie an Land. Und Melissa würde die Wettkämpfe ansehen können.

Ein Zweig knackte hinter ihr. Sie erschrak.

Dann klingelte ihr Handy. Unbekannter Anrufer, meldete das Display.

»Hallo?«

Katinka hielt den Atem an.

»So, Frau Detektivin«, kam es blechern aus dem Telefon.

»Wo sind Sie!«, rief Katinka.

»Ganz in der Nähe.«

Katinka wirbelte herum. Die Bäume und Sträucher um sie herum begannen sich zu drehen.

»Ganz so blöd bin ich nicht, wie Sie vielleicht denken«, erläuterte Eagle.

»Wo haben Sie die Ricinpäckchen versteckt?«

Eagle lachte trocken.

»Sagen Sie mir, warum ich ausgerechnet Ihnen das sagen sollte?«

»Rufen Sie die Polizei an. Machen Sie sich nicht unglücklich!«

»Wenn dieser Satz nicht schon so oft durch die Schnäbel von Krethi und Plethi gegangen wäre«, höhnte Eagle.

»Warum tun Sie das?« Katinka hielt das Handy ein Stück von ihrem Ohr weg, um zu lauschen. Nichts rührte sich in ihrer Umgebung. Ihr wurde schwindelig, sie stützte sich an einem Baumstamm ab.

»Wie werden Sie meine Intentionen jemals begreifen können!«

»Wo sind Sie? Kommen Sie, treffen wir uns. Reden wir.«

»Haha, ich habe ganz vergessen, wie man lacht.«

Eagle legte auf. Überrumpelt starrte Katinka auf das Display.

Dann hörte sie die Schritte. Sie kamen von der anderen Seite des Milchwegs. Katinka riss die Beretta aus dem Rucksack. Das Klicken, als sie sie entsicherte, erschreckte sie mehr, als die Bewegungen, die sie durch das dichte, filzige Grün der Büsche wahrnahm.

Sie wich ein Stück in die Sträucher zurück. Die Dornen zerkratzten ihr Gesicht und Arme. Atemlos lehnte sie sich gegen den Maschendrahtzaun.

Die Schritte kamen näher. Jemand ging gemächlich den Weg entlang und ließ sich Zeit damit, die steilen, ausgetretenen und von Wind und Wetter verschlissenen Stufen hinaufzusteigen. Das Rascheln kam näher. Katinka spähte durch das dichte Laub. Ob Eagle sie hier überhaupt sehen würde? Und wie konnte er von der anderen Seite des Milchwegs her auf sie zukommen, wenn er ihr gefolgt war? Er müsste einen weiten Umweg in Kauf nehmen, denn wenn er sich durch die Büsche an ihr vorbeigeschlichen hätte, hätte sie ihn bemerkt.

Die Schritte waren nun ganz nah. Katinka machte sich bereit. Sie rief ihre zitternde Hand zur Ordnung.

Jemand ging an ihr vorbei. Katinka stieß sich vom Zaun ab, quetschte sich durch die Büsche, sprang auf den Weg. Ihr blieb der Mund offen stehen.

Vor ihr stieg eine Nonne langsam die Stufen hinauf. Sie schien Katinka gehört zu haben, denn sie drehte sich bedächtig um.

Katinka starrte auf die Waffe in ihrer Hand, dann auf die Ordensschwester.

Ihre Blicke trafen sich. Sie mochte etwa sechzig Jahre alt sein. In ihrem Blick stand mehr Erstaunen als Furcht.

Katinka ließ die Waffe sinken

»Entschuldigung«, sagte sie. »Ich bin … ich habe mich getäuscht.«

Bevor die Nonne sich von ihrer Verblüffung erholen konnte, rannte Katinka an ihr vorbei die Stufen hoch und auf und davon.

Wer den Anfang kennt, kennt auch das Ende.

Die Kunst ist es, den Anfang zu machen. Wenn ein Anfang gemacht ist, kommt alles andere von selbst. Das wird es ihnen leicht machen, wenn sie meine Strategie durchschaut haben. Der Anfang einer jeden Sache ist so wichtig wie der Anfang des Lebens. So haben wir alle unsere Prägung am Beginn unseres Lebens, in unserer Kindheit erfahren. Der Anfang eines Experiments ist jedes Mal der teuerste. Er lenkt die Vorfreude, indem er unsere Neugier anstachelt. Der Anfang einer Flucht ist der hoffnungsfroheste Augenblick. Meine Planungen beruhen auf der Glückseligkeit des Anfangs. Sobald ein Anfang gemacht ist, ergibt sich das Ende von allein.

16. Point of no return

Keuchend jagte Katinka den Weg zurück, den sie gekommen war, bog aber dann in den Vier-Kirchen-Blick ein und ruhte sich erst aus, als sie bis zum Kaulberg gerannt war. Die Sonne brannte erbarmungslos. Es war schon nach eins. In weniger als einer Stunde würde das Fischerstechen beginnen.

Sie ging den Berg ein Stück hinauf und betrat die *Domterrassen*. Hier war nicht viel los. Das Wichtigste spielte sich unten am Regnitzufer ab. Zehntausende würden da sein, und wer keinen guten Platz zum Zuschauen mehr fand, der würde seine Enttäuschung mit einer ordentlichen Menge Bier durch die Kehle jagen. Bier. Was hatte Uttenreuther neulich gesagt? »Wie wäre es, wenn Sie bei drei Brauereien die Fässer kontaminieren?«

Sie bestellte eine Apfelschorle und zückte ihr Handy.

Der Kommissar ging nicht dran. Er sieht meine Nummer aufleuchten und will mich strafen, dachte sie. Sie ließ es zwanzig Mal klingeln, dann legte sie auf. Sie versuchte es wieder. Keine Reaktion. Beim dritten Mal nahm er ab.

»Sie lassen wohl nie locker.«

»Sorry. Hat Plöger auch eine Szenerie entworfen, wonach das Bier auf der Sandkirchweih vergiftet werden könnte?«

»Zu aufwendig.«

Katinka nickte. »Haben Sie schon was gefunden?«

»Nein.«

»Wenn sich eine Nonne bei Ihnen meldet und davon spricht, dass sie von einer Frau in einem roten T-Shirt und blauen Hosen mit einer Pistole bedroht wurde, dann …«

»Herrgott nochmal!«, brüllte Uttenreuther. »Sind Sie wahnsinnig? Können Sie auch noch was anderes, als Ärger machen?«

Katinka zuckte zusammen. Sie wollte einen Schluck trinken, aber ihre Hand zitterte so sehr, dass sie das Glas wieder abstellen musste.

»Es war keine Absicht. Ich hatte die Schwester mit Eagle verwechselt.« Sie war sich bewusst, wie idiotisch sie sich anhörte.

»Denninger kurvt als Nonne verkleidet durch Bamberg? Das ist ein guter Witz. Sie haben das Pulver wahrlich nicht erfunden.«

»Wenn wir Eagle haben, können wir ihn zwingen, damit herauszurücken, wo das Gift steckt!«

»Können wir das, tatsächlich?« Uttenreuthers Stimme triefte vor Spott. »Ich wäre nicht drauf gekommen.«

Katinka legte auf. Sie wäre am liebsten in Tränen ausgebrochen. Alles hatte sie vermasselt. Wäre sie im Zelt sitzen geblieben, hätte sie vermutlich auch nicht weniger tun können als jetzt. Sie zahlte und ließ sich den Kaulberg hinuntertreiben. Ganze Pulks marschierten lachend und voller Erwartungen in die gleiche Richtung. Manche hatten Ferngläser dabei. Katinka blinzelte gegen das Sonnenlicht. Sie musste einen guten Platz finden. Im Laufschritt überholte sie ein paar Grüppchen.

»Nicht so eilig«, rief ihr jemand nach. »Du kriegst die kräftigen Fischerjungs schon rechtzeitig zu sehen.«

Als Katinka am Kranen ankam, standen Hunderte am Ufer. Auf der Brüstung der Unteren Brücke saßen die

Zuschauer dicht gedrängt. Seelenruhig starrte die Kaiserin Kunigunde in die andere Richtung. Selbst gegenüber auf der Markusbrücke waren schon alle Plätze besetzt. Katinka stieg auf die kleine Erhöhung neben der Mitorai-Skulptur und betrachtete den Fluss. Ein orange leuchtendes Schlauchboot mit der Aufschrift DLRG paddelte in der Nähe der Schiffsanlegestelle. Katinka kniff die Augen zusammen. Melissa und Florian saßen Arm in Arm darin. Uff, dachte Katinka. Wenigstens das hat geklappt. Sie band sich im Gedränge den Rucksack vor den Bauch.

Der Moderator griff zum Mikrofon und begann, die Wettkampfregeln zu erläutern. »Willkommen zum 52. traditionellen Fischerstechen«, rief er. Die Massen tobten. Etliche kleine Kajaks paddelten in den Wellen vor Klein Venedig. Katinka stellte sich auf die Zehenspitzen, um besser sehen zu können. Die Sonne stach. Wahrscheinlich freute sich derjenige, der als erstes ins kühle Nass gestoßen wurde. Allmählich gingen die Schelche in Stellung. Auf den langen, schmalen Fischerbooten waren am Bug kleine Plattformen angebracht, auf denen die Vertreter der Schiffer- und Fischerzunft Position bezogen. Mit ihrer langen Stange, an deren Ende ein Gummipfropfen steckte, mussten sie den Gegner so schnell wie möglich von dessen Schelch stoßen. Am Heck der Boote saß jeweils ein Ruderer, der die Aufgabe hatte, die Wettkämpfer in eine günstige Position zueinander zu bugsieren. Katinka ließ sich von der fröhlichen Stimmung mitreißen. Sie fragte sich, weshalb sie sich eigentlich in alles eingemischt hatte. Wenn sie nur damit rechnen könnte, dass die Polizei das ganze Desaster rechtzeitig in den Griff bekommen würde!

Unter dem Applaus der Zuschauer purzelte der Fischerstecher von Schelch 2 in den Fluss. Katinka richtete sich auf. Wenn sie heute schon ordentlich versagt hatte, konnte sie ebenso gut versuchen, zu retten, was zu retten war. Konzentriert fixierte sie die Publikumsreihen, ein Gesicht nach dem anderen. Viele trugen Strohhüte, in deren Schatten die Züge kaum zu erkennen waren. Weiter hinten, nah beim ehemaligen Schlachthaus, meinte sie Mette Moldrup zu erkennen. Keinen der Zuschauer identifizierte sie als Winfried Denninger. Er konnte überall sein. Oder weit weg. Hatte vielleicht die Stadt verlassen und wartete nun an einem sicheren Ort auf den Ausgang seines teuflischen Plans. Schelch 3 und 4 wurden in Stellung gepaddelt. Vom Alten Kanal glitt ein Zweierkajak heran. Ein nicht mehr ganz junges Paar saß darin. Das wäre was für Tom und mich, dachte Katinka grinsend. Sie beschloss, ihren Beobachtungsposten aufzugeben, um anderswo nach Eagle Ausschau zu halten. Das plötzlich aufbrandende Gejohle lenkte sie für einen Augenblick ab. Einer der Kontrahenten tänzelte auf seinem Trittbrett. Wild mit den Armen fuchtelnd gelang es ihm, das Gleichgewicht wiederzugewinnen. Sein Gegner hatte anscheinend fest zugestoßen, denn die beiden Schelche waren weit voneinander abgetrieben worden. Katinka blickte suchend über das Wasser. Die glitzernden Lichtreflexe taten ihren Augen weh. Das DLRG-Boot war noch da. Melissa schien eine Menge Spaß zu haben. Es dauerte eine Weile, bis die Schelche wieder eine geeignete Kampfposition erreicht hatten. Das Ausflugsschiff *Christel* näherte sich. Der Kampf wurde unterbrochen, um es passieren zu lassen. Munter schaukelten die leichten Schelche auf den Wellen. Die Zuschauer ließen ihrer Ungeduld freien Lauf. Wie groß so ein Dampfer ist, dachte Katinka. Sie beobachtete aus den Augenwinkeln, wie die *Christel* festmachte.

Dann sah sie das Kajak. Anders als die anderen Zaungäste auf dem Wasser paddelte es nicht gemütlich an einer

Stelle herum, um möglichst gute Sicht auf die Fischerstecher zu haben. Sein Lenker legte ein ziemliches Tempo vor. Das Kajak glitt unter Katinka vorbei auf den Alten Kanal zu. Später würde sie sich daran erinnern, dass sie sich wunderte. Alle wollten das Spektakel auf der Regnitz sehen. Manche standen schon Stunden in der prallen Sonne, um sich einen idealen Beobachterposten zu sichern. Der Sportler, der in dem Kajak saß, hatte es dagegen eilig, wegzukommen. Katinka sah ihm nach. Er trug einen breitkrempigen Hut australischer Machart. Sie wollte schon wieder wegsehen, als ihr Blick wie magisch angezogen auf das Hinterteil des Kajaks fiel. Ein Weißkopfseeadler im Landeanflug.

»Scheiße«, schrie Katinka. Sie sprang von ihrem Aussichtsposten zur Freude der hinter ihr Stehenden. Sofort kletterte einer auf ihren Platz.

Sie stürmte zum Uferweg. Grob rempelte sie die Leute an.

»Lassen Sie mich durch«, brüllte sie. Hysterisch überschlug sich ihre Stimme. Einige der Zuschauer starrten verschreckt zu ihr hinüber, aber die meisten waren nur über die Störung verärgert. Lautes Jubeln ertönte. Einer der beiden Kontrahenten war inzwischen baden gegangen. Katinka rannte am Wasser entlang. Kaum war sie außer Sicht des Fischerstechens, lag der Weg frei vor ihr.

Das Kajak war verschwunden. Für Eagle mochte es ein Leichtes sein, anzulegen und das Boot ein Stück zu tragen.

Als sie unter der Nonnenbrücke durchgerannt war und den Clarissenweg entlanglief, sah sie ihn. Das Kajak glitt gemächlich voran. Katinka rannte in einem Affenzahn weiter, umrundete das Eckhaus, sauste den Hollergraben entlang. Eagle war ausgestiegen. Das Kajak dümpelte im

Fluss. Eagle hockte auf seinen Fersen und starrte ins Wasser. Er schien sie nicht bemerkt zu haben. Katinka zog mit zitternden Fingern die Beretta. »Eagle«, rief sie die Böschung hinunter. Sie keuchte vom Rennen. Ihre Stimme klang belegt, als wolle sie sich wehren, in dieser Sekunde gebraucht zu werden.

Er drehte sich langsam um. Und entdeckte Katinka.

Sein Grinsen erschreckte sie mehr, als es irgendeine heftige Bewegung seinerseits gekonnt hätte. Er winkte ihr lässig zu und sprang ins Wasser.

»Fuck!«, fluchte Katinka. Natürlich konnte sie nicht auf ihn schießen. Er wusste das genau. Er kalkulierte mit ihrer Hilflosigkeit. Schon krabbelte er bei der Walkmühle wieder aus dem Wasser und verschwand um die Hausecke.

Katinka jagte ihm nach, setzte über die kleine Holzbrücke und wandte sich nach rechts. Sie sah, wie er gegenüber dem Wasserschloss erneut in den Fluss hechtete.

O.k., dachte Katinka. Dir zeig ich's, du Mistkerl. Sie hielt ihren Rucksack hoch und sprang ins Wasser. Es war kälter, als sie gedacht hatte. Die Strömung trieb sie ein Stück ab, aber das Schwierigste war, über den Fluss zu schwimmen, ohne dass ihre Pistole und das Handy nass wurden. Eagle war schon längst ans gegenüberliegende Ufer geklettert, lief nun den Alten Graben hinauf und geriet außer Sicht. Katinka war eine gute Schwimmerin. Selbst mit nur einem Arm war sie schnell genug, um Eagle noch einholen zu können. Keuchend und Wasser spuckend kam sie auf der anderen Seite an. Sie krabbelte ans Ufer. Die nassen Hosen klebten ihr an den Beinen. Es fühlte sich an, als hielte jemand sie fest, als sie nun die Stufen erklomm. Die nassen Flecken auf dem Stein zeigten, dass gerade eben Eagle hier entlanggekommen war. Sie keuchte. Ein scharfes Stechen in ihrer Seite verwirrte sie kurz. Durchatmen, befahl sie sich. Atme mehr aus als ein. Dann sah sie ihn. Er lief den Stephansberg hinauf. Gerade als er sich umdrehte, gelang es Katinka, sich in einem Hauseingang zu verbergen. Das Wasser tropfte aus ihren nassen Kleidern und hinterließ eine Lache. Sie griff in ihren Rucksack und zog das Handy hervor. Es war staubtrocken.

»Bravo, Palfy«, lobte sie sich selbst.

Es dauerte eine Weile. Dann endlich seine Stimme: »Was gibt's?«

»Ich habe Eagle, Hardo!«

Sie sah förmlich, wie ihm der Atem stockte.

»Wo sind Sie?«

»Am Stephansberg. Bleiben Sie mal dran.«

Katinka lugte aus ihrer Deckung. »Er ist an der Ecke zur Sternwartstraße.«

»Um Himmels willen, seien Sie vorsichtig.«

»Sehen Sie lieber zu, dass Sie herkommen!«, gab Katinka zurück und drückte auf ›Aus‹. Eagle hatte wahrscheinlich nicht damit gerechnet, dass sie ihn erkannte in seinem Kajak mit dem Trapperhut auf dem Kopf. Nun meinte er, sie abgeschüttelt zu haben. Sie würde ihn gleich haben. Es würde ganz einfach sein. Das Gewicht der Pistole in ihrer Hand gab ihr ein Gefühl von Sicherheit.

Sie trat auf Eagle zu. Er ging über den verwaisten Parkplatz des *Mahrs-Kellers*. Die Wirtschaft war geschlossen.

»Bleiben Sie stehen, Eagle!«

Er hatte schon den Durchgang erreicht. Nun drehte er sich um, und wieder ließ sein Grinsen Katinka erschauern. Sie spürte die nassen Sachen unangenehm am Körper kleben. Trotz der Hitze wurde ihr plötzlich kalt. Sie sah, wie fünf weiße Finger ihre Pistole umklammerten.

»Wenn Sie mich erschießen, kriegen Sie nie raus, wo das Gift versteckt ist«, sagte er selbstgefällig.

»Sagen Sie es mir!«, gab Katinka zurück.

»Dann trinken Sie ein Bier mit mir.«

»Die Wirtschaft ist zu.«

»Das sollte uns nicht abhalten«, sagte Eagle und nahm den Hut ab. »Na los, kommen Sie schon. Wenn Sie wollen, gehe ich voraus.«

Er drehte sich um. Ein ungutes Gefühl machte sich in Katinka breit. Sie atmete stoßweise. Als sie selbst schon in dem Durchgang stand, drehte Eagle sich um. Instinktiv duckte sie sich. Etwas schoss haarscharf an ihrer Schulter vorbei. Sie war konzentriert genug, um dem merkwürdigen Projektil nicht nachzusehen. Und schlagartig wurde ihr das Geheimnis der Wespenstiche klar. Ein Blasrohr. Er benutzt ein Blasrohr! Ihre Knie wurden weich.

»Die Polizei wird gleich hier sein«, sagte sie.

Eagle grinste, und bevor sie reagieren konnte, verschwand er nach links, in den Biergarten.

Katinka ging ihm nach. Sie presste sich an die Mauer und schob behutsam die Waffe vor. Als sie ihren Kopf an die Wand lehnte, stieß sie mit dem Brillenbügel an. Das kratzende Geräusch brachte sie aus dem Konzept.

»Scheiße«, murmelte sie. Sie riskierte einen Blick. Wäre sie nicht so auf der Hut gewesen, hätte das nächste Geschoss sie erwischt.

»Verflucht.« Gerade rechtzeitig zog sie den Kopf zurück. Keuchend drückte sie sich an die Wand. Er musste lange geübt haben, so punktgenau zielte er auf seine Opfer. Vor Anspannung zitterte sie am ganzen Körper. Dann hörte sie ein Klirren.

Sie nutzte den Moment und sprang aus ihrer Deckung. Eagle hatte eine Fensterscheibe eingedrückt und öffnete die Tür zur Wirtschaft. Katinka hechtete durch den Biergarten und stieß einen der Tische um.

»Was ist mit unserem Bierchen«, sagte er und lachte. Katinka verkroch sich hinter dem Tisch. Nun konnte sie genau beobachten, was er tat.

Reden, dachte sie. Überbrücke die Zeit. Gleich kommt die Polizei.

»Warum machen Sie das?«, fragte sie.

»Was wissen Sie denn schon«, sagte er. Er stand nun seelenruhig im Gastraum und suchte nach etwas zu trinken.

»Wie haben Sie sich das Giftmischen beigebracht?«

»Verehrteste«, sagte Eagle. »Giftmischen ist nicht das richtige Wort.«

»Wie würden sie es denn nennen?«

»Es ist eine komplizierte Technologie. Die Herstellung von Ricin erfordert einschlägige Kenntnisse und Fingerspitzengefühl. Aber es gibt nichts, was man durch intensives und diszipliniertes Üben nicht hinkriegen würde.«

Er hat eine unheimlich gute Intuition für Pflanzen, auch für exotische, hörte Katinka Mila sagen. Naturwissenschaftliche Praxis und technologisches Verständnis hatte Dagmar Sperling eingefordert. Klar, dachte Katinka. Jetzt wird mir alles klar. Nur nicht, warum er die ganze Stadt irre machen will.

»Es werden eine Menge unschuldiger Menschen krank werden oder sogar sterben!«, rief sie zu Eagle hinüber, der inzwischen eine Flasche Bier aus dem Kühlschrank geholt hatte. »Warum nehmen Sie das in Kauf? Um Ihre Genialität zu beweisen?«

Eagle stellte die Flasche weg und nahm den Hut ab.

Katinka starrte gebannt hinüber. Die kauernde Stellung

hinter dem Tisch wurde ihr langsam unbequem. Er zückte sein Blasrohr und steckte einen Pfeil hinein, der wie eine missglückte Schnitzarbeit aussah.

Er bewahrt sein Gift im Hut auf, dachte Katinka.

»Wo ist das Ricin versteckt, Eagle«, rief sie verzweifelt.

Doch Eagle ließ sich nicht aus der Ruhe bringen. Er setzte den Pfeil ein und kam langsam auf Katinka zu. Sie würde schießen müssen. Wo steckte nur Hardo. Aber es war doch Notwehr, Notwehr …

»Katinka!«

Eine helle Stimme ließ sie aufhorchen. Eagle wirbelte herum.

»Melissa! Um Gottes Willen, verschwinde, schwirr ab!«

Katinka sah ihre Schwester wie in Zeitlupe durch den Durchgang kommen und in den sonnendurchleuchteten Garten treten. Solange sie im Durchgang bleibt, ist sie sicher, dachte Katinka. Das Entsetzen ließ ihre Stimme sich überschlagen.

»Verzieh dich! Renn!«

Es war zu spät. Breit und strahlend stand Melissa im Biergarten und schaute sich um. Sie blinzelte, bis sie Eagle entdeckte.

»Hallo, Winfried.«

Katinka hatte den Eindruck, die Erde würde beben. Winfried hob die Hand. Sie sah, wie er das Mundstück an die Lippen setzte.

»Duck dich!«, schrie Katinka. Melissa reagierte in letzter Sekunde. Der Pfeil schoss aus dem Blasrohr und verfehlte sie um Millimeter.

»Genug jetzt, Denninger!«

Hardo und Urban Dütsch traten aus dem Schatten des Durchgangs, Pistolen im Anschlag.

Gott sei Dank, dachte Katinka. Eagle sah ungläubig drein.

»Werfen Sie das Blasrohr weg.«

Er gehorchte. Katinka sprang aus ihrer Deckung und wollte loslaufen, aber Hardo bellte: »Bleiben Sie, wo Sie sind.«

Er trat auf Eagle zu. Katinka fragte sich später, wie der Übeltäter es geschafft hatte, seine nächste Waffe zu zücken, ohne dass Uttenreuther oder Dütsch etwas gemerkt hatten. Er handelte einfach zu schnell. Als die Polizisten auf ihn zutraten, um ihm Handschellen anzulegen, machte Eagle eine kleine, spiralige Bewegung. Er hatte etwas in der Hand, das er Uttenreuther gegen den Hals drückte. Etwas, das metallisch in der Sonne blitzte und wie eine überdimensionierte Spritze aussah.

»Bleiben Sie weg!«, schnauzte Eagle. Seine Stimme klang nun kalt. Katinka beobachtete betäubt, wie Eagle den Kommissar in die Wirtschaft zerrte.

»Werfen Sie die Waffen weg!«, sagte er. »Die Konzentration hier drin reicht aus, um Ihren Boss postwendend ins Nirvana zu schicken!«

»Macht, was er sagt.« Uttenreuthers Stimme schallte ruhig durch den Biergarten.

»Melissa«, flehte Katinka leise, während sie ihre Pistole auf den Boden legte. »Verschwinde. Hau ab. Geh weg. Bring dich in Sicherheit.«

Doch Melissa regte sich nicht. Wie angewurzelt starrte sie auf Eagle, der den Kommissar in seiner Gewalt hatte. Er hatte Hardos Pistole an sich gebracht und wedelte nun hektisch damit herum.

»Wirf mir die Handschellen rüber«, kommandierte Eagle. Dütsch gehorchte. Mit einem fiesen KLICK fesselten die Handschellen, die den Giftmörder unschädlich hätten machen sollen, nun den Kommissar an den Türrahmen der Wirtschaft.

»Jetzt gebt mein Blasrohr zurück.«

Dütsch zögerte für Sekunden. Eagle trat Hardo in die Kniekehlen. Er stöhnte auf, Eagle lachte höhnisch. Dütsch bückte sich nach dem Blasrohr. Mit spitzen Fingern hob er es auf und legte es neben Eagle auf den Boden.

»Und glaubt nicht, ihr könnt mich reinlegen. Ich weiß sehr genau, was ich tue«, trumpfte Eagle auf.

Katinka ging geradewegs auf die beiden Männer zu. Es sah grotesk aus, wie Uttenreuthers große, mächtige Gestalt zusammengekrümmt an der Tür lehnte, in Schach gehalten von Eagle.

»Ach, die Frau Detektivin«, sagte Eagle und grinste wieder.

»Hauen Sie ab, Palfy«, sagte Hardo.

»Nein«, sagte Katinka. »Ich will wissen, wo das Gift steckt.«

Uttenreuther sah Katinka eindringlich in die Augen, aber er schwieg.

»Ich verrate euch was«, sagte Eagle leise. »Sobald das Fischerstechen in die letzte Runde geht, startet der Höhepunkt des Tages. Und wenn ihr clever seid und den Anfang findet, dann findet ihr auch das Ende.«

»Wie?«, wollte Katinka wissen. »Verraten Sie uns den genialen Schachzug.«

»Meinst du, wenn du mir schmeichelst, kriegst du mich rum?«, fragte Eagle boshaft. »Das Rätsel musst du brav selbst knacken.«

»Um Himmels willen, Katinka, bringen Sie sich in Sicherheit«, sagte Uttenreuther.

»Och, wie süß, der Kommissar wird von ritterlichen Gefühlen übermannt«, spottete Eagle. »Kein Wunder. Die

Detektivin sieht auch ausgesprochen reizend aus in ihren nassen Klamotten.«

Katinka spürte, wie ihr Kopf heiß wurde, aber nur zum Teil wegen der Häme, die Eagle auf sie herabregnen ließ.

Langsam zog sie sich zurück, ohne Uttenreuther und Eagle aus den Augen zu lassen. Melissa stand immer noch wie angewurzelt neben dem Durchgang zur Straße. Katinka ging Schritt für Schritt rückwärts. Dann drehte sie sich um, packte Melissa am Arm und zerrte sie aus dem Biergarten.

»Wo ist Florian?«, keuchte sie.

»Er musste das Boot zurückbringen. Wir haben vom Wasser aus beobachtet, wie du weggerannt bist, und sind dir gefolgt, aber dann konnten wir nicht über den Fluss ...«

»... es sei denn, ihr wäret geschwommen, so wie ich«, fügte Katinka säuerlich an.

»Wir sind beim Hotel Nepomuk über die Brücke gelaufen, und irgendwo in dem Gassengewirr trafen wir jemand, der dich gesehen hat. Eine Frau, nass wie ein Pudel ...«

Katinka beachtete Melissa nicht mehr weiter.

»Wer leitet den Einsatz?«, fragte sie. »Wie kriegen wir Hardo da raus?«

Dütsch stand belämmert auf dem Parkplatz neben dem Polizeiauto. Katinka verdrehte die Augen.

»Er bewahrt sein Gift im Hut auf«, sagte sie. »Passen Sie auf. Melissa, du, und Sie, Herr Dütsch, Sie lenken den Kerl ab. Mimen Sie irgendwas, rütteln Sie an der Eingangstür, keine Ahnung. Er ist alleine, und er wird irgendwann Hardo loslassen und nachsehen, was abgeht. Ich schleiche mich in den Garten.«

Dütsch kratzte sich ratlos am Kopf.

»Meinen Sie ned, Frau Balfy, wir solldn die Verschdärgung abwardn? Wir ham Leude, die sind auf so was drainierd.«

»Geben Sie mir die Schlüssel zu den Handschellen!« Dütsch reichte sie ihr. In seinen Augen lag Zögern und Unsicherheit.

»Uddnreuder bringt mich um, wenn Ihna was bassiert«, sagte er.

»In die Lage muss er erst mal kommen, dass er Sie umbringen kann«, sagte Katinka sarkastisch.

Sie schnallte sich den Rucksack auf den Rücken und lief los. Im Durchgang blieb sie stehen. Sie hörte Hardo leise reden, aber Eagle unterbrach ihn rüde. Es herrschte Schweigen. Sie wartete, bis Melissa plötzlich ein wildes Indianergeheul anstimmte. Holz splitterte. Sie sah sich um. Dütsch rammte eine Brechstange in die Eingangstür. Der geht aufs Ganze, dachte sie, und grinste. Sie hoffte nur, er würde Eagle nicht einfach die Tür öffnen und sich und Melissa dem Wahnsinnigen ausliefern. Dann vernahm sie Eagles Geschrei. Es hallte durch die ganze Wirtschaft.

Jetzt, gab sie sich das Kommando und rannte geduckt an den Fenstern der Gaststube entlang. Uttenreuther lehnte immer noch gebückt am Türrahmen. Eagle hatte die Handschellen viel zu tief angeschlossen, so dass er nicht aufrecht stehen konnte. Er sah Katinka an. Seine Lippen formten Worte, die sie nicht entschlüsseln konnte, aber ihr war ohnehin klar, was er sagen wollte: Hau ab, verschwinde von hier.

»Vergessen Sie's«, flüsterte sie und drehte den Schlüssel. Melissa begann zu kreischen und zu johlen.

Mit einem erleichterten Stöhnen reckte Harduin seinen Rücken. Er schob die Handschellen in seine Jeanstasche. Katinka sah, dass zwei der Pistolen, die Eagle ihnen abgenommen hatte, auf der Theke lagen. Sie machte einen Hechtsprung und griff nach ihrer Beretta. Hardo warf sie die andere Waffe zu.

Etwas zischte an ihrem Ohr vorbei. Sie rutschte hinter die Theke.

Eagle kam zurück. Er hatte das Ablenkungsmanöver durchschaut. Rasend vor Wut setzte er das Blasrohr erneut an. Hardo feuerte einen Schuss ab. Katinka konnte nichts sehen, aber er musste Eagle getroffen haben. Sein Schmerzgeheul hallte durch den Raum. Dann hörte sie ein Poltern, als wäre er hingefallen. Stühle kippten um. Sie biss die Zähne zusammen und zielte.

»Bleiben Sie in Deckung!«, brüllte Hardo.

Katinka zog den Kopf ein. Ein zweiter Pfeil sirrte in ihre Richtung und knallte gegen die Butzenscheiben des Glasschrankes hinter der Theke. Befangen sah Katinka, wie das Geschoss auf den Boden trudelte. Sie rückte ein Stück weg.

Die Stille in der Wirtsstube brachte sie aus dem Konzept. Sie wusste nicht, wo Hardo steckte. Ob einer von Eagles Giftpfeilen ihn getroffen hatte. Ihre Nerven waren zum Zerreißen gespannt.

»Hardo?«, fragte sie leise. Ihre Stimme kam ihr fremd vor.

»Unten bleiben«, sagte Hardo scharf.

Ein Stuhl scharrte über den Boden. Eagle schien sich aufzurichten. Katinka konnte ein Stöhnen hören. Erneutes Poltern. Ein Tisch wurde verschoben. Plötzlich erschien Eagles schmerzverzerrtes Gesicht über dem Tresen. Sein weißes Gesicht flackerte vor Katinka im rasenden Wechsel aus Hell und Dunkel auf, wie in einer Disko unter Schwarzlicht. Er setzte das Blasrohr an die Lippen. Seine Bewegung kam Katinka ruckartig vor, zerrissen, und auf unnatürliche Weise wieder zusammengesetzt. Sie hörte Hardos Schrei. Ein Sirren in der Luft. Ein Knacken und neue, laute Geräusche.

Katinka fand sich zusammengerollt wie ein Embryo auf dem Boden liegen. Sie stützte sich auf Hände und Knie und richtete sich auf.

»Liegen bleiben«, schnauzte Hardo. Er schrie nach Urban Dütsch.

»Wo ist Melissa?«, fragte Katinka.

Sie wunderte sich. Sie spürte nichts. Sie hatte erwartet, einen kurzen, flammenden Schmerz wie von einem Wespenstich zu fühlen. Aber nichts. Ich bin schon betäubt, dachte sie. Gleich bleibt mein Atem einfach stehen, und mein Herz hört auf zu schlagen, und alles ist ganz sanft und zart und überhaupt nicht schlimm.

»Sie und Ihr Rucksack«, sagte Uttenreuther. Er löste die Trägerschnallen und nahm ihr den Rucksack vom Rücken. »Der hat Ihnen das Leben gerettet.«

17. Toxische Rätsel

Katinka sah hoch. Sie stand langsam auf und wischte sich die Hände an den Hosenbeinen ab. Hardo sah sie durchdringend und voller Erleichterung an. Katinka starrte auf den Rucksack. Der Pfeil hatte die Außenhaut durchdrungen und war dann stecken geblieben.

»Das Blasrohr dieses Herrn ist eine ausgefeilte Konstruktion«, sagte Hardo, während er den Pfeil behutsam herauszog. »Die müssen wir mal näher studieren.«

»Haben Sie ihn erschossen?«, fragte Katinka beklommen. Eagle lag auf dem Boden in einer Blutlache.

»Nein. Das ist ein sauberer Beinschuss. Dütsch hat ihm schon einen Druckverband angelegt.«

»Aber er ist bewusstlos«, sagte Katinka.

»Ein kurzer Schlag an der richtigen Stelle, ging nicht anders. Keine Ahnung, wie viele Geschosse der Mistkerl noch in seinem Hut verstaut hat.«

»Und wo ist Melissa?« Katinka drehte sich auf dem Absatz herum. »Melissa!«, rief sie. Ihre Stimme überschlug sich.

»Ihre Schwesder sitzd im Wagn, Frau Balfy«, sagte Urban Dütsch. Er kam mit einem Walky Talky in der Faust in die Wirtschaft.

»Kriegen Sie das alleine in den Griff?«, fragte Uttenreuther.

Dütsch nickte.

Eagle regte sich. Uttenreuther beugte sich zu ihm hinunter und hielt seinen Kopf fest.

»Wo ist das Ricin!«, fragte er. Katinka erkannte seine Stimme fast nicht wieder. Sie bebte vor Zorn. Eagle bleckte die Zähne. Schweiß stand auf seiner bleichen Stirn.

»Wo!«, schrie der Kommissar.

»Habe ich doch schon gesagt«, presste Eagle hervor. Er schien starke Schmerzen zu haben. »Das Ende ist der Anfang. Und wer den Anfang hat, findet das Ende.«

Uttenreuther ließ ihn los.

»Du dreckiger ...«, begann er.

»Warten Sie!«, rief Katinka. »Er hat recht!«

Sie zog den Kommissar in den Biergarten hinaus.

»Er hat es tatsächlich schon gesagt! Vorhin! So was wie: Wenn das Fischerstechen in die letzte Runde geht, startet der Höhepunkt des Tages. Er meint, die letzte Runde ist das Ende des Wettkampfes und der Anfang der Explosionen.«

Sie fuhr sich durchs Haar.

»Und ... ja, ich glaube, ich verstehe es«, sagte sie. »Die Päckchen sollen nicht alle zur gleichen Zeit hochgehen. Auf dem Zettel heute morgen stand was von einer Versuchsreihe. Wenn wir den Anfang finden, also die, die zuerst explodieren sollen, dann kriegen wir einen Hinweis auf die nächsten.« Sie packte Uttenreuther am Arm. »Das Ganze ist wie ein Rätselspiel aufgebaut, verstehen Sie?«

Der Kommissar blickte sie ungläubig an.

»Wenn ich Ihnen heute nicht alles zutrauen würde, dann würde ich sagen, Sie ticken nicht mehr richtig«, sagte er.

Katinka sah auf die Uhr. Halb vier.

»Das Fischerstechen kann jede Minute rum sein! Und wenn Eagle ...« Ihr wurde schwindelig. Sie taumelte ein paar Schritte rückwärts. Uttenreuther hielt sie fest.

»Was? Sagen Sie schon!«

»Hardo!«, flüsterte Katinka. »*Wenn das Fischerstechen in die letzte Runde geht …* Das Ricin ist in den Schelchen versteckt. Wir müssen den Wettkampf stoppen. Sofort!«

»Kommen Sie!« Uttenreuther rannte durch den Biergarten zum Parkplatz. Er scheuchte Melissa aus dem Polizeiwagen und ließ den Motor an.

»Melissa, du hast das klasse gemacht!«, rief Katinka. »Bleib bei Urban Dütsch, der braucht dich jetzt. Wir sehen uns später, o.k.?«

Melissa starrte ihrer Schwester hinterher.

Uttenreuther ließ die Sirenen aufheulen. Während er den Stephansberg hinunterraste, gab er über Funk Anweisungen. Katinka hörte, wie er nach den Experten des Sprengkommandos Feucht fragte und fluchte.

»Auf Emmerling setze ich ein Kopfgeld aus!«, sagte er.

Er jagte den Wagen durch die Judenstraße.

»Sagen Sie schon, welches ist der schnellste Weg?«

Katinka stöhnte. In Bamberg kam man mit dem Auto nirgendwo schnell hin.

»Versuchen wir, wenigstens bis zur Oberen Brücke durchzukommen«, schlug sie vor.

Sie schafften es bis zur Schranne. Dann blockierten ihnen Tausende feiernder, unbedarfter, glücklicher Menschen den Weg.

»Los!« Uttenreuther sprang aus dem Wagen.

»Wo ist eigentlich Ihr Headset inklusive Sender?«, fragte Katinka.

»Mummpitz«, grummelte Uttenreuther. Er schob sich durch die Menge wie ein Schneepflug. Katinka blieb ihm dicht auf den Fersen.

»Wissen Sie, was ich glaube?«, rief sie nach vorn. »Die Zünder sind auf vier Uhr eingestellt. Die Wettkämpfe können kaum länger dauern.«

»Da sind Sie aber guter Hoffnung«, gab Uttenreuther zurück. »Vertrauen wir darauf, dass die Sportler gut trainiert sind und sich die einzelnen Kämpfe lang hingezogen haben. Besitzen Sie übrigens Ihren Mundschutz noch? Kommen Sie, ich hab's gesehen.« Seine Stimme klang amüsiert.

»Ja. Und Sie?«

Er antwortete nicht. In der Sandstraße wurden sie getrennt. Katinka wischte zwischen einigen Grüppchen durch, bis sie an der Abzweigung zur Kasernstraße wieder auf den Kommissar stieß. Ihre Armbanduhr zeigte dreiviertel vier. Sie hörte die Stimme des Moderators durch die Gassen hallen. Uttenreuther verfiel in Laufschritt. Er zückte seinen Dienstausweis und schrie: »Zur Seite, Polizei!«

Kaum jemand hörte ihn in dem Lärm. Die meisten guckten sich nur wütend um, wenn sie angerempelt wurden. Uttenreuther war fast am Ufer. Katinka sah zu, dass sie hinterherkam. Die Wettkämpfe liefen noch. Der Moderator machte einen Scherz. Uttenreuther nahm ihm das Mikrofon ab. Im allgemeinen Gelächter gingen seine ersten Worte unter.

»Achtung. Hier spricht die Polizei. An die Männer auf den Schelchen: Verlassen Sie sofort Ihre Boote. Ich wiederhole: Verlassen Sie sofort die Boote. Dies ist ein Notfall.«

Die Kämpfer auf den Schelchen sahen sich ungläubig an. Die eigenartige Nachricht schien nicht richtig angekommen zu sein.

»Ich wiederhole: ein Notfall. Verlassen Sie unverzüglich die Schelche.«

Katinka stellte sich nah ans Ufer. In der Hand hielt sie den grünen Mundschutz.

»Alle anderen, die sich auf dem Wasser aufhalten: Entfernen Sie sich so schnell wie möglich. Rudern Sie flussabwärts.«

Ein Raunen ging durch das Publikum. Die Verwirrung sorgte für hektische Betriebsamkeit. Uttenreuther fuhr fort:

»Ich bitte die Zuschauer, vom Ufer wegzutreten und sich zu entfernen. Hier spricht die Polizei. Verdammt nochmal, Palfy!«

Katinka hörte, wie Uttenreuthers Stimme über das Wasser schallte. Beinahe hätte sie lauthals gelacht. Sie schwamm zum zweiten Mal innerhalb weniger Stunden durch das braune Regnitzwasser. Die Strömung trieb sie von den Schelchen fort, aber sie hielt dagegen.

»Runter!«, rief sie den Männern zu. »In den Kähnen ist Gift versteckt. Ricin! Es kann jeden Augenblick hochgehen.«

Sie packte den Rand von Schelch vier. Der Fischerstecher warf einen Blick auf seinen Konkurrenten, schleuderte dann seine Stange weg und sprang ins Wasser. Katinka zog sich auf den Kahn.

Der Steuermann starrte sie an wie ein Mondkalb.

Vom Ufer drang immer noch Uttenreuthers Stimme zu ihr herüber. In die Zuschauer war Bewegung gekommen. Das gibt ein großes Chaos, dachte Katinka angespannt. Und wir haben keine Ahnung, wo die nächsten Portionen versteckt sind. Sie legte sich auf den Boden des Schelchs. Wo steckte nur dieses Gift. Überrascht bemerkte sie, dass sie den Mundschutz immer noch in der Hand hatte. Er sah aus wie ein durchweichtes Stofftier. Sie warf ihn ins Wasser.

»Haben Sie irgendwas Besonderes an dem Kahn bemerkt?«, fragte sie den Steuermann.

»Nein!«, sagte er.

»Wie spät ist es?«

»Sechs vor vier.«

»Dann schwimmen Sie, los! Hauen Sie ab!«

Der Mann sprang mitsamt dem Paddel in den Fluss. Der Schelch schwankte entsetzlich. Katinka tastete durch das ganze Boot. Wie sah eine Sprengladung mit Gift aus? Sie kam zu dem kleinen Trittbrett im Bug, setzte sich darauf und tastete die Unterseite ab. Hier steckte etwas fest. Es war aus Plastik, rundlich, aufgebläht. Aus den Augenwinkel sah sie, wie die Besatzung aus Schelch drei ebenfalls ins Wasser sprang und auf die Gärten der alten Fischerhäuser von Klein Venedig zuhielt. Und sie sah noch etwas, während ihre Finger das Päckchen abtasteten und den Zünder fanden: Harduin Uttenreuther schwamm auf den verwaisten Schelch zu, der ein ganzes Stück weiter unten im Fluss trieb.

»Hardo!«, brüllte Katinka. »Unter dem Trittbrett!«

Sie legte sich auf den Rücken und guckte unter die Plattform. Eine winzige digitale Armbanduhr steckte in dem Bündel und tickte unschuldig. Katinka wurde kalt. Mit zittrigen Händen fuhr sie an der Apparatur entlang.

Sie hörte ihren Namen rufen.

»Katinka!«, schrie Uttenreuther. Sie richtete sich auf und sah zu dem anderen Schelch hinüber. Uttenreuther stand aufrecht darin, etwas Weißes in der Hand. »Das ist keine Bombe. Stoppen Sie die Uhr!«

Ach ja, und wie soll ich das machen?, fragte sich Katinka entgeistert. Sie besaß nur sehr dürftige Ahnungen von Sprengtechnik. Ihr Mentor Julius Liebitz hatte Wert darauf gelegt, sie mit simplen Vorrichtungen vertraut zu machen. »Eine Bombe können Sie als Laie ohnehin nicht unschädlich machen.«

15:57 zeigte die Uhr.

Eine Bombe können Sie als Laie ohnehin nicht unschädlich machen. Wenn es aber keine Bombe ist, wie Hardo sagt, dachte Katinka. *Stoppen Sie die Uhr.*

Dann kann ich dieses widerliche Etwas unschädlich machen. »Wie denn!«, schrie sie zurück.

Uttenreuther stand in Schelch drei und wedelte mit den Armen. Seine Rufe gingen im Lärm unter.

Eine Uhr anhalten. Katinka sah auf ihre eigene. Sie hatte das Gefühl, dass sie schon seit längerem nachging.

15:58

Wahrscheinlich brauchte sie eine neue Batterie.

Batterie!

15:59

Katinka löste mit fliegenden Fingern die Uhr ein Stück aus ihrer Verankerung, ganz vorsichtig, um die Kabel nicht zu bewegen. Sie bohrte die Fingernägel in das kleine Viereck auf der Rückseite. Rutschte ab. Ein Fingernagel splitterte. Dann gelang es. Mit leisem SCHNAPP löste sich der Deckel. Augenblicklich fiel die Batterie heraus und die roten Ziffern erloschen.

Katinka stöhnte. Sie legte sich platt auf den Bauch, die Batterie in der Faust. Plötzlich fror sie in ihren nassen Sachen.

Es hat mindestens 36 Grad im Schatten, redete sie sich ein. Es gibt keinen Grund zu frieren. Gleich hat die Sonne die Klamotten getrocknet.

Dennoch schlotterte sie am ganzen Körper. Ihr Schelch schaukelte heftig.

»Katinka?«

Sie schaute auf. Uttenreuther hielt sich am Rand des Kahns fest und sah zu ihr hinein.

»Es ist kurz nach vier. Und Sie hatten recht. Auf meinem Päckchen steht ein Satz: *Bürger und Bischof zeigen einander, wo es langgeht*. Das ist die nächste Station!«

Katinka hörte ihn und hörte ihn doch nicht.

»Hej, Sie sind Historikerin und Archäologin.« Er schwang sich prustend in den Schelch. Katinka nahm ihre Brille ab und wischte sich übers Gesicht. Verschwommen sah sie Uttenreuthers graue Augen vor sich. Sie zog die Beine an und umklammerte ihre Knie.

»Machen Sie nicht schlapp. Nicht jetzt. Wir wissen nicht, wann das nächste Paket hochgehen soll! Und wie viele Sprengladungen noch vor uns liegen! Halten Sie durch!«

Katinka setzte die Brille wieder auf. Sie trieben inzwischen fast unter der Markusbrücke. Die Leute gafften zu ihnen herunter.

»Wie konnten Sie wissen, dass das Ding keine Bombe ist?«, fragte sie.

»Ich hatte mal die Gelegenheit, einer gelernten Sprengmeisterin über die Schulter zu sehen«, sagte er wie nebenbei. »Was unser Freund hier gebastelt hat, ist eine Konstruktion des Minimalismus. Das Nötigste ist an dem Apparillo dran, aber mehr eben auch nicht.«

Katinka zog frierend die Schultern hoch. »*Bürger und Bischof zeigen einander, wo es langgeht*«, murmelte sie.

»Was bedeutet das?«, fragte Hardo.

Katinka sah, wie ein Boot der Wasserschutzpolizei zu ihnen herüberkam. Uttenreuther stand auf und rief den Beamten etwas zu.

»Sie stellen die Schelche sicher«, sagte er. »Hören Sie, ich würde Sie gerne ins Trockene bringen, aber …«

»Ich denke ja nach«, versetzte Katinka. »Bürger und Bischof …«

»Die Rivalität zwischen Domberg und Bürgern zieht sich wie ein roter Faden durch die Geschichte dieser Stadt«, sagte Uttenreuther.

»Konflikte aller Art haben die beiden Fraktionen in Atem gehalten«, fügte Katinka nachdenklich hinzu. »Steuerfreiheit für die geistlichen Immunitäten beispielsweise. Ich weiß nur nicht, ob man Streitereien an einem einzigen Ort festmachen kann.«

»Ein Platz zwischen Dom- und Bürgerstadt«, schlug Uttenreuther vor. »Das alte Rathaus! Es steht mitten im Fluss!«

Katinka schüttelte den Kopf.

»Ich erinnere mich dunkel, dass der älteste Teil der bürgerlichen Stadt bis fast an den Domberg reichte. Und was heißt: Sie zeigen einander, wo es langgeht? Das klingt mir nicht nach Brücke. Brücke ist ein Symbol für Begegnungen.«

»Na, ich weiß nicht«, sagte Uttenreuther. Katinka sah wieder seine grauen Augen vor sich. Sie sehnte sich nach nichts anderem, als die nassen Sachen loszuwerden.

»Meine Denkfähigkeit ist begrenzt«, sagte sie resigniert. »Aber … begrenzt, klar!«

»Hm?«

»Die Grenze zwischen Domstadt und Civitas ist baulich nie wirklich nachvollzogen worden«, sagte Katinka. »Die Bürger wollten eine eigene Stadtmauer errichten, hatten sogar die Erlaubnis vom Kaiser bekommen …«

»… aber wie so oft wusste das Domkapitel, diese Entscheidung abzubiegen und die Fertigstellung der Mauer zu verhindern«, vollendete Hardo.

Katinka grinste. »Klar!«, sagte sie.

»Verdammt, Palfy, wo? Es ist gleich zwanzig nach vier.«

»Die Katzenberger Treppe. Dort ist eine Steinplatte eingelassen, die die Stelle markiert, wo die alte Grenze zwischen Bürgern und Bischof verlief.«

Uttenreuther richtete sich auf. »Diese Scherzbolde haben vor lauter Panik ihre Paddel ins Wasser geschmissen«, sagte er. »Schaffen Sie's nochmal?«

Katinka nickte. Uttenreuther machte einen Kopfsprung. Katinka nahm die Brille ab und sprang hinterher. Kurz hinter dem Pfadfinderheim krabbelten sie ans Ufer. Uttenreuther streckte ihr die Hand hin und zog sie hoch.

»Warum sind immer noch so viele Menschen in der Stadt?«, fragte Katinka, als sie in die Sandstraße einbogen.

»Fehleinschätzung Emmerlings«, sagte er. »Wir brauchen viel mehr Leute zum Absperren.«

Sie schoben sich durch die Menge. Katinka sah Hardos Muskeln, die sich unter dem nassen Hemd deutlich abzeichneten. Er muss Kraftsport machen, dachte sie. Der Katzenberg stand voller Buden. Leute saßen auf den Freiflächen vor den Restaurants.

»Wo ist eigentlich ihr Walky Talky?«, fragte Katinka.

»Im Fluss.« Er drängte sich durch die Menge.

»Da haben wohl zwei beim Fischerstechen mitgemacht!«, witzelte eine Frau.

Uttenreuther rannte schon die Stufen zum Dom hinauf.

»Hier ist die Steinplatte«, sagte Katinka und wies auf den senkrechten Strich in ihrer Mitte. »Sie kennzeichnet die Grenze.« Ihr Blick fiel auf Uttenreuthers Turnschuhe, aus denen das Regnitzwasser schwappte. Alles kam ihr grotesk und irrsinnig vor.

»Und jetzt?« Hardo drehte sich um seine eigene Achse. »Wo ist das Gift?«

Katinka zuckte die Schultern. »Entweder dort an dem Haus oder … im Baum!«

Sie deutete in das dichte, dunkelgrüne Laub.

16:24

»Eine Leiter«, rief Uttenreuther. »Treiben Sie eine Leiter auf.«

Der Wirt aus dem *Kachelofen* brachte eine. Es dauerte eine halbe Ewigkeit. Als sie fest am Baumstamm lehnte, wollte Katinka ihren Fuß auf die unterste Sprosse setzen, aber Uttenreuther schob sie beiseite.

»Das ist meine Sache.«

Sie blieb stehen und sah zu, wie Hardo in den Baum hinaufkletterte. »Sehen Sie es?«, rief sie hinauf. Es kam keine Antwort.

»Hardo«, rief Katinka aufgeregt. Sie stieg ein paar Sprossen hoch.

16:28

Der Dom tauchte den Katzenberg in schattiges Grau. Katinka starrte auf die Domuhr.

»Hardo?«

16:29

Die Leiter wackelte. Er kam herunter.

»Nächste Aufgabe«, sagte er grimmig. *Hütet euch vor dieser Strafe. Sie ist nur halb so weit – und halb die Zeit.*

»Jetzt hat er auch noch die Kaltschnäuzigkeit zu reimen«, flüsterte Katinka. Eiseskälte breitete sich in ihr aus. Sie fühlte ihre Zähne aufeinander schlagen.

»Was soll das sein, eine Strafe, die nicht weit ist?«

»Halb SO weit«, betonte Katinka. »Halb so weit wie von den ersten Päckchen hierher?«

»Könnte sein.« Hardo starrte ins Leere.

»Aber an welchem Ort befindet sich eine Strafe?«, fragte Katinka leise. »Meint er die JVA? Die ist wahrhaftig nicht weit. Eben sind wir dran vorbeigekommen.«

»Stimmt. Los, kommen Sie!«

Zweifelnd folgte Katinka dem Kommissar. Sie wusste nicht recht, ob Eagle so platte Parallelen zog.

16:35

Tatsächlich traute sie ihm subtilere Gedankengänge zu. Sie wollte es Uttenreuther sagen, aber der war weit voraus. Atemlos schloss Katinka auf.

»Hardo, die JVA ist keine Strafe, sondern eine Strafanstalt. Glauben Sie nicht, dass Eagle das abstrakter meint?«

»Und wie?«

»Ich weiß es nicht«, gab Katinka zu. Sie gingen an der Elisabethkapelle entlang. Die kleine Kirche grenzte an die Gefängnismauer. Katinka ließ sich auf eine Bank fallen. Plötzlich tat ihr alles weh. Sie fühlte sich, als wäre sie zusammengeschlagen worden. Eigentlich ist mir alles egal, dachte sie. Vielleicht narrt Eagle uns. Vielleicht ist gar kein Gift in den Päckchen, vielleicht ist der Zünder eine Attrappe.

»Ich kann nicht mehr.«

Sie hatte es nicht laut sagen wollen.

»Doch, Sie können! Reißen Sie die Augen auf. Was sehen wir, ohne es zu sehen?«

16:37

Katinka ließ ihren Blick schweifen.

»Er hat geschrieben: Hütet euch vor dieser Strafe.« Sie sah Hardo an. »Wieso hüten? In welcher Weise?«

»Fragen Sie mich nicht, ich weiß es nicht«, sagte Uttenreuther. Er zupfte an seinem nassen Hemd herum.

»Entweder, man wird bestraft, oder man wird nicht

bestraft. Man kann sich vor einer Strafe doch nur hüten, indem man das dazugehörige Verbrechen nicht begeht, oder?«, fragte Katinka.

»Ja, schon!« Er nickte.

»Ich komme nicht weiter.« Katinka stand auf und drehte sich ein paarmal um die eigene Achse. »Was soll ich sehen? Wie meinen Sie das: Was sehen wir, ohne es zu sehen? Den Knast? Den Tante-Emma-Laden? Die Kreuzwegstation?«

»Zum Beispiel.«

Uttenreuther stellte sich vor das Relief.

16:39

»Können Sie die Inschrift hier entziffern?« Er zeigte auf die linke Säule.

Katinka stellte sich neben ihn. »Irgendwas mit *Kreuz tragen*«, sagte sie.

»Bingo!«, rief Uttenreuther plötzlich. »Sehen Sie sich diese Ritzzeichnung an.«

Katinka erblickte auf der Säule eine ausgestreckte Hand, die auf einem Hackblock ruhte. Ein Beil schwebte darüber. Jede Sekunde würde der Scharfrichter zuschlagen.

16:40

»*Hütet euch vor dieser Strafe*. Das Handabhacken war eine der schrecklichsten Strafen im Mittelalter.« Katinka griff hinter die Säule. »Es sei denn, man wurde gleich zerhackstückt.« Das Päckchen vibrierte unter ihren Fingern.

»Das hier fühlt sich aber anders an als die anderen«, murmelte sie unsicher.

»Hände weg!«

Als Uttenreuther das weiße Plastikpäckchen befühlte, klingelte etwas im Innern.

»Was ist das?«, flüsterte Katinka.

Der Kommissar nahm das Päckchen vorsichtig hoch und legte es auf die Bank.

16:43

»Hardo, die Zeit ist gleich um«, sagte Katinka drängend.

»Sehen Sie?«, sagte Harduin. »Hier steht nichts drauf. Keine dicken blauen Buchstaben. Ich frage mich daher, ob es sich bei diesem Sprengsatz überhaupt um einen Sprengsatz handelt.«

Er nahm das Päckchen und kippte es hin und her.

»Das klingt wie eine Spieluhr.«

16:44

»Hardo!«, rief Katinka.

Uttenreuther legte das Päckchen wieder ab und zog sich einen Zipfel seines Hemdkragens über die Nase. Er wedelte mit seiner Hand herum, um Katinka wegzuscheuchen. Sie blieb stehen. Fasziniert und zugleich voller Angst starrte sie auf das weiße Plastikpaket, während sie ihr nasses T-Shirt ein Stück ins Gesicht streifte.

16:45

Die Sekunden verstrichen. Katinka fühlte, wie sich all ihre Muskeln anspannten. Dann ein KLACK. Eine Kindermelodie erklang.

»Hickory dickory dock«, murmelte Harduin.

»Was?«, fragte Katinka.

»Ein Kinderlied, zum Einschlafen gedacht. Meine Tochter hatte genau so eine Spieluhr.«

Meine Tochter, dachte Katinka. Er hat eine Tochter?

Hickory dickory dock, trällerte die Uhr. Dann ein erneutes Klacken, und eine Stimme, die Katinka unter Tausenden erkannt hätte.

In einem anderen Land und darüber. Ende.

»Denninger!«, sagte Uttenreuther. »Verdammt, der Wichser narrt uns, wo er nur kann.«

Katinka sank auf die Bank.

»*In einem anderen Land und darüber*«, sagte sie hilflos. »Tut mir leid, aber mir fehlt jegliche Erleuchtung.«

Uttenreuther setzte sich neben sie.

»Er hat uns durch die Geschichte dieser Stadt gejagt«, sagte er. »Und jetzt versetzt er uns in ein anderes Land?«

Katinka schnaubte: »Ich schätze eher, er versetzt uns in ein anderes Wissensgebiet. Ich bin Archäologin, und was sind Sie – außer Kommissar?«

Uttenreuther lächelte gequält.

»Germanist. Aber nur ein halber.«

»Literatur!«, rief Katinka. »*In einem anderen Land* ... na los!«

Hardo sah sie an: »Mit der Literatur habe ich es nicht mehr so«, sagte er. »Lieber lese ich ein gutes Buch.«

Katinka grinste und wollte gleichzeitig am liebsten in Tränen ausbrechen.

»Das klingt aber wie der Titel eines Buches. Ob gut oder nicht. Wer hat das geschrieben?«

»Verdammt, Palfy! Wissen Sie, wie viele Bücher jedes Jahr veröffentlicht werden?«

16:50

»Das ist ja das Desillusionierende«, sagte Katinka. »Und jetzt sitzen wir hier im Duell mit einem Wahnsinnigen und sollen versuchen, nicht aufzugeben. Er will uns vernichten, aber wir bleiben dran bis zum Ende.«

»Katinka«, sagte Hardo und drehte sich zu ihr um. »Sagen Sie das noch mal.«

»Was?«

»Das mit dem Aufgeben und Vernichten.«

»Er will uns vernichten, aber wir dürfen nicht aufgeben – so ähnlich.«

»Das habe ich schon mal gelesen«, sagte Uttenreuther. Er rieb sich die Glatze.

»Und wo?«

Er hob die Hand.

16:52

»Hardo!«, flüsterte Katinka. Sie versuchte, das Schluchzen in ihrer Kehle zu unterdrücken. »Die Zeit läuft.«

Uttenreuther stand auf. Er lief wie ein Tiger hin und her. Seine grauen Augen fixierten den Asphalt.

»Vielleicht haben Sie es nicht gelesen«, half Katinka nach, »sondern in einem Film gesehen.«

»Genau! Palfy, Sie sind ein Goldschatz. In einem Film: *Der Alte Mann und das Meer*.«

»Hemingway.«

»*In einem anderen Land* ... Das war eins seiner frühen Werke!«

»Na, ich weiß nicht«, sagte Katinka zweifelnd.

16:53

»Zum Donner, wollen Sie, dass ich eine Enzyklopädie der Literaturgeschichte beibringe?«, rief Uttenreuther ungeduldig. »Glauben Sie es oder nicht.«

Katinka stand auf. Sie musste sich konzentrieren, um nicht zu schwanken.

»Was ist mit Ihnen?«, fragte Uttenreuther. »Sie sind kalkweiß.«

»Die Kneipe. *Hemingway's*. Im *Haus zum Rebstock*. Meint er die?«

Der Kommissar setzte sich schon in Bewegung. Katinka machte, dass sie hinterherkam. Uttenreuther verfiel in Laufschritt. Sie erreichten das *Haus zum Rebstock*. Ein Türsteher wollte sie aufhalten, aber Hardo hielt ihm seinen Dienstausweis vor die Nase. Sie betraten das alte Haus. Die Atmosphäre vieler Jahrhunderte Geschichte nahm Katinka unmittelbar gefangen. Die weitläufige Halle, die breite Holztreppe. Feuchte Flecken zierten die imposanten Mauern, an manchen Stellen lösten sich die Tapeten ab. Alles wirkte marode und strahlte diesen unvergleichlichen Charme von Echtheit und Authentizität aus.

Uttenreuther stürmte durch die rückwärtige Tür in den Innenhof, aber Katinka hielt ihn auf.

»Hardo!«, sagte sie. »*In einem anderen Land und darüber*. Darüber! Meint er … einen Stock höher?«

Der Kommissar eilte schon die Treppen hinauf in die erste Etage. Er legte seinen Finger auf die Türklingel. Niemand öffnete.

»Wer hier wohnt«, sagte Katinka, »fährt zur Sandkirchweih weg, oder er feiert 24 Stunden am Tag. Eine andere Chance bleibt gar nicht.«

Hardo brach die Tür auf. Katinka stürzte hinter ihm in die Wohnung.

»Das ergibt keinen Sinn«, rief sie. »Wenn das Ricin in der Wohnung versteckt ist, schadet es nur wenigen. Eagle will die Sandkirchweih außer Gefecht setzen.«

Hardo rannte in die Zimmer zur Sandstraße hin. Jeder einzelne Raum hatte mindestens 25 Quadratmeter und maß an die vier Meter bis zur Decke.

16:56

Uttenreuther riss eines der Fenster auf. Das Stimmengewirr der Kirchweihbesucher brandete überlaut zu ihnen herein. Ein Mauervorsprung ragte circa 20 Zentimeter auf die Straße hinaus. Zehn Päckchen lagen nebeneinander darauf.

»O mein Gott«, keuchte Katinka. Auf dem Päckchen

ganz links stand *Anfang*. Auf dem rechten *Ende*. Uttenreuther lehnte sich weit aus dem Fenster und drehte vorsichtig das erste um.

»Nein!«, schrie Katinka. »Eagle denkt andersrum. Für ihn ist der Anfang das Ende und das Ende der Anfang. Erinnern Sie sich? *Das Ende ist der Anfang. Und wer den Anfang hat, findet das Ende*. So hat er es ausgedrückt.«

16:57

»Gebe der Himmel, dass Sie recht haben!«, sagte Uttenreuther. Er lief in das angrenzende Zimmer hinüber und griff nach dem Päckchen mit der Aufschrift *Ende*. Katinka sah wie im Traum zu, wie er mit ein paar geschickten Bewegungen die Batterie aus der Uhr nahm. Er schnappte sich das nächste Paket. Katinka spürte ihre Knie zittern.

16:58

Sie schob ihm von ihrem Fenster aus die Päckchen langsam zu. Am meisten fürchtete sie den Knall der Explosion, wenn eines der Päckchen zündete. Sonderbar, dachte sie, ich sollte mich vor dem Gift fürchten, vor dem Lungenödem, vor der Atemnot. Aber ich habe Angst vor dem Knall. Hardo war beim vierten Päckchen. Er bekam den Deckel nicht auf. Immer wieder glitten seine Finger von der Rückseite der Uhr ab. Katinka schmeckte Blut. Sie hatte sich die Unterlippe aufgebissen.

»Machen Sie schon!«, flüsterte sie.

Endlich rutschte der Deckel beiseite und die Batterie fiel heraus. Katinka stöhnte auf.

16:59

In zehn Sekunden ein Päckchen, dachte sie. Sie sah Uttenreuthers große Hände an den kleinen Uhren hantieren. Wie schon zuvor auf dem *Mahrs-Keller* hatte sie das Gefühl, alles um sie herum flackere, werde in einem irrwitzigen Tempo von gleißenden Scheinwerfern erhellt und wieder ins Dunkel versetzt.

Hardo war beim letzten Päckchen. Katinka sah auf die Menschen unten auf der Straße. Niemand nahm Notiz von zwei Leuten, die auf einem Mauervorsprung knieten und die explosive Ausgeburt eines kranken Hirns unschädlich machten.

Als Hardo die Batterie des letzten Sprengsatzes löste und die Uhr erlosch, knallte es. Katinka prallte zurück. Hardo ließ das Päckchen fallen und stellte sich mit ausgebreiteten Armen vor Katinka. Das Päckchen polterte auf den Parkettboden direkt vor dem Fenster. Hardo ging langsam rückwärts und schob Katinka von dem weißen Plastikding weg. Katinka zog sich ihr T-Shirt über Mund und Nase und dachte daran, was Plöger über den Kontakt von Ricin mit den Augen gesagt hatte. Nekrotisierende Bindehautentzündung. Vielleicht würde ihre Brille sie schützen. Sie spähte um Hardos Rücken herum. Das Päckchen begann zu brummen. Dann erklang blechern Eagles Stimme.

»Gratuliere.«

Die Stimme verklang im Zimmer. Katinka hörte Uttenreuthers stoßweisen Atem. Sie fühlte sich schwindelig und merkte, dass sie die Luft angehalten hatte. Hardo löste sich aus seiner Erstarrung und bewegte sich auf das Päckchen zu. Er nahm es in die Hand.

»Das letzte hat er umgedreht konstruiert«, sagte er. »Es enthält gar kein Ricin. Im Gegensatz zu den anderen wird es erst scharf, wenn die Uhr stoppt.«

»Was für ein Tüftler«, sagte Katinka. Sie lehnte sich gegen einen Sessel.

»Ein richtiger Daniel Düsentrieb.« Uttenreuther grinste schief.

»War's das?«, wollte Katinka wissen.

»Was denken Sie?«

»Ich glaube schon.«

Uttenreuther sah sich um.

»Leihen wir uns mal das Telefon dieser Leute aus«, sagte er. Er griff nach dem Hörer und wählte eine Nummer. Katinka hörte ihn reden und hörte ihn doch nicht. Sie fühlte sich schwach, ihre Beine zitterten wie Wackelpudding. Wenn sie sich jetzt hinsetzte, würde sie nicht mehr aufstehen. Den ganzen Tag hatte sie kaum etwas gegessen. Sie verzichtete darauf, auf die Uhr zu sehen. Sie würde eine ganze Weile nicht mehr auf diese Uhr sehen.

»Gratuliere, Frau Detektivin«, sagte Uttenreuther. Er legte auf und ging auf sie zu. Steckte die Hände in die Hosentaschen.

»Sie haben Denninger soweit. Vor ein paar Minuten hat er die letzte Station verraten. Saftsack.«

»Und die letzte Station ... Sagen Sie bitte, dass dies hier die letzte Station ist.«

Uttenreuther nickte. »Und das Ehepaar Herzing ist inzwischen auch aufgetaucht. In trauter Einigkeit.«

Katinka rutschte in den Sessel. Sie war zu schwach und zu müde, um irgendetwas zu sagen. Das riesige Zimmer drehte sich um sie. Sie schloss die Augen, aber das Karussell tanzte und wirbelte nur noch schneller. Instinktiv zog sie die Beine an und presste ihre Stirn auf die Knie. »Ich komme mir vor wie im Vollrausch«, murmelte sie.

Als sie aufschaute, saß Uttenreuther ihr gegenüber auf dem Sofa. Er sah sie an. Ein Lächeln umspielte seine Lippen.

»Wissen Sie, was ich jetzt brauche?«

»Ein Bier«, sagte Katinka. »Eine Dusche, eine doppelte Portion Bratwürste mit Kraut ...«

»… als Nachspeise Apfelkuchen mit Sahne.«

»Einen Kaffee!«

»Einen Espresso corretto.«

»Einen Zwetschgenschnaps.«

»Zwei.«

Sie lachten beide.

»Kommen Sie«, sagte Hardo. »Ich fahre Sie nach Hause. Gleich sind die Kollegen hier und kümmern sich um die Reste der Party.«

»Ich kann nicht aufstehen«, sagte Katinka. »Meine Beine werden mich nicht tragen. Ich glaube, ich habe einen hypoglykämischen Schock.«

Harduin verschwand, und als er wiederkam, hatte er eine Tafel *Ritter Sport* in der Hand.

»Dieser Haushalt ist gut ausgestattet«, sagte er. Katinka griff gierig nach der ersten Rippe.

»Dürfen wir das?«

»Mundraub!«, sagte Hardo.

»Meine Lieblingssorte«, sagte Katinka. »Mit ganzen Haselnüssen.«

Sie aßen die ganze Tafel. Dann hielt Uttenreuther Katinka die Hand hin und zog sie vom Sessel hoch. Sie verließen die Wohnung und schlenderten durch die Sandstraße und die Dominikanerstraße zurück zu dem Polizeiwagen, mit dem sie hergefahren waren.

18. Das Ende ist der Anfang

»Kommen Sie klar?«, fragte Uttenreuther, als er vor dem gelben Haus parkte und Katinka aussteigen ließ.

»Ich glaube schon.«

»Dann bin ich um 19 Uhr wieder hier«, sagte er, »und lade Sie und Ihre Schwester auf die *Wilde Rose* ein.«

»Gut«, sagte Katinka. »Gern.«

Sie schloss die Haustür auf. Im Treppenhaus lehnte sie sich gegen die Wand. Sie spürte ihren Atemzügen nach. Ein, aus. Ein, aus. Ein ewiger Rhythmus, unverrückbar, wie es schien, und doch anfällig und ausgeliefert.

Sie hörte eine Tür gehen und sah auf. Augustina, die Kellnerin aus der Pizzeria, trat ins Treppenhaus.

»Hallo Katinka!«, sagte sie fröhlich.

»Hallo Augustina«, grüßte Katinka zurück. Es gab Menschen auf diesem Planeten, die keine Ahnung von Ricin und weißen Päckchen hatten.

»Sandkirchweihfeiern ist anstrengend, oder?«, fragte Augustina munter.

»Kann man so sagen«, bestätigte Katinka.

Augustina nickte ihr zu und verließ das Haus.

O Mann, dachte Katinka und stieg die Stufen hinauf. Sie streifte ihre durchweichten Sandalen ab, ließ sie vor der Wohnungstür liegen. Melissa saß in der Küche und trank Kaffee.

»Katinka!«

Sie stürmte auf ihre Schwester zu und umarmte sie.

»Was ist passiert? Der rothaarige Polizist hat mich hergebracht und mir eingeschärft, bloß nicht mehr aus dem Haus zu gehen. Habt ihr ... habt ihr ... Du bist ja schon wieder klatschnass!«

»Wir haben sie alle unschädlich gemacht«, sagte Katinka. »Melissa, mir ist schlecht.«

Melissa schenkte Katinka Kaffee ein und gab eine Menge Zucker und Milch dazu.

»Das ist ein echter großer Brauner. Wie in Wien im *Hawelka*. Trink mal.«

Dankbar griff Katinka nach der Tasse. Sie trank den süßen Kaffee in einem Zug aus. Dann löste sie ihre Armbanduhr vom Handgelenk und warf sie in den Mülleimer.

»Was machst du da!«, fragte Melissa.

»Ich erzähle dir alles später«, versprach Katinka. Sie schnappte sich das Telefon und wählte Toms Nummer. Mit dem Hörer unter dem Kinn ging sie ins Bad und ließ die Badewanne voll laufen.

»Tom?«

»Katinka!« Seine Stimme klang warm und versöhnlich. »Ich habe schon mehrmals dein Handy angerufen heute Nachmittag ...«

»Tom«, unterbrach Katinka. »Heute habe ich eine wirklich große Sache abgeschlossen.«

Sie zog sich aus, warf Hose, T-Shirt, BH und Slip auf einen Haufen und stieg in die Wanne. In Toms gespanntes Schweigen hinein erzählte sie ihm von Eagle, den Ricin-Päckchen und dem Wettlauf gegen die Uhr. Sie ließ ihren nächtlichen Ausflug zum Weinbergweg weg, genauso wie Uttenreuthers Besuch. Dafür erwähnte sie Florian und Melissa. Tom lachte glucksend. Er brach in eine Schimpfkanonade aus, als sie zu ihrem Sprung in die Regnitz kam.

Er schwieg entgeistert, als sie von den tickenden Armbanduhren erzählte. Katinka wusch sich mit einer Hand die Haare, während sie weiterredete. Das Badewasser kam ihr braun und brackig vor. Sie ließ es ablaufen und drehte dann den Wasserhahn wieder auf.

»Ich komme morgen«, sagte sie. »Du kannst arbeiten, soviel zu willst. Ich lasse dich in Ruhe, sehe mir Prag an und verabrede mich mit Václav Hável zum Tee.«

»Das ist das Beste, was ich heute zu hören gekriegt habe«, sagte Tom.

Als Katinka aus der Wanne stieg, war es halb sieben. Sie föhnte sich die Haare und suchte ein Kleid aus ihrem Schrank. Melissa sah ihr zu, wie sie sich anzog und einen Hauch Orange auf ihre Lippen malte.

»Der Kommissar mag dich«, sagte sie.

»Ich weiß.«

»Und du?«

»Ich mag ihn auch. Aber ich liebe Tom. Melissa«, sagte sie. »Das ist unser letzter gemeinsamer Abend. Morgen fahre ich nach Prag, du nach Wien.«

Melissa nickte. Ihre Augen schimmerten dunkel.

»Versuche doch, Florian zu erreichen. In einer halben Stunde holt uns Hardo ab, und wir gehen auf den Keller. Vielleicht kann er seinen Dienst tauschen und mitkommen.«

Melissa nickte und telefonierte. Katinka nahm die Beretta aus ihrem Rucksack und schloss sie in den Kleiderschrank ein. Bis morgen musste das reichen. Sie stopfte ihre Klamotten in die Waschmaschine, steckte Geldbeutel und Handy in die Basttasche und nahm sich noch einen Kaffee. Während sie ihn schluckweise trank, hörte sie Melissa beim Flirten zu.

Hardo klingelte pünktlich um sieben. Diesmal fuhr er

keinen Polizeiwagen, sondern einen schwarzen Golf aus der vorvorigen Generation.

»Vor zwei Stunden sahen Sie noch ganz anders aus«, sagte er grinsend zu Katinka.

»Sie aber auch!«, gab Katinka zurück. Uttenreuther hatte sich frisch rasiert und trug statt der üblichen karierten Hemden ein gestreiftes zu einer unverkennbar sauberen Jeans. Er roch nach After Shave. »Haben Sie was dagegen, wenn ich Britta anrufe, und sie zu uns stößt?«

»Ihre Journalistenfreundin? Nicht die Bohne.«

»Und morgen«, sagte Katinka, während sie auf den Beifahrersitz sank, »morgen werde ich nach Prag fahren. Ich hoffe, das ist kein Problem.«

Sie sah ein Zucken in Hardos Gesicht. Ruhig sagte er: »Das ist keines. Wir machen gleich morgen früh das Protokoll, dann können Sie fahren, wohin Sie wollen.«

Katinka spürte Melissas Blick und schaute aus dem Fenster. Hardo fuhr über Kunigundendamm und Münchner Ring zum *Wilde-Rose-Keller*. Sie war ihm dankbar, dass sie nicht nochmal am Mahrs-Keller vorbeikamen und an die schrecklichen Momente in Eagles Gewalt denken mussten. Als der Golf in die Schellenbergerstraße einbog, zog sie ihr Handy aus der Tasche und rief Britta an.

»Katinka!«, unterbrach Britta sofort. »Ich habe ein enorm schlechtes Gewissen, weil ich mich die ganze Zeit nicht gemeldet habe. Aber weißt du, ich musste mich mit Alban aussprechen und wir haben …«

Katinka unterbrach sie lachend: »Das schlechte Gewissen hatte ich. Hör mal: Du kriegst eine super Story, wenn du in der nächsten Stunde auf die *Wilde Rose* kommst.«

»Story? Wie könnte ich widerstehen.«

Britta versprach, sich sofort auf den Weg zu machen. Katinka schaltete das Handy aus. *Ich bin nicht monogam, so wie du.* Katinka dachte an Brittas Worte und fragte sich, ob sie es bereuen würde, einen Abend lang auf die Monogamie zu pfeifen. Sie wusste es nicht. Noch nicht.

Hardo parkte und wuchtete einen Korb aus dem Kofferraum. Katinka lugte hinein. »Kaffee und Kuchen? Wo haben sie den denn aufgetrieben!«

Er grinste und schwieg.

»Essen mitbringen?«, fragte Melissa erstaunt.

»Das geht«, sagte Katinka. »Alte fränkische Kellertradition.«

Der Keller war nicht besonders voll. Wer etwas erleben wollte, drängte sich im Sandgebiet. Sie suchten sich einen freien Tisch. Uttenreuther ging die Getränke holen.

»Florian kommt auch bald«, sagte Melissa. »Er muss nur noch eine Vertretung auftreiben.«

Katinka bat Melissa, den Tisch besetzt zu halten, und stellte sich in der Schlange vor der Essensausgabe an. Sie kehrte mit drei Tellern Bratwürsten zurück.

»Das gilt nicht«, sagte Uttenreuther. »Ich habe Sie eingeladen.«

»Haben wir nicht von einer doppelten Portion gesprochen?«, fragte Katinka. »Sie sind als nächstes dran.«

Er lachte. Sie machten sich über das Essen her und waren beim zweiten Teller angekommen, als Florian auftauchte, und kurz nach ihm Britta. Sie knallte ihre überlebensgroße Tasche auf einen der Klappstühle und sagte:

»Ich bin gespannt wie ein Regenschirm. Aber erst hole ich mir ein Bier.«

»Katinka?«, fragte Melissa. »Hast du was dagegen, wenn Florian und ich …«

»Macht euch ruhig selbstständig«, sagte Katinka.

Die beiden zogen Hand in Hand ab. Britta kam mit einem Weizenbier zurück. Sie stellte es neben ihr kleines Aufnahmegerät.

»Darf ich mitschneiden?«, fragte sie, während sie sich eine Zigarette anzündete. Uttenreuther hatte nichts einzuwenden. Er begann zu erzählen, ab und zu unterbrochen von Brittas Nachfragen.

»Claudia Herzing hatte also nichts mit dem Ricin und dem ganzen teuflischen Plan zu tun?«

»Nein.« Katinka schüttelte den Kopf. Sie zeigte auf die rote Schachtel. »Darf ich?«

Britta nickte.

»Auch der Streit zwischen Claudia und Eagle war nicht der Anlaß für seinen Vernichtungsfeldzug«, fuhr Katinka fort. »Denninger hatte schon seit längerem vorgehabt, diesen Giftwahnsinn in die Tat umzusetzen. Allerdings fehlte ihm die Erfahrung, wie hoch die Dosis sein muss, um einen Menschen umzubringen. Wie wir uns schon gedacht haben«, sie sah zu Uttenreuther, »probierte er es aus. Dass er ausgerechnet Antonella als erstes Opfer auswählte, lag wohl daran, dass er sie mit Claudia am Sonntagabend zufällig traf. Die beiden zogen über einsame Wanderwege zu ihrer Forsthütte und gaben ein prächtiges Ziel ab.«

Britta schüttelte sich. Sie machte ein paar Notizen auf einem zerfledderten Block.

»Komisch. Die Psyche dieser Claudia Herzing würde ich ja gern mal näher erforschen.«

»Ich kann ihr ein klein wenig nachfühlen«, sagte Katinka nachdenklich. »Weißt du, sie vermisst einfach Freiraum, Zeit für sich selbst, für ihre Ansprüche und Sehnsüchte. Aber anstatt mit ihrem Mann zu reden und eine Lösung zu suchen, kriegt sie hin und wieder einen Rappel und haut einfach ab.«

»Nochmal zurück zu den Ricindosen«, sagte Britta nach einer kurzen Pause. »Der Mann am Freitagabend starb schneller als Antonella, wodurch Eagle merkte, dass er seinem Erkenntnisziel näher kam. Aber wie wurde dir klar, dass er der Täter ist?«

»Ich gebe zu«, sagte Katinka, »dass ich sogar an Zenk gedacht habe, an den Chemielehrer aus Claudias Schule. Ich habe ihn am Freitag bei den Schützen im *Griesgarten* gesehen. Als ich ihn am Mittwoch besuchte, um ihn wegen Claudia auszufragen, war er nervös wie nur was. Inzwischen glaube ich, er wusste was über ihre lesbischen Neigungen, und es war ihm hochnotpeinlich, darüber zu reden. Er hoffte wahrscheinlich nur, dass ich es nicht ansprach.«

Britta wandte sich an den Kommissar: »Sie hatten Johannes Herzing im Verdacht?«

»Seine Frau ging mit einer anderen Frau fremd«, sagte Uttenreuther. »Rational gedacht mag das ein Motiv sein. Ich habe nur nie wirklich daran geglaubt.« Er seufzte. »Unser Kriminaloberrat dagegen schon.«

»Und du, Katinka?«

»Ich traute es Johannes Herzing nicht zu«, sagte Katinka. »Es erschien mir unmöglich, dass jemand mit seiner lethargischen Persönlichkeitsstruktur komplizierte Giftmorde plant.«

»Aber wie kamst du auf Denninger?«

»Ich weiß es nicht«, sagte Katinka und sah Hilfe suchend zu Uttenreuther. »Ich glaube, es war Intuition. Als ich mich im *Stilbruch* mit ihm traf, war er sehr bemüht, die Sache mit dem Streit abzuwiegeln. Das hat mich irritiert, obwohl ich es zuerst nicht richtig merkte. Dann die Klebezettel. Er imitierte Claudias Handschrift, und er hatte ja auch die Möglichkeit dazu. Er arbeitet bei den

Herzings im Garten. Einkaufszettel, irgendwelche Notizen ... es liegt bei allen Leuten irgendwo was Handschriftliches herum.«

Sie schwieg und dachte nach. »Ich glaube, ich brauche noch ein Bier.«

»Ich gehe schon.« Hardo erhob sich und ging zum Ausschank hinüber. Britta warf Katinka einen bohrenden Blick zu. Katinka lächelte kurz.

»Dann hat mir Melissa erzählt, dass Eagle einen Garten gemietet hat. Sie formulierte es so, dass er dort alles ausprobieren würde, was ihn interessiert. Ihre Interpretation lief auf Rosenzüchten hinaus. Aber ich dachte an Ricin. Außerdem prahlte er vor Melissa mit seinen vielen sportlichen Aktivitäten: Bogenschießen war dabei. Danke!«, sagte sie zu Uttenreuther, der drei Bier auf den Tisch stellte. »Wir wussten ja bis heute nicht, dass er ein Blasrohr konstruiert hat mit genau eingepassten Giftpfeilen.«

»Für einen Autodidakten ziemlich talentiert«, sagte Britta.

»Viele Berühmtheiten waren Autodidakten«, meldete sich Uttenreuther zu Wort. »Ferdinand Porsche hat schon als Halbstarker die Wohnung seiner Eltern mit elektrischem Licht ausgestattet, und das vor mehr als hundert Jahren.«

»Meine Hochachtung.« Britta nahm einen Schluck Bier. »Ich weiß nicht, wie ich mit all dem Alkohol im Blut noch meinen Artikel schreiben soll«, sagte sie. »Aber warum hat er dich auf seine Fährte gelockt?«

»Ich glaube nicht, dass er mich auf ausgerechnet SEINE Fährte locken wollte«, überlegte Katinka. »Ich denke eher, er wollte mich irritieren oder mich sogar als Versuchskaninchen benutzen. Er kapierte natürlich, dass Melissa mit ihm ausging, weil ich etwas über ihn erfahren wollte. Vielleicht, um es mir so richtig zu zeigen, klebte er mir die anonymen Zettel an die Tür. Er hatte Melissa von seinem Garten erzählt. Womöglich hat er sich an den Fingern einer Hand ausgerechnet, dass ich der Sache nachgehen würde. Ich hoffe, bei den Verhören wird sich noch herausstellen, ob er gestern Abend in seiner Hütte oder irgendwo in dem Garten lauerte oder nicht. Aber eigentlich will ich es gar nicht wissen. Wenn der Hauptkommissar mir nicht seinen Kollegen hinterhergeschickt hätte …«

Uttenreuther verdrehte die Augen. »Schreiben Sie das nicht«, sagte er zu Britta. »Aber die Frau Privatdetektivin neigt zu eigenmächtigen, riskanten Unternehmungen.«

Britta lachte. »Bloß: Warum? Warum wollte er die ganze Stadt vergiften? Und was war mit der Drohung, das Baby umzubringen?«

Uttenreuther zuckte die Schultern: »Wegen des Babys sind wir nicht sicher. Womöglich war das nur ein morbider Scherz. Aber das Motiv ist wohl, dass er fasziniert von seinem technischen Können Aufsehen erregen wollte.«

»Er ist wahnsinnig«, sagte Katinka überzeugt. »Hatte die Absicht, sich ein Denkmal zu setzen. Litt an Minderwertigkeitskomplexen kombiniert mit Größenwahn und einer desillusionierten Weltsicht. Er fühlte sich missachtet, und bestimmt nicht nur, weil keiner seine tolle Komposthaufentheorie teilte.« Sie schüttelte den Kopf. »Was tut ein kranker Geist, der sich für ein Genie hält, wenn er sich kritisiert und weggeschubst fühlt? Eagle hat sich eingeredet, ein Opfer von Diskriminierung zu sein. Er dachte wohl wirklich, er käme damit durch, Hunderte oder gar Tausende umzubringen, ohne jemals entlarvt zu werden.«

»Er hat die einzelnen Sprengsätze als Rätselkette durch das gesamte Sandkirchweihgebiet gelegt …«

»Wenn die Päckchen in den Schelchen hochgegangen wären«, sagte Katinka, »dann wären die Wettkämpfer als erste drangewesen, aber vermutlich auch die Leute, die nah am Ufer standen. In der Panik hätten sich die Menschen totgetreten. Als nächstes wäre der Sprengsatz am Katzenberg explodiert, mittendrin im Betrieb. Und die zehn Stück unmittelbar in der Sandstraße …«

»Er glaubte also, die Polizei an der Nase herumführen zu können? Meinst du, er rechnete gar nicht damit, dass jemand seine obskuren Rätsel durchblicken würde?«, fragte Britta entgeistert.

»Lös du mal diese Orakelsprüche auf, wenn du patschnass in einem schwankenden Kahn sitzt«, sagte Katinka.

Britta sah sie eigentümlich lange an. Dann legte sie ihren Stift weg und erklärte: »Ich denke eher, er hat seine Textaufgaben genau auf euch abgestimmt.«

»Was?«, rief Katinka.

Harduin setzte sein Bierglas ab. »Da könnten Sie recht haben, Frau Beerenstrauch«, sagte er ruhig.

Katinka stellte mit Verwunderung fest, dass er zu einer höflichen Anrede in der Lage war. Sieh an, dachte sie. Frau Beerenstrauch.

»Na klar!«, ereiferte sich Britta. »Er nimmt zwei Lektionen Historie und hebt noch eine Prise Literatur unter.«

Katinka stützte den Kopf in ihre Hände. Der Gedanke schockierte sie. Waren sie und Uttenreuther dem Wahnsinnsknaben direkt auf den Leim gegangen?

Brittas Stimme drang undeutlich durch ihre Gedanken. Wie viel Gift war wohl in den einzelnen Päckchen gewesen? Die Untersuchungen der nächsten Tage würden die Wahrheit ans Licht bringen und auch mehr über Eagles

Motive. Doch im Augenblick war sie sich nicht sicher, ob sie irgendetwas darüber wissen wollte.

»Übrigens«, erkundigte sich Britta. »Wie kam Eagle in die Wohnung in der Sandstraße?«

»Wir sind dran, genau das herauszufinden«, erklärte Uttenreuther. »Eventuell wusste er, dass die Bewohner verreist sind. Türen bekommt man immer auf, wenn man es drauf anlegt.«

»Na, dann will ich mal!«, sagte Britta. Sie schaltete das Aufnahmegerät aus und warf es mitsamt Stift und Block in ihre monströse Tasche. »Endlich gibt's was anderes zu schreiben als eine prickelnde Reportage über das vom Oberbürgermeister persönlich gestartete, ultimative Badewannenentenrennen.«

Katinka staunte.

»Wann war das denn?«

»Gestern Nachmittag. Wirst du morgen im *FT* lesen. Zusätzlich zu den Lamentos über das Feuerwerk, das dieses Jahr ausfällt, und zu einem ausführlichen Bericht über einen Verrückten, der die Sandkirchweih hopsnehmen wollte.«

»Das Feuerwerk fällt aus?« Katinka starrte Britta verständnislos an. »Aber jedes Jahr beendet das Feuerwerk am Montag die Sandkirchweih und …«

Britta seufzte theatralisch, während sie ihre Tasche schulterte. »Ich sag's noch einmal und dann nie mehr: Schande dem, der unsere Zeitung nicht liest.«

Sie hauchte Katinka einen Kuss auf die Wange und drückte Uttenreuther die Hand.

»Vielen Dank, Herr Hauptkommissar. Und wenn ich noch Fragen habe …«

»… wenden Sie sich vertrauensvoll an die Polizei.« Hardo grinste.

»Ich schwirr ab. Wünsche einen angenehmen Abend.«

»Weg ist sie.« Katinka trank ihr Bier aus. »Haben Sie das mit dem Feuerwerk gewusst?«

»Bamberg spricht fast über nichts anderes mehr, mal abgesehen von den Wespenstichen: Wegen der Hitze und der Trockenheit wird kein Feuerwerk stattfinden. Zu gefährlich. Wir könnten zur Abwechslung eine Feuersbrunst erleben.«

Er hob seinen Korb auf einen Stuhl und packte aus: Kuchen, Teller, die Thermosflasche, einen Becher mir zerfließender Sahne, Löffel, Kuchengabeln, Tassen.

»Espresso ist es nicht, aber ein normaler deutscher Kaffee tut's auch«, sagte er und schenkte die beiden Tassen voll.

»Der Schnaps geht dann aber auf meine Rechnung«, lächelte Katinka. »Glauben Sie wirklich, wie Britta, dass Eagle ausgerechnet uns beide auf diese Geschichte angesetzt hat?«

»Möglich«, meinte Uttenreuther und gabelte ein halbes Stück Apfelkuchen auf einmal auf. »Er ist ein genialer Kopf. Nur leider völlig irrsinnig.«

»Die Sprengladungen«, begann Katinka.

Uttenreuther lachte: »Glück oder Zufall oder Karma. Ich habe schon einmal eine solche Konstruktion gesehen und zerlegt.«

»Unter der Ägide einer Sprengmeisterin?«, grinste Katinka.

Er lachte, dann sah er sie ernst an: »Auch ein seelischer Abgrund kann nützliche Früchte hervorbringen.«

Zwei Stunden später, als kaum noch Gäste da waren und die Wirtin mit einem Karren herumzog, um das letzte Geschirr abzuräumen, sagte Hardo: »Gestern Nacht, das … vergessen Sie am besten, ja?« Die Verlegenheit glitzerte in seinen Augen.

»Nein. Ich möchte es nicht vergessen«, sagte Katinka.

Sie sahen sich an.

»Ich fahre Sie nach Hause«, sagte Hardo.

19. Nach Osten

Der Wecker warf Katinka um acht Uhr aus dem Bett. Sie schüttelte die Müdigkeit aus den Gliedern, kochte Kaffee, packte ihre Tasche und weckte Melissa auf. Urban Dütsch holte sie um neun ab und fuhr sie ins Präsidium, wo die Protokolle aufgenommen wurden.

»Der Herr Haupdkommissar is noch beim Verhör und kommd späder dazu«, sagte Dütsch. »Ich soll Ihna ausdrücklich sagn, dass er Sie zum Bahnhof bringen will.«

»Wunderbar«, sagte Katinka und dachte an Melissas Aufgebot an Gepäckstücken.

»Außerdem müssn wir das mid Ihrer Belohnung noch klärn«, fügte Dütsch hinzu.

»Belohnung?«, fragten Katinka und Melissa wie aus einem Munde.

»Na ja, weil Sie doch der Bolizei geholfn ham, einen wirglich gefährlichn Däder rechdzeidig aufzuhaldn.« Dütsch nannte eine Summe, die Katinka den Mund offen stehen ließ.

Uttenreuther stieß kurz darauf zu ihnen.

»Den kochen wir noch weich«, sagte er entschlossen, während er die Koffer ins Auto wuchtete.

»Den Eagle?«

»Exakt.« Seine grauen Augen blickten hart.

»Hardo, wegen dieser Belohnung …«

»Sagen Sie nichts!«, befahl er. »Sie sind Unternehmerin, oder? Solche Menschen denken absolut optimistisch.

Sie mussten Ihr Honorar in den Sand setzen, weil ... na ja, weil die Umstände es erforderten. Also bezahlt Sie die Polizei.«

Katinka starrte ihn an. »Für so was haben Sie Geld?«

Er verzog den Mund. »Das braucht Sie nicht zu interessieren. Haben Sie Dütsch Ihre Kontonummer gegeben?«

»Ja«, murmelte Katinka. »Danke!«

»Ich habe Ihnen zu danken!«

Am Bahnhof kaufte Katinka zwei Fahrkarten: eine nach Wien, eine nach Prag. Bis Nürnberg würden Melissa und sie gemeinsam fahren. Irgendetwas Seltsames passierte mit ihrem Magen. Sie vertiefte sich in den Abfahrtsplan.

»Gleis 3«, sagte sie und wunderte sich, dass ihre Stimme zitterte. Sie schleppten die Koffer zum Bahnsteig.

»Melissa!«

Florian kam die Stufen heraufgerannt. Er sah völlig zerzaust aus. Die beiden sanken einander in die Arme.

Uttenreuther sah Katinka an.

»Sie sind nicht nur ein kluges, sondern auch ein wirklich mutiges Mädchen«, sagte er. »Hören Sie, Palfy, ich weiß, dass Frauen Ihres Schlags keine Männer mit Machosprüchen mögen. Verstehen Sie es als ehrlich gemeint.«

Katinka musste lachen, während der Kommissar fortfuhr: »Sie wissen schon, oben im Mahrs-Keller: Das war gefährlich, sich anzuschleichen, wo Sie gar nicht sicher sein konnten, dass Denninger auf das Ablenkungsmanöver reinfällt.«

Katinka zuckte die Schultern. »Ich habe Sie in diese Bredouille gebracht. Also musste ich Sie wieder raushauen, oder?«

»Unsinn«, sagte Uttenreuther scharf. »Wenn Sie Eagle nicht aufgestöbert hätten, wir hätten ihn nicht gekriegt.

Das Gift wäre …« Er brach ab. »Jetzt nehmen Sie schon ein Kompliment an!«

»O.k.« Katinka lächelte. »Danke. Und Ihnen ein großes Lob für Ihre Kenntnisse in amerikanischer Literatur.«

Sie stellte sich auf die Zehenspitzen und küsste Hardo auf die Wange.

»Bis demnächst«, sagte sie. Sie nahm ihre Tasche und stieg in den Zug. »Hej, Melissa, komm schon!«

Melissa löste sich aus Florians Umklammerung und stieg ein. Ihre Augen waren rot vom Heulen. Sie lehnte sich weit aus dem Fenster und warf Florian Kusshändchen zu.

»Verliebte«, lästerte Harduin und machte eine spöttische Kopfbewegung. »Ach, ich hab noch was für Sie.« Er zog eine Tafel *Ritter Sport* hervor. »Als Wegzehrung.«

Katinka musste lachen: »Olàlà. Mit ganzen Haselnüssen.«

»Ich wünsche Ihnen eine schöne Zeit in Prag.«

»Ihnen frohes Schaffen!« Irgendwas saß in ihrem Hals fest. Melissa neben ihr hielt Florians Hände in ihren. Die beiden wirkten wie festgesaugt. Der Pfiff des Schaffners gellte über den Bahnsteig. Die Türen knallten zu. Quietschend fuhr der Zug an.

»Laufen Sie mir nicht zu den Tschechen über!«, mahnte Uttenreuther und drohte Katinka mit dem Zeigefinger. »Ich brauche Sie hier!«

Katinka lachte und winkte. Melissa weinte und winkte.

Wir sind alle miteinander verrückt, dachte Katinka. Armer Hardo. Armer Florian. Sie ließ sich in den Sitz fallen.

Am Nürnberger Hauptbahnhof trennte sie sich von Melissa. Sie stieg in den Zug nach Prag um, Melissa in den nach Wien.

»Wirst du mich wenigstens ein bisschen vermissen?«, fragte Melissa.

»Du warst spitzenklasse!«, beruhigte Katinka sie. »Ohne dich ...«

Melissa strahlte. »Du wirst sehen: ich bin bald auch Unternehmerin. Mein Literatur-Kaffeehaus schlägt ein wie eine Bombe. Komm mich besuchen mit Tom!«

Katinka versprach alles. Sie drückte Melissa fest an sich, bevor sie zu dem Gleis lief, auf dem ihr ICE wartete. Sie suchte sich einen Platz. Als der Zug anfuhr, warf sie einen letzten Blick zurück. Melissa flirtete mit einem Mann, der ihr half, die Koffer in den Zug zu hieven.

Kleine Schwestern, dachte Katinka.

ENDE

Ein herzliches Dankeschön …

… an Heilpraktiker Clemens Löffler für seine Erklärungshilfen bei medizinischen Sachverhalten …

… und an Hauptkommissar Werner Vogel, der mich bei meinen Recherchen zu Ricin, biologischen Kampfstoffen, Sprengmitteln und zum Vorgehen der Sicherheitsbehörden im Katastrophenfall nach Kräften unterstützt hat.

Etwaige Fehler oder Ungenauigkeiten liegen selbstverständlich in meiner Verantwortung.

Als Quelle zu Aspekten der Bamberger Stadtgeschichte diente mir: Christine Freise-Wonka, *Geheimnisvolles Bamberg*. Gudensberg-Gleichen, Wartberg Verlag 2002.

Friederike Schmöe

Weitere Krimis finden Sie auf den folgenden Seiten und im Internet: www.gmeiner-verlag.de

FRIEDERIKE SCHMÖE

Wasdunkelbleibt

273 Seiten, Paperback.
ISBN 978-3-8392-1199-1.

ANGRIFF AUS DEM CYBERSPACE Halloween. Ghostwriterin Kea Laverde staunt nicht schlecht, als vor ihrem Haus weit vor den Toren Münchens ein junger Mann seinen Roller parkt. Noch verwirrender ist die Geschichte, die Bastian Hut ihr auftischt: Er sei vor drei Jahren im Alter von 15 von Kriminellen als Hacker angeworben worden. Seine Erlebnisse habe er in einem Text zusammengefasst, aber er brauche die Hilfe der Ghostwriterin, um daraus ein Buch zu machen. Kea sichtet die Aufzeichnungen. Sie hält den Jungen für einen Wichtigtuer, nimmt den Auftrag aber an, um ihre Kasse aufzubessern. Wenig später ist Bastian tot – und ein Hacker namens x03 in das Intranet des LKA in München eingedrungen …

FRIEDERIKE SCHMÖE

Wernievergibt

276 Seiten, Paperback.
ISBN 978-3-8392-1135-9.

TOD IM KAUKASUS Die Münchner Ghostwriterin Kea Laverde nimmt einen Auftrag ihrer ehemaligen Agentin Lynn Digas an. Der droht ein Geschäft durch die Lappen zu gehen: eine Reportage über den Tourismus in Georgien nach dem Augustkrieg von 2008. Lynns Reporterin Mira ist zwar nach Tiflis gereist, hat sich aber von dort nicht mehr gemeldet.

Kea tritt die Reise an. Sie sucht Kontakt zu Mira, doch diese ist spurlos verschwunden. Ebenso wie die deutsch-georgische Mezzosopranistin Clara Cleveland, die als gefeierte Künstlerin der Bayerischen Staatsoper ein Konzert in Tiflis platzen lässt …

GMEINER

Wir machen's spannend

FRIEDERIKE SCHMÖE
Süßer der Punsch nie tötet

187 Seiten, Paperback.
ISBN 978-3-8392-1090-1.

GASTRONOMEN-ALPTRAUM Advent in Bamberg. Privatdetektivin Katinka Palfy hat die Nase voll von Tiefkühlkost und besucht einen Kochkurs bei der italienischen Starköchin Caro Terento, die in mehreren fränkischen Städten in die Geheimnisse ihrer Weihnachtsmenüs einführt. Doch während Katinka und die anderen Kursteilnehmerinnen am Herd stehen und auf die Pasta aufpassen, fällt eine Frau tot um, wie ein Baum. Hauptkommissar Harduin Uttenreuther kümmert sich um den Fall. Katinka bekommt Unterstützung von Dante Wischniewski, einem eifrigen, aber manchmal nervigen Medizinstudenten mit Hang zur Pathologie. Auf der Suche nach Mörder und Motiv folgt Katinka einer nach Salbei und Knoblauch duftenden Spur durch das vorweihnachtliche Franken.

FRIEDERIKE SCHMÖE
Wieweitdugehst

227 Seiten, Paperback.
ISBN 978-3-8392-1098-7.

WIESN-MORDE Auf dem Münchner Oktoberfest wird ein 14-jähriger Junge in der Geisterbahn ermordet. Ghostwriterin und »Wiesn-Muffel« Kea Laverde begleitet ihren Freund Nero Keller, Hauptkommissar im LKA, bei den Ermittlungen. Dabei trifft sie auf Neta, die beruflich Kranken und Trauernden Geschichten erzählt, um deren Schmerz zu lindern. Als auf Neta ein Mordanschlag verübt wird, versucht Kea den Hintergründen auf die Spur zu kommen. Sie stößt auf einen Sumpf aus Gier, Lügen und unerfüllter Liebe …

GMEINER

Wir machen's spannend

Unsere Lesermagazine

2 x jährlich das Neueste aus der Gmeiner-Bibliothek

DIN A6, 20 S., farbig

10 x 18 cm, 16 S., farbig

24 x 35 cm, 20 S., farbig

GmeinerNewsletter

Neues aus der Welt der Gmeiner-Romane

Haben Sie schon unsere GmeinerNewsletter abonniert? Monatlich erhalten Sie per E-Mail aktuelle Informationen aus der Welt der Krimis, der historischen Romane und der Frauenromane: Buchtipps, Berichte über Autoren und ihre Arbeit, Veranstaltungshinweise, neue Literaturseiten im Internet und interessante Neuigkeiten.

Die Anmeldung zu den GmeinerNewslettern ist ganz einfach. Direkt auf der Homepage des Gmeiner-Verlags (www.gmeiner-verlag.de) finden Sie das entsprechende Anmeldeformular.

Ihre Meinung ist gefragt!

Mitmachen und gewinnen

Wir möchten Ihnen mit unseren Romanen immer beste Unterhaltung bieten. Sie können uns dabei unterstützen, indem Sie uns Ihre Meinung zu den Gmeiner-Romanen sagen! Senden Sie eine E-Mail an gewinnspiel@gmeiner-verlag.de und teilen Sie uns mit, welches Buch Sie gelesen haben und wie es Ihnen gefallen hat. Alle Einsendungen nehmen automatisch am großen Jahresgewinnspiel mit attraktiven Buchpreisen teil.

GMEINER

Wir machen's spannend

Alle Gmeiner-Autoren und ihre Romane auf einen Blick

ANTHOLOGIEN: Tod am Tegernsee • Drei Tagesritte vom Bodensee • Nichts ist so fein gesponnen • Zürich: Ausfahrt Mord • Mörderischer Erfindergeist • Secret Service 2011 • Tod am Starnberger See • Mords-Sachsen 4 • Sterbenslust • Tödliche Wasser • Gefährliche Nachbarn • Mords-Sachsen 3 • Tatort Ammersee • Campusmord • Mords-Sachsen 2 • Tod am Bodensee • Mords-Sachsen 1 • Grenzfälle • Spekulatius **ABE, REBECCA**: Im Labyrinth der Fugger **ARTMEIER, HILDEGUNDE**: Feuerross • Drachenfrau **BAUER, HERMANN**: Philosophenpunsch • Verschwörungsmelange • Karambolage • Fernwehträume **BAUM, BEATE**: Weltverloren • Ruchlos • Häuserkampf **BAUMANN, MANFRED**: Wasserspiele • Jedermanntod **BECK, SINJE**: Totenklang • Duftspur • Einzelkämpfer **BECKER, OLIVER**: Das Geheimnis der Krähentochter **BECKMANN, HERBERT**: Die Nacht von Berlin • Mark Twain unter den Linden • Die indiskreten Briefe des Giacomo Casanova **BEINSSEN, JAN**: Todesfrauen • Goldfrauen • Feuerfrauen **BLANKENBURG, ELKE MASCHA** Tastenfieber und Liebeslust **BLATTER, ULRIKE**: Vogelfrau **BODE-HOFFMANN, GRIT / HOFFMANN, MATTHIAS**: Infantizid **BODENMANN, MONA**: Mondmilchgubel **BÖCKER, BÄRBEL**: Mit 50 hat man noch Träume • Henkersmahl **BOENKE, MICHAEL**: Riedripp • Gott'sacker **BOMM, MANFRED**: Blutsauger • Kurzschluss • Glasklar • Notbremse • Schattennetz • Beweislast • Schusslinie • Mordloch • Trugschluss • Irrflug • Himmelsfelsen **BONN, SUSANNE**: Die Schule der Spielleute • Der Jahrmarkt zu Jakobi **BOSETZKY, HORST (-KY)**: Promijagd • Unterm Kirschbaum **BRÖMME, BETTINA**: Weißwurst für Elfen **BUEHRIG, DIETER**: Der Klang der Erde • Schattengold **BÜRKL, ANNI**: Ausgetanzt • Schwarztee **BUTTLER, MONIKA**: Dunkelzeit • Abendfrieden • Herzraub **CLAUSEN, ANKE**: Dinnerparty • Ostseegrab **CRÖNERT, CLAUDIUS**: Das Kreuz der Hugenotten **DANZ, ELLA**: Ballaststoff • Schatz, schmeckt's dir nicht? • Rosenwahn • Kochwut • Nebelschleier • Steilufer • Osterfeuer **DETERING, MONIKA**: Puppenmann • Herzfrauen **DIECHLER, GABRIELE**: Glutnester • Glaub mir, es muss Liebe sein • Engpass **DÜNSCHEDE, SANDRA**: Todeswatt • Friesenrache • Solomord • Nordmord • Deichgrab **EMME, PIERRE**: Zwanzig/11 • Diamantenschmaus • Pizza Letale • Pasta Mortale • Schneenockerleklat • Florentinerpakt • Ballsaison • Tortenkomplott • Killerspiele • Würstelmassaker • Heurigenpassion • Schnitzelfarce • Pastetenlust **ENDERLE, MANFRED**: Nachtwanderer **ERFMEYER, KLAUS**: Irrliebe • Endstadium • Tribunal • Geldmarie • Todeserklärung • Karrieresprung **ERWIN, BIRGIT / BUCHHORN, ULRICH**: Die Reliquie von Buchhorn • Die Gauklerin von Buchhorn • Die Herren von Buchhorn **FINK, SABINE**: Kainszeichen **FOHL, DAGMAR**: Der Duft von Bittermandel • Die Insel der Witwen • Das Mädchen und sein Henker **FRANZINGER, BERND**: Familiengrab • Zehnkampf • Leidenstour • Kindspech • Jammerhalde • Bombenstimmung • Wolfsfalle • Dinotod • Ohnmacht • Goldrausch • Pilzsaison **GARDEIN, UWE**: Das Mysterium des Himmels • Die Stunde des Königs

GMEINER

Wir machen's spannend